Erwin Kohl

Schwarzes Wasser

Am Ufer des Schwarzen Wassers wird die Leiche des Obdachlosen Joschi gefunden. Hinweise auf Gewalteinwirkung liegen nicht vor, Staatsanwältin Annette Gerland hält ein Leichenermittlungsverfahren für ausreichend.
Der pensionierte Kommissar Heinrich Grimm hatte sich bei morgendlichen Spaziergängen um den Heideweiher mit dem Naturliebhaber Joschi angefreundet. Als seine Mutter, die ihn mit der Gründung der Detektei „Grimm und Sohn" überrascht, auf einem Zeitungsfoto eine behelfsmäßige Angel neben dem Zinksarg entdeckt, kommen ihm Zweifel am natürlichen Tod des Obdachlosen: Im Schwarzen Wasser gibt es keine Fische, drang Joschis Aussage in sein Bewusstsein. Heinrichs Gefühl wird auch durch die sehr teure, aber undichte Taucheruhr bestärkt, die Joschi ihm mit zweideutigen Aussagen schenkte. Als ein Uhrmacher darin einen winzigen Zettel mit einer mysteriösen Zahlenreihe findet, die zu einem Mord auf dem nahe gelegenen Campingplatz führt, nehmen die Ermittlungen eine ungeahnte Wendung …

Erwin Kohl, 1961 in Alpen am Niederrhein geboren, ist durch diverse Nebentätigkeiten wie z. B. Taxifahrer, Friedhofsgärtner und Partnervermittler mit den Abgründen der menschlichen Psyche vertraut. Als Ausgleich zur eher spannungsarmen Arbeit als Beamter schrieb er 2002 seinen ersten Roman. Heute ist Erwin Kohl hauptberuflich als Autor tätig, seit 2003 ist er Mitglied im Syndikat.
Infos auch unter: www.erwinkohl.de

Bereits im Droste Verlag erschienen:
Die Motte • ISBN 978-3-7700-1332-6

Erwin Kohl

Schwarzes Wasser

Droste Verlag

Figuren und Handlung dieses Romans sind frei erfunden. Ähnlichkeiten mit lebenden Personen sind rein zufällig und nicht beabsichtigt.

Bibliografische Informationen der Deutschen Nationalbibliothek
Die Deutsche Nationalbibliothek verzeichnet diese Publikation in der Deutschen Nationalbibliografie; detaillierte bibliografische Daten sind im Internet über http://dnb.d-nb.de abrufbar.

Die Veröffentlichung dieses Werkes erfolgt auf Vermittlung der Autoren- und Verlagsagentur Peter Molden, Köln.
Umschlaggestaltung: Droste Verlag unter Verwendung eines Fotos von Erwin Kohl
Satz: Droste Verlag
Druck und Bindung: CPI – Clausen & Bosse, Leck
ISBN 978-3-7700-1362-3

www.drosteverlag.de

Prolog

Diersfordt. Der Schein der Abendsonne verfing sich im Laub der alten Friedenslinde vor dem ehemaligen Pastorat. Die Feier drüben im Haus Constance – ihr Mann hatte wieder einmal alle eingeladen, die sie kannten. Nach dem üblichen Begrüßungs- und Smalltalkzeremoniell hatte sie ihn an der Theke zurückgelassen, war vor die Tür gegangen. Dort hatte er gestanden und geraucht. Sie gingen ein paar Schritte in den Wald gegenüber in Richtung Lindenberg. Unterwegs schütteten sie einander das Herz aus. Am Fuße des Herrenberges bogen sie ab, gingen einige Schritte hinauf zur Begräbnisstätte der ehemaligen Herrschaften von Diersfordt. Sie mussten ungestört sein.

„Gibt es keinen anderen Ausweg?“ Über ihren Augen lag ein dunkler Schatten. Er sah sie nur mit steinernem Blick an. Seine Entscheidung trieb ihr eine Gänsehaut auf den Rücken. Noch einmal hatte er ihr seinen Plan erklärt, der die Mauern einreißen sollte, die sie umgaben. Er sollte für sie das Tor zur Freiheit weit aufmachen. Als sie sich auf den Rückweg machen wollten, vernahmen sie ein leises Husten. Dann raschelte es laut. Eine Gestalt erhob sich hinter ihnen aus dem Laub. Für zwei Sekunden standen sie sich gegenüber, trafen sich ihre Blicke, dann drehte der andere sich um und flüchtete zur nahen Mühlenfeldstraße.

„Der Penner hat alles mitbekommen.“ Seine Stimme bebte leise. „Hast du ihn schon mal gesehen?“

Er blickte dem enteilenden Radfahrer hinterher, schien fieberhaft nachzudenken.

„Nein.“

Den Rückweg gingen sie Hand in Hand.

01

Vier Wochen später
Die Nacht wich einer klaren, frischen Morgendämmerung. Nur ihre beruhigende Stille hielt sich noch eine Weile wie eine schützende Hand über dem Ort.

Allmählich machten sich die ersten Frühaufsteher auf den Weg zur Arbeit. In der Nähe der Bocholter Straße übertönten sie den Gesang der Vögel. Wenige Minuten später hatte Heinrich Grimm wieder den Eindruck, allein auf der Welt zu sein. Er lief über die Kanonenberge in Richtung des Schwarzen Wassers, einem Weiher am Rande des Naturparks Hohe Mark. Er genoss das Gefühl, sog die klare süßliche Luft des ausklingenden Frühlings tief ein. Unvermittelt musste er schmunzeln. Er dachte daran, wie unterschiedlich er dieses Gefühl der Einsamkeit in der letzten Zeit beurteilt hatte.

Kaum mehr als ein halbes Jahr war inzwischen vergangen, seit Engels, Leiter des Kommissariats an der Reeser Landstraße, ihm die Urkunde überreicht hatte. Ein Stück Papier, ein lapidarer Text, eine eilig hingekritzelte Unterschrift. Das war alles gewesen, was von seiner Dienstzeit übrig geblieben war. Er war ausgemustert worden, noch dazu mitten in einem Mordfall. Frühpensioniert, weil er laut dem Bericht der Polizeipsychologin nicht mehr dazu in der Lage war, eine Waffe zu halten. Dabei hatte er seine Dienstwaffe in über dreißig Jahren Polizeidienst nur einmal benutzt. Einmal hatte sich der Zeigefinger seiner rechten Hand im Einsatz um den Abzugshahn gelegt. Einmal zu viel. Als er das Dienstgebäude verlassen hatte, um über die Jülicher Straße nach Hause zu gehen, war er sich unendlich einsam vorgekommen.

Den Winter über hatte er zum ersten Mal in seinem Leben unter Depressionen gelitten. Es wollte ihm nicht gelingen, sich im Alter von dreiundfünfzig Jahren als Pensionär zu fühlen. Erst als seine Therapeutin, die er gemeinsam mit seiner Lebensgefährtin, der Weseler Staatsanwältin Annette Gerland, aufsuchte, ihn von seiner falschen Sichtweise überzeugen konnte, trat ganz langsam Besserung ein. Seine Seele hatte bis dahin in einem stockfinsteren Raum gelegen. In kleinen Dosen flößten ihm die Therapiegespräche Optimismus und Lebensfreude ein, öffneten nach und nach den dunklen Vorhang. Anfangs drangen nur einzelne Sonnenstrahlen hinein. Zu Beginn des Frühlings kam er sich wie eine Eiche vor, die ihr altes Laub abgeworfen hatte und dem frischen Grün entgegenfieberte. Mitten in dieser euphorischen Phase wandte Frau Dr. Wesseling ein, dass bisher lediglich seine Symptome gelindert wären, er die Ursache, den Auslöser aber nach wie vor verdrängen würde. In der kommenden Woche wollte sie mit ihm in die ehemalige Kaserne des Fort Blücher im Schatten der Rheinbrücke. An den Ort, an dem sein Leben sich so folgenschwer gewendet hatte. Obwohl er etwas anderes ahnte, redete er sich ein, bereit für diese Hürde zu sein.

Die Besucherparkplätze kurz hinter der Einmündung des Weges zum Schwarzen Wasser waren erwartungsgemäß leer. An den meisten Wochenenden reichte das knappe Dutzend Stellplätze nicht aus. Und das, obwohl sie sehr versteckt lagen und überhaupt nicht nach öffentlichem Parkplatz aussahen. Aber der fast sechs Kilometer lange Rundweg um den herrlichen Heideweiher über Holzbrücken, vorbei an riesigen Ameisenhaufen und herrlich gelegenen Aussichtspunkten, war bei Spaziergängern und Joggern sehr beliebt. Heinrich konnte den Lauf um das dunkle Gewässer nur einsam richtig genießen. Oder mit Annette. Ihre morgendlichen Joggingrunden führten sie hin und wieder hierher. Sie hatte sich heute frei genommen, war bereits unterwegs in die Eifel nach Schalkenmehren. Ihr Vater fühlte sich nicht gut. Annette meinte, er könne einfach nicht mehr alleine sein.

Bei der Weggabelung an der hölzernen Hinweistafel bog er links ab. Die meisten Läufer und Spaziergänger liefen von hier aus gesehen rechts um den See. Heinrich hatte die Erfahrung gemacht, dass es besser war, den anderen entgegenzulaufen. Auf diese Weise musste er niemanden erschrecken oder die Sorge haben, ein Spaziergänger würde unvermittelt einen Schritt zur Seite setzen und ihn behindern. Er hielt sich an diese Gewohnheit, obwohl er um diese Uhrzeit keinen Spaziergänger erwartete.

Mittlerweile hatte er die gegenüberliegende Seite des Sees erreicht, war dem geschwungenen Weg zwischen Moor- und Heidelandschaft auf der einen und dem ausladenden Uferbereich auf der anderen Seite gefolgt. Über einen mit dicken Holzbohlen belegten Steg, der die Form eines „S" hatte, gelangte Heinrich auf die Schlussgerade. Seine Laufschuhe gaben ein dumpfes Stakkato von sich. Kurz darauf sah Heinrich die Anhöhe rechts neben sich hinauf. Der Hügel war nur wenige Meter hoch, aber von dort hatte man einen wundervollen Ausblick über den dunklen See und die Tier- und Pflanzenwelt im Uferbereich. Als Heinrich sich in Höhe des Aufstiegs befand, eine Treppe aus eingegrabenen Baumstämmen, blieb er unvermittelt stehen. Die aufgehende Sonne tanzte in unzähligen Lichtreflexen durch das Laub der Birken und ließ die Gestalt auf einer der Bänke wie einen blassen Schatten erscheinen. Bei ihrer ersten Begegnung hatte er sich erschrocken, mittlerweile rechnete er fast damit, ihn hier und um diese Zeit anzutreffen. Vorsichtig stieg Heinrich den Hügel empor. Nach jedem Schritt hielt er einen Augenblick inne, beobachtete den Mann. Jeder Muskel war angespannt, konzentriert bemühte Heinrich sich darum, kein Geräusch zu verursachen. Auf der Kuppe angekommen, schlich er sich, immer noch gebückt, langsam von hinten an die Bank heran. Er freute sich diebisch. Er achtete darauf, seine Füße nur auf weiches Gras zu setzen, kein leises Knacken oder Rascheln sollte ihn verraten. Die Zielperson saß bewegungslos da und beobachtete den Uferbereich. Einen halben Schritt hinter der Bank streckte Heinrich im Zeitlupentempo den linken Arm aus, um den Mann leicht an der Schulter zu berühren. Wenige Zentimeter trennten ihn noch vom morgendlichen Erfolg.

„Morgen, Heinrich, setz dich."

Enttäuscht zog der Angesprochene seinen Arm zurück und folgte der Anweisung. Dabei fasste er seinem Gesprächspartner in den Nacken.

„Morgen, Joschi. Wo ist es?"

„Was?"

„Das hintere Auge."

Der Angesprochene drehte sich zur Seite, grinste breit.

„Brauche ich nicht, wenn ein Bulle angetrampelt kommt."

Grimm schüttelte ungläubig den Kopf. Er konnte sich nicht vorstellen, dass Joschi ihn gehört hatte.

„Meine vorderen Augen reichen."

Kumpelhaft legte er Heinrich den Arm um die Schulter und beschrieb mit dem anderen Arm eine weitläufige Bewegung in Richtung des gegenüberliegenden Ufers.

„Damit habe ich dich auf der anderen Seite kommen sehen. Zwanzig Minuten später bist du meistens hier."

Er sah auf die Uhr.

„Heute dreiundzwanzig, wo warst du so lange?"

Heinrichs Augen hafteten an der sündhaft teuer aussehenden Armbanduhr, die so wenig zu Joschi passen wollte wie die knallrote Baseballkappe auf seinem Kopf. Die hatte er am Berliner Tor in der Innenstadt entdeckt und für gut befunden. Ein zusammengerollter olivgrüner Schlafsack und eine zerschlissene karierte Decke neben ihm im Gras deuteten darauf hin, dass er die Nacht hier am See verbracht hatte.

Vor einem Monat waren sie sich das erste Mal begegnet, drüben an den Teichen, an denen Heinrich gelegentlich angelte. Seit der Pensionierung suchte er zunehmend die Abgeschiedenheit. In die Stadt oder zum Auesee ging er immer seltener. In den ersten Wochen konnte er der Frage nach dem Urlaub noch mit einem dumpfen Grummeln oder angedeuteten Nicken begegnen. Irgendwann wurde, so glaubte er jedenfalls, seine Version der Geschichte von der unerwartet frühen Pensionierung erwartet. Ehemalige Kollegen aus dem Schutzbereich waren förmlich aus ihren Streifenwagen gesprungen, nur um ihm schulterklopfend zu beteuern, wie sehr ihn alle vermissten und vor allem wie beneidenswert gut er es nun habe. Dann, nach Weihnachten, hupten sie im Vorbeifahren oder ließen die Seitenscheibe herunter, um ihm etwas zuzurufen. Mittlerweile beschränkten sie sich darauf, lässig zu grüßen oder freundlich zu nicken. Seine Mutter legte unauffällig Prospekte von Busunternehmern mit Sonderangeboten für Senioren auf den Tisch. Die Gewerkschaft der Polizei lud ihn gelegentlich zu gemütlichen Nachmittagen der „Ehemaligen“ ein und Annette hatte einmal den Vorschlag gemacht, er solle sich eine ehrenamtliche Tätigkeit suchen, um die Tage sinnvoll zu füllen. In wenigen Wochen stand sein vierundfünfzigster Geburtstag an und es kam ihm vor, als würde der Zug der Gesellschaft in voller Fahrt an ihm vorbeirauschen und er, jenseits der Schranke, hinterherwinken.

Joschi bemerkte den Blick seines morgendlichen Besuchers. Er nahm die Uhr ab und reichte sie Heinrich.

„Bitte schön, ein Geschenk des Hauses. Fast neu und hundertprozentig wasserdicht.“

„Was?“

Heinrich zuckte unwillkürlich zurück und betrachtete Joschi erstaunt. Er trug gewelltes dunkelblondes Haar mit starker Graueinfärbung. Der Dreitagebart bedeckte fast das ganze Gesicht. Die zurückliegenden graublauen Augen blinzelten ihn an, als schienen sie ein Geheimnis bewahren zu wollen.

„Ich habe beschlossen, ganz ohne Wohlstandsballast auszukommen. Ich hab’ sie von meinem letzten Geld gekauft und nun möchte ich sie dir schenken. Ich möchte nur noch ich selber sein, verstehst du das?“

„Ehrlich gesagt, nein.“

„Macht nichts. Trage die Uhr in Ehren, vielleicht wird sie mal wichtig für dich.“

Er zwinkerte mit dem linken Auge.

„Sieh mal dort."

An einem Grashalm am Holzzaun zwei Meter vor ihnen hatte sich eine kinderhandgroße Libelle niedergelassen. Die beiden Flügelpaare glänzten bläulich in der Sonne. Auf ihrem Körper befanden sich Punkte in verschiedenen Gelbtönen, wie an einer Schnur aufgereiht.

„Eine Moosjungfer. Ein Weibchen übrigens. Erkennt man an den großen dunkelgelben Flecken auf dem Körperrücken. Die dürftest du nicht kennen, stimmt's?"

Heinrich wunderte sich darüber, dass er diese Art noch niemals gesehen hatte. Er saß oft stundenlang mit seiner Angel am Ufer und beobachtete die Natur. Und das nur einen knappen Kilometer Luftlinie entfernt. Eine derart farbenprächtige und schöne Libellenart wäre ihm sofort aufgefallen.

„Du hast Recht. Aber warum ist das so? Der Teich, an dem ich angeln gehe, ist doch auch ein natürliches Gewässer."

Joschi lachte. Er genoss offenbar seine Neugier.

„Die Moosjungfer lebt nur an möglichst fischfreien Gewässern. Warum weiß ich nicht. Aber das Schwarze Wasser ist einfach zu nährstoffarm und säurehaltig, als dass Fische darin leben könnten. Deshalb bekommen Angler sie nicht zu Gesicht."

„Hm … schade eigentlich. Aber du lenkst ab. Warum gibst du dein Geld für eine Uhr aus, die du auch noch verschenken willst, und gehst stattdessen betteln?"

Joschi senkte den Kopf. Für eine Weile schwieg er.

„Weißt du, wenn man alles im Überfluss hat, wird auch alles beliebig und reizlos. Nichts ist wirklich von Wert, außer das Leben selbst. Ich habe all die Jahre unterwürfig dem Luxus geopfert, bis ich eines Tages an der Himmelstür stand. Spätestens dort wird einem klar, was wirklich zählt. Auch wenn du es nicht verstehen kannst: Dieses Leben macht mich glücklich so. Außerdem: Ich bettele nicht! Ich helfe alten Menschen beim Einkauf, sammle Pfandflaschen aus Grünstreifen und Parks oder winke gestresste Wohlstandsmenschen zum nächsten freien Parkplatz. Das ist ein Unterschied!"

Joschi wollte empört klingen, der Versuch endete in einem stillen Lächeln. Heinrich hatte ihm fast andächtig zugehört. Er musste sich eingestehen, dass ihn die Konsequenz, mit der Joschi seinen Weg ging, beeindruckte. Gleichzeitig dachte er daran, wo Joschi wohl im Winter die Tage und Nächte verbringen würde. Verschwendete er überhaupt einen Gedanken daran oder ließ er sich ganz einfach treiben? Joschi bat ihn noch einmal mit Nachdruck, die Uhr anzunehmen.

„Okay, vielen Dank, Joschi. Wenn du mal Hilfe brauchst …“, Heinrich suchte tatsächlich in seiner Jogginghose nach einer Visitenkarte. Wieder einmal wurde ihm schmerzhaft bewusst, dass er noch nicht mit seinem vergangenen Leben abgeschlossen hatte. Peinlich berührt sah er Joschi an, der das Treiben amüsiert beobachtete.

„Einmal Bulle, immer Bulle, was? Lass mal, wenn ich dich brauche, finde ich dich schon.“

Auf dem Rückweg dachte er darüber nach, warum zwei so unterschiedliche Menschen wie Joschi und er sich so gut verstanden. Ihre einzige Gemeinsamkeit war ihre Liebe zur Natur. Doch es musste noch etwas geben, das sie verband. Ihre Begegnung am Schwarzen Wasser, draußen vor den Toren der Stadt, war kein Zufall. Sie waren wohl beide Menschen am Rande der Gesellschaft. Er spürte sein Selbstmitleid, das er so sehr hasste. Eine für sich belanglose Aktion wie die Suche nach einer Visitenkarte genügte, seine anfänglich geradezu euphorische Stimmung zu trüben. Er ärgerte sich darüber, lief immer schneller, als wolle er den Gedanken davonlaufen, die Ausschüttung der Dopamine erzwingen. Dabei bemühte er sich, positiv zu denken. Rief sich die Worte seiner Therapeutin ins Bewusstsein. *Carpe diem – nutze den Tag.*

„… für die schönen Dinge des Lebens“, hatte sie das Zitat des römischen Dichters Horaz ergänzt. Es funktionierte, er war längst wieder in den normalen Laufschritt zurückgekehrt.

02

Am nächsten Tag
Annette und Heinrich waren zum Auesee gejoggt, hatten diesen wie immer einmal umrundet und auf dem Rückweg vom Bäcker Vollkornbrot mitgebracht. Der sonnige Frühlingsmorgen mit seiner klaren, lauwarmen Luft in Verbindung mit dem Lauf durch die erwachende Natur hatte bei beiden für höchste Glücksgefühle gesorgt. Als Annette die Duschkabine bestieg, zog er sich schnell aus und folgte ihr. Eine Hand auf ihrem Rücken, die andere auf ihrem Po, drückte er sie fest an sich. Immer wieder klatschten ihre umschlungenen Körper gegen die Wände der engen Zelle.

Als er wenige Minuten später aus der Dusche kam und durch den schmalen Flur ins Schlafzimmer ging, erschrak er. Wie selbstverständlich legte seine Mutter einen Stapel akkurat gefalteter Handtücher in den Schrank. Eher beiläufig warf sie ihm einen kurzen Gruß zu.

„Was hast du denn hier zu suchen?"

Heinrich wurde wütend. Er konnte es nicht ausstehen, dass seine Mutter permanent seine Privatsphäre missachtete.

„Danke, Mutter, heißt das! Schließlich habe ich für dich gewaschen und gebügelt."

Heinrich schüttelte den Kopf. Sie nutzten den großen Waschkeller für beide Parteien, was, so glaubte er damals, weiterhin kein Problem darstellen dürfte. Nach dem Tod seiner Frau vor neun Jahren drängte es seine Mutter jedoch zunehmend in die angestammte Rolle zurück. Er zog die Schlafzimmertür hinter sich zu.

„Kannst du dir vielleicht vorstellen, dass hier zwei erwachsene Menschen sind, die … ich meine … es wäre doch möglich …"

„War nicht zu überhören", unterbrach sie ihn trocken. Heinrich rang nach Worten.

„Und trotzdem kommst du einfach hier herein? Hast du nicht den geringsten Respekt vor meinem Privatleben?"

Mutter Grimm räumte unbeeindruckt die Unterwäsche ihres Sohnes in die Kommode am Fenster.

„Mutter, so geht das nicht weiter!“

Sie fuhr plötzlich herum, stemmte die Arme in die Hüfte und sah ihn missbilligend an.

„Also erstens habe ich draußen vor der Tür gewartet, bis ihr fertig wart, und zweitens kann ich mich mit dem Haushalt nicht nach dem Liebesleben meines Sohnes richten.“

Heinrich wollte noch anmerken, dass es sein Haushalt sei, da öffnete sich die Schlafzimmertür einen Spalt.

„Ich bin so weit, kommt ihr frühstücken?“

Die Stimmung zwischen Mutter und Sohn war gedrückt. Annette schmunzelte in sich hinein. Das Verhalten von Frau Grimm amüsierte sie. Nur wenn Mutter Grimm sich mal wieder in polizeiliche Dinge einmischte, verstand sie keinen Spaß.

„Heinrich, was hältst du davon, wenn wir uns heute Nachmittag nach einer Wohnung für meinen Vater umsehen?“

In der vorigen Woche hatte sie ihren Vater gebeten, sich die Entscheidung noch einmal durch den Kopf gehen zu lassen. Gestern Abend hatte er angerufen und gesagt, dass er sich in der Eifel einsam fühle und in die Nähe seiner Tochter nach Wesel ziehen wolle. In kurzen Sätzen klärte sie Gertrud Grimm auf, die seltsamerweise noch nichts davon mitbekommen hatte.

„Wir haben doch den kompletten Speicher frei. Da könnte er ja einziehen. Heinrich müsste ihn nur leer räumen und ein wenig herrichten. Ich könnte für ihn mitkochen und das bisschen Wäsche mehr …“ Sie winkte lässig ab.

„Und auf das bisschen Privatsphäre kann er bestimmt verzichten. Sicher fühlen würde er sich auch, er wäre ja praktisch unter ständiger Beobachtung.“

Sie warf ihrem Sohn einen unheilvollen Blick zu.

„Lass mal, Mutter, Annettes Vater soll zuerst einen guten Eindruck von Wesel bekommen. Später können wir dich ihm immer noch vorstellen.“

Um Viertel vor neun machte es sich Heinrich mit einer Tasse Kaffee und einer Tageszeitung im Sessel gemütlich, nachdem er den Tisch abgeräumt hatte. Zusätzlich schaltete er Radio KW ein, den Lokalsender. Für zehn Uhr hatte er sich mit Joschi am Schwarzen Wasser verabredet. Die biologische Station Wesel hatte eine Sensation angekündigt. Die in der Mitte des letzten Jahrhunderts verschwundene Wasserlobelie sollte wieder angesiedelt werden. Dazu hatten sie den Uferbereich im südlichen Teil des Gewässers von Schlamm und Schlick befreit. Dass der dort lebende Kammmolch ein wenig von seinem Revier abgeben musste, war, so die Meinung der Biologen, vertretbar. In der Bevölkerung war die Anteilnahme eher verhalten, umso beachtlicher erschien das enorme Medieninteresse. Joschi wollte in aller Frühe eine der Bänke auf dem Aussichtspunkt reservieren. Er lag genau gegenüber der Stelle, an der an diesem Morgen die ersten Exemplare dieser seltenen Wasserpflanzenart der Natur übergeben werden sollten. Heinrich freute sich über die Abwechslung. Er blätterte durch die Zeitung, überflog zunächst die Überschriften. Gelegentlich weckte ein Artikel seine Aufmerksamkeit und er las ihn. Im Lokalteil angelangt, fiel sein Blick sofort auf den Aufmacher von Camel. „Umgehung umgeht Bürgerinteresse“ titelte der Lokalredakteur plakativ. Der Bericht selbst über den Protest der Büdericher Bürger gegen die geplante Umgehungsstraße enthielt überwiegend heiße Luft und bekannte Phrasen des dubiosen Reporters. Heinrich wollte umblättern, als der Radiosprecher etwas von einer Leiche erzählte und einer Schaltung nach Wesel. Heinrich drehte lauter.

„... ist heute Morgen im Vorfeld zur Präsentation dieser seltenen Pflanze eine Leiche am Ufer des Schwarzen Wassers gefunden worden. Einzelheiten hierzu will die Weseler Polizeidienststelle am Nachmittag bekannt geben. Wir halten Sie wie immer auf dem Laufenden. Jürgen Knorr, Radio KW.“

Heinrich warf die Zeitung auf den Tisch und sprang hoch. Sollte Joschi wieder dort geschlafen haben, war er möglicherweise in Gefahr. Zwar hatte der Sprecher nichts von einer Gewalttat gesagt, aber auszuschließen war dies nicht. Als er die Treppe herunterkam, stand seine Mutter mit Jacke und Schuhen bekleidet im Flur.

„Gehst du in die Stadt?"

„Nein, ähem … ich mache einen Spaziergang. Am Schwarzen Wasser soll es sehr schön sein."

„Vor allem, wenn dort eine Leiche gefunden wird, nicht wahr?"

„Ach tatsächlich?"

Heinrich schüttelte den Kopf und verließ schnellen Schrittes das Haus.

03

Bereits an der Einmündung zur Flürener Heide war die Straße abgesperrt. Heinrich grüßte seine ehemaligen Kollegen freundlich und lief strammen Schrittes an der Absperrung vorbei. Sie sahen ihm unschlüssig hinterher. Heinrich atmete auf. Unterwegs hatte er sich gefragt, wie sie wohl reagieren würden. Statt der erwarteten unangenehmen Fragen ließen sie ihn unbehelligt durch. Dies dürfte seiner Mutter nicht möglich sein, dachte er zufrieden.

Wenige Meter vor dem kleinen Parkplatz bog ein Leichenwagen auf die schmale Straße. Heinrich musste auf den Grünstreifen ausweichen. Ihn überkam dieses beklemmende Gefühl, das er nie vergessen würde.

Er hatte in seinem Berufsleben mehr als einen Mordfall gelöst. Die Suche nach Indizien, das Erkennen und Lesen der Spuren am Tatort, all dies war für ihn wie ein Rätsel gewesen, welches es zu lösen galt. Es war eine Herausforderung, der er sich stellte. Er war seinem Beruf mit einer Mischung aus Professionalität und Passion nachgekommen. Er hasste diesen Beruf und er liebte ihn. Aber immer dann, wenn der graue Zinksarg an ihm vorbeigetragen wurde, geriet all dies für einen Augenblick in Vergessenheit. In diesen Momenten versanken die Gedanken an Spuren, Alibis und Motive im Meer der Endlichkeit. Schon sehr früh in der Ausbildung wurde ihnen beigebracht, sich eine möglichst neutrale Sichtweise zu bewahren. Jeder Fall sollte ein solcher bleiben, durfte sich nicht in die Psyche des Ermittlers graben. Graue Theorie, wusste er heute.

Der kleine Waldparkplatz war bis zur letzten Lücke gefüllt. Heinrich erkannte die zivilen Einsatzfahrzeuge der Weseler Kriminalpolizei. Außerdem befanden sich je ein Geländewagen vom Forstamt und von der biologischen Station neben Autos, die er bis auf einen altersschwachen Ford Mustang nicht kannte.

Da Heinrich nicht genau wusste, wo der Tote gefunden worden war, und weil er sich mit Joschi verabredet hatte, lief er geradewegs zum Treffpunkt. Von weitem erkannte er auf der Anhöhe einige Journalisten, die mit mächtigen Teleobjektiven hantierten. Hastig klomm er den Hügel hinauf. Die Reporter beachteten ihn nicht. Außer ihnen war niemand dort. Heinrich schob sich in eine Lücke an den maroden Holzzaun. Vor einigen Jahren hatte die biologische Station Wesel diesen Zaun rund um das Gewässer errichtet, um seltene Tier- und Pflanzenarten im Uferbereich zu schützen. Auf der anderen Seite des dunkel schimmernden Heideweihers erkannte er Manuela Warnke, seine Nachfolgerin, und Adriano, seinen langjährigen Partner. Sie unterhielten sich mit einem älteren Herrn, der ihm bekannt vorkam. Erst jetzt fiel ihm auf, dass die Kripo augenscheinlich von einer natürlichen Todesursache ausging. Weder war der Tatort gesichert noch gab es Hinweise, dass die Kriminaltechnik anwesend war. Im Augenwinkel bemerkte Heinrich die musternden Blicke der Journalisten. Er kam sich wie einer jener Schaulustigen vor, die er einmal in seiner aktiven Zeit als „Tatortparasiten“ bezeichnet hatte. Dabei dürfte er wohl der Erste sein, neben Joschi natürlich, der einen Grund hatte, hierherzukommen. Aus dem Hintergrund winkte ihm der Redakteur einer Lokalzeitung zu.

Wieder auf dem Hauptweg angekommen, überlegte Heinrich, Joschi zu suchen, verwarf den Gedanken aber sofort wieder. Joschi liebte die Abgeschiedenheit, die leise Hintergrundmusik der Natur, wie er es ausdrückte. Die Medienvertreter hatten ihn vertrieben, da war Heinrich sicher. An der Weggabelung traf er Annette.

„Wir waren doch heute Morgen schon joggen. Ist da jemand neugierig?“, grinste sie ihn an.

Heinrich schürzte die Lippen. Er konnte nicht verhehlen, dass er in diesem Moment gerne wieder in seinem alten Beruf gewesen wäre.

„Komm schon“, sie hakte sich bei ihm unter, „hier gibt es nichts für dich zu ermitteln. Selbst wenn du noch im Dienst wärst.“

„Habe ich mir schon gedacht. Deshalb bin ich auch nicht hier."
„Ist klar. Wie komme ich bloß darauf? Dumm von mir."
Heinrich seufzte theatralisch.
„Ich war verabredet."
„Ach so. Und – wie heißt sie?"
Annette schien Spaß daran zu finden.
„Joschi. Habe ich dir mal von ihm erzählt?"
„Joschi …"
Sie befanden sich in Sichtweite des Parkplatzes, als Annette plötzlich stehen blieb und ihren Freund mit ernstem Blick ansah.
„Der obdachlose Naturliebhaber, ich erinnere mich. Der Tote von heute Morgen war augenscheinlich ebenfalls obdachlos. Wir wissen noch nicht einmal, wer er ist. Er trug keinerlei Ausweispapiere bei sich. Ist das Schwarze Wasser eine Art Treffpunkt für Wohnungslose?"
„Nicht das ich wüsste …"
Heinrich wurde unruhig. Er suchte nach einem plausiblen Grund. Einer logischen Erklärung, die seine schlimmste Befürchtung widerlegen könnte. So sehr er sich auch anstrengte, stieß er auf zwei übermächtige Fakten: Joschi war nicht zu ihrer Verabredung erschienen und Heinrich war hier nie einem anderen Obdachlosen begegnet! Er berichtete Annette von seinen Befürchtungen.
„Du weißt, was das bedeutet?"
Annettes Stimme war mitfühlend. Heinrich nickte stumm.

04

Eine halbe Stunde später betrat Heinrich in Begleitung von Manuela Warnke das Leichenschauhaus an der Wilhelm-Roelen-Straße in Walsum-Aldenrade. Ein Mitarbeiter der Rechtsmedizin, der sich höflich als Thorsten Kreutzer vorstellte, führte sie durch kühle, weiß geflieste Flure in einen von grellem Neonlicht durchfluteten Saal, an dessen Stirnseite Kühlfächer in die Wand eingelassen waren. Kreutzer zog in Hüfthöhe eine Bahre hervor. Obwohl Heinrich bewusst war, dass die Leichen in diesem Fall nicht mit einem Tuch verhüllt waren, erschrak er beim Anblick des Toten. Sekunden später war das Gesicht erkennbar, das letzte kleine Fünkchen Hoffnung erlosch. Heinrich ließ die Augen nur wenige Sekunden auf dem leblosen Antlitz ruhen, dann wandte er sich nickend ab. Während Kreutzer die Bahre zurückschob, senkte Heinrich den Kopf. Seine Knie zitterten leicht. Wenngleich er den Toten kaum kannte, fühlte er sich in diesem Augenblick auf eine seltsame Weise mit ihm verbunden.

Unterwegs zum Auto fragte ihn Manuela Warnke, was er über Joschi wisse. Ihm fiel auf, wie erschreckend wenig dies war. Nicht einmal seinen Namen kannte Heinrich. Gleichzeitig bedrückte ihn die Gewissheit, dass er jemanden verloren hatte. Auch wenn sie sich nicht öfter als ein Dutzend Mal begegnet waren, hätte Joschi ein Freund werden können. Wenn er die Dauer aller Treffen zusammenrechnete, hatten sie nicht einmal einen ganzen Tag zusammen verbracht und dennoch spürte er eine seltsame Leere. Vielleicht lag es an seinem langen Polizistenleben. Daran, dass der Job mit seinen Abertausenden Überstunden keinen Raum gelassen hatte für Freundschaften. Vielleicht vermochte er deren Wert dadurch erst richtig einzuschätzen.

„Wann hast du diesen Joschi das erste Mal gesehen?"

Adriano saß vor ihm auf dem Beifahrersitz, drehte sich halb zu Heinrich um.

„Hm … Das war im Mai. Vor drei bis vier Wochen."

„Hat er nie gesagt, wo er herkommt oder wer er ist?"

„Nein."

Manuela beobachtete ihn durch den Innenspiegel. Heinrich versuchte aus ihren Augen zu lesen, ob sie ihm glaubte. Sofort schien ihm der Gedanke absurd. Warum sollte sie ihm nicht glauben? Erst jetzt fiel ihm auf, dass er nicht einmal wusste, woran Joschi gestorben war. Er fragte die Ermittler danach.

„Die Todesursache ist unklar, Dr. Bahman vermutet Herzversagen. Wir haben ein Medikament mit dem Namen Strophanthus bei ihm gefunden. Laut Bahman ein Herzmittel auf Pflanzenbasis. Wird in der Homöopathie angewendet. Daraus lässt sich schließen, dass der Tote herzkrank war. Was wiederum die Vermutung bezüglich der Todesursache untermauert."

Heinrich Grimm legte nachdenklich die Stirn in Falten. Joschi hatte nie erwähnt, dass er krank war. Ihn beschlich das Gefühl, dass er mehr als nur eine Unstimmigkeit übersehen hatte. So hatte er nach jeder Begegnung mit Joschi empfunden, das fiel ihm jetzt auf. Er hatte nicht ernsthaft nach Erklärungen gesucht, weil er diese manische Angewohnheit ja gerade ablegen wollte. Die „innere Uniform", wie seine Therapeutin es nannte, wollte er an den Nagel hängen.

Sie passierten die Kreuzung Tenderingsee in Höhe der Ortschaft Voerde. Heinrich fühlte sich innerlich zerrissen. Einerseits würde er liebend gerne Dr. Bahman einige Fragen stellen, auf der anderen Seite wollte er das Geschehene akzeptieren. Er hatte sich immer darüber aufgeregt, wenn sich seine Mutter in die Ermittlungen einmischte. Er versuchte, seine Irritation als den kümmerlichen Rest seiner Berufskrankheit mit Namen Neugierde einzustufen. In Wesel angekommen, war er immer noch traurig, spürte aber auch mentale Stärke. Wenige Minuten später befand er sich in seinem ehemaligen Büro. Adriano schrieb das Protokoll, das er unterzeichnen musste.

„Eigentlich wäre damit alles klar", fluchte der Oberkommissar, „aber jetzt dürfen wir noch ein Leichenermittlungsverfahren aufmachen, nur weil dieser Penner keinen Ausweis bei sich ..."

Erschrocken bemerkte Adriano seinen Fauxpas und entschuldigte sich bei Heinrich, der ihn entsetzt ansah. Heinrich unterschrieb das Protokoll und verließ nach kurzem Gruß das Büro. Der Mann hinter der Theke der Zentrale winkte freundlich, als er den Türöffner bediente.

Auf seinem Weg über die Jülicher Straße fragte Heinrich sich, ob Joschi irgendwelche Angehörigen hatte, die es zu verständigen galt. Gab es außer ihm überhaupt irgendeinen Menschen, der Joschi vermisste?

Zu Hause angekommen gab er seiner Mutter Bescheid, dass er keinen Appetit hatte und verzog sich nach oben in seine Wohnung. Er kochte einen Kräutertee und setzte sich mit einem Buch in den Sessel am Fenster. Nach fünf Minuten legte er das Buch beiseite. Ihm fehlte die Konzentration. Er machte es sich auf dem Sofa bequem, wollte eine Stunde schlafen. Auch das sollte ihm nicht gelingen. So schob er den Sessel ans Fenster, setzte sich wieder hinein und sah abwechselnd nach draußen und auf die Uhr. Zwei Stunden und dreizehn Minuten vergingen, bis er die vertrauten Schritte auf der Treppe hörte.

Annette begrüßte ihn mit einem Kuss und setzte sich zu ihm.

„Ich kann verstehen, dass du dir heute mit mir keine Wohnungen ansehen möchtest. Macht es dir was aus, wenn ich alleine in die Stadt fahre?"

Heinrich hatte es satt, länger aus dem Fenster zu starren. Froh über die Abwechslung begleitete er seine Freundin.

05

Am nächsten Morgen saß Heinrich lustlos am Frühstückstisch. Die Joggingrunde mit Annette war ihm heute ungewöhnlich schwergefallen.

Sie hatten gestern drei Wohnungen besichtigt, aber keine davon hatte Annette gefallen. Gegen Abend aßen sie noch beim Italiener an der Doelenstraße. Die ganze Zeit über vermieden sie es, über Joschis Tod zu reden. Heinrich war froh über die Ablenkung. Er war natürlich noch traurig, begann aber, nachdem er eine Nacht darüber geschlafen hatte, rationaler damit umzugehen. Beim Laufen hatten sie in losen Stücken darüber gesprochen. Annette meinte, es ginge gar nicht so sehr um die Person Joschi, sondern vielmehr um ihn. Durch Joschi war er aus sich herausgekommen, hatte andere Dinge schätzen gelernt, wieder aktiv am Leben teilgenommen. Anfangs war er ein wenig pikiert gewesen. Nach einigen Minuten hatte er zugegeben, dass sie nicht ganz falsch lag.

Da Heinrich den heutigen Tag noch nicht verplant hatte, nahm er sich vor, mehr über Joschi in Erfahrung zu bringen. Vielleicht gelang es ihm, Angehörige ausfindig zu machen, die sich wenigstens um eine ordentliche Beerdigung kümmern konnten. Inzwischen war Annette aus dem Bad gekommen. Der Duft von Seife und einem unaufdringlichen Parfüm wehte herüber, als sie ihm gegenüber Platz nahm. Diese Komposition zauberte unweigerlich ein Lächeln auf Heinrichs Gesicht. Seine Mundwinkel hoben sich, als würden sie von unsichtbaren Fäden gezogen. Sie sackten jedoch schlagartig ab, als seine Mutter mit der aktuellen Ausgabe des Rheinischen Boten in der Hand ins Zimmer stürzte. Wie immer hatte sie im Vorbeigehen an die offene Tür geklopft.

„Herein“, giftete Heinrich sie an.

„Ich habe angeklopft“, gab sie schnippisch zurück.

„Da warst du schon drin.“

„Natürlich. Ich muss doch erst nachsehen. Wenn keiner da ist, brauche ich nicht anklopfen.“

Sie antwortete in einem Tonfall, der die Selbstverständlichkeit ihres Handelns unterstützen sollte. Annette verschluckte sich vor Lachen an ihrem Orangensaft und hustete einmal kräftig. Heinrich schüttelte den Kopf. Immer häufiger kam ihm der Gedanke an Flucht. Eine Wohnung in der Stadt, nur mit Annette. Er hatte schon seit langem mit seiner Freundin darüber reden wollen. Paradoxerweise hatte er diesen Plan bislang aus Sorge um seine Mutter nicht in die Tat umgesetzt. Diese legte das Brötchen von seinem Teller in den Korb zurück und breitete die Lokalausgabe des Boten vor ihm aus. Dann zog sie eine Lupe aus der Kitteltasche und positionierte sie mit dem Glas auf einen Bildausschnitt. Heinrich las die Titelzeile und wusste sofort, von wem der Artikel stammte:

Am Schwarzen Wasser lauerte der Tod

Darunter stellte Camel sogleich eine gewagte These auf:

Obdachloser stirbt beim Angeln. Ist der erste Deutsche verhungert?

Typisch für diesen Provinzreporter, dachte Heinrich. Sobald Camel eine Sensation witterte, schob er alle Tugenden eines anständigen Journalisten zur Seite und hechelte dem Aufmacher entgegen. Dabei nahm er in Kauf, sich dem Hohn und Spott der Konkurrenz auszusetzen oder gar die Leser zu täuschen. Mit etwas Recherche hätte er leicht herausfinden können, dass im Schwarzen Wasser gar keine angelbaren Fische existierten.

Heinrich griff mit gerunzelter Stirn nach der Lupe und warf seiner Mutter, die mittlerweile neben ihm saß und ungefragt mit dem Frühstück begonnen hatte, einen fragenden Blick zu.

Sie deutete mit einer ausladenden Handbewegung auf die Zeitung. Heinrich sah sich das Bild zunächst ohne Lupe an. Im Ufergras war ein mit einem weißen Tuch abgedeckter Körper erkennbar. In einigem Abstand dazu befanden sich verschiedene Personen. Er erkannte Manuela Warnke und Adriano, die sich mit Dr. Bahman unterhielten. Heinrich konnte auf dem Foto nichts Besonderes erkennen. Bis auf die Tatsache, dass die Leiche schon abtransportiert worden war, deckte sich das Foto mit seinen Eindrücken vom Vortag. Er zuckte die Schultern. Seine Mutter rollte die Augen. Mit dem Zeigefinger klopfte sie vehement auf eine Stelle des Bildes neben der abgedeckten Leiche und reichte ihm demonstrativ die Lupe. Heinrich atmete tief ein und folgte der stummen Aufforderung. In der grob gerasterten Vergrößerung entdeckte er nun einen länglichen dünnen Gegenstand, der im Gras steckte. Er hielt die Lupe ein wenig höher und sah den Faden an der Spitze des Gegenstandes. Langsam hob er den Kopf, reichte Annette die Zeitung hinüber und zeigte vorher auf die Stelle.

„Ist es das, wonach es aussieht?"

Mit einem halben Brötchen in der rechten und der Zeitung in der linken Hand warf die Staatsanwältin einen kurzen Blick auf das Bild.

„Das ist eine behelfsmäßige Angel. Ein Birkenstock mit einer Schnur an der Spitze. Als wir ihn fanden, war der Wurm noch dran. Herr Itjeshorst von der biologischen Station versicherte uns, dass es im Schwarzen Wasser keine Fische gibt. Hast du das gewusst?"

„Ja …"

„Warum hast du es deinem Freund dann nicht gesagt?"

„Weil ich es von ihm wusste. Außerdem ist das bekannt. Kein Angler würde auch nur auf die Idee kommen, es dort zu versuchen."

Annette sah ihn verwundert an. Sie beugte sich vornüber, die Handballen auf die Tischplatte gestützt.

„Was bedeutet das?", fragte sie.

Heinrich brachte kein Wort heraus.

„Mord!", flüsterte Mutter Grimm. Ihre Augen glänzten.

06

„Negativ“, Manuela legte den Telefonhörer auf, „drei Mitarbeiter der biologischen Station haben heute früh den gesamten Uferbereich kontrolliert. Die Angel hätte ihnen auffallen müssen.“

„Das ist in der Tat merkwürdig.“

„Hm …“, Manuela dachte laut nach, „ … im Schwarzen Wasser gibt es keine Fische. Und nach passioniertem Angler sieht der Birkenstock mit der angeknoteten Schnur nicht aus. Nutzt alles nichts, die SpuSi hatten wir nicht angefordert, also …“, die Hauptkommissarin streckte hilflos die Arme aus. Es war der Albtraum eines jeden Polizisten: einen Tatort nicht als solchen zu erkennen. Die Begleitumstände schienen verführerisch logisch. Ein Obdachloser tot im Gras, in der Tasche eine halb leere Packung Herztabletten und ein Arzt, der Herzversagen als natürliche Todesursache vermutete. Schon wurde auf die kriminaltechnische Untersuchung verzichtet. Nicht nur das, die Spuren waren nicht zuletzt von ihren Leuten zertrampelt worden. Auf der anderen Seite wies nichts auf eine Gewalttat hin.

„Ist schon etwas über die Identität des Toten bekannt?“

„Nein, Frau Gerland. Adriano wird sich nachher die Vermisstenakten vornehmen.“

Der Oberkommissar verzog gequält das Gesicht.

„Ich werde mich in der Stadt umhören. Von irgendwas muss er ja gelebt haben.“

Manuela Warnkes erster Weg führte zum Sozialamt. Die Hauptkommissarin folgte dabei einer inneren Eingebung. Sie war der Meinung, dass ein Obdachloser dort am ehesten auf Unterstützung hoffen durfte. In dem alten Gebäude am Herzogring teilte man ihr mit, dass die Versorgung der Obdachlosen seit einigen Jahren von der ArGe an der Reeser Landstraße übernommen würde. Nachdem sie sich dort durchgefragt und ihr Anliegen mit Ausnahme der Reinigungskräfte und dem Hausmeister fast jedem im Gebäude hatte vortragen müssen, saß sie nun Herrn Blasius gegenüber. Der blässliche Mittfünfziger mit Strickjacke und der aktuellen Mode enteilten, viel zu großen Brillengläsern wirkte sofort äußerst engagiert.

„Es geht um den Toten am Schwarzen Wasser, nicht wahr? Das Radio berichtet schon den ganzen Tag über davon."

Manuela nickte. Sie hielt dem Sachbearbeiter ein Foto hin, um ihren Hürdenlauf im Verwaltungsdschungel abzukürzen, aber Blasius schüttelte den Kopf.

„Heißt das, dieser Mann hat von Ihnen keine Versorgungsleistungen erhalten?"

„Nein, ich meine damit, dass ich mich nicht erinnern kann. Wissen Sie, ich habe ein sehr schlechtes Personengedächtnis."

„Aber Anspruch hätte er als Obdachloser gehabt?"

„Ja, und zwar", Blasius blätterte in einem Ordner, „ … war er alleinstehend?"

Manuela holte tief Luft.

„Wir haben ihn allein vorgefunden. Mehr wissen wir im Augenblick nicht."

„Allein, hm", Blasius kaute die Worte gedanklich zu Brei, speicherte sie schließlich ab. Als er ihren ernsten Gesichtsausdruck bemerkte, räusperte er sich kurz und wandte sich wieder seiner Akte zu.

„Da haben wir es. 351 Euro nach ALG II. Das wären, Moment", Blasius griff nach dem Taschenrechner, „11,70 Euro am Tag."

„Die bekommt ein Obdachloser täglich nach Vorlage des Personalausweises, nehme ich an."

„Wohnungsloser, wenn schon. Ja, das ist richtig. Fast jedenfalls. Er muss selbstverständlich nachweisen, dass er wohnungslos ist. Dazu benötigt er den Aufkleber „ohne festen Wohnsitz". Den muss er sich vorher beim Einwohnermeldeamt abholen. Vielleicht haben die dort auch irgendwelche Daten zu der von Ihnen gesuchten Person. Soll ich anrufen?"

Blasius nahm den Hörer von der Gabel und ließ bereits den Zeigefinger wie einen ausgehungerten Mäusebussard über der Tastatur kreisen.

„Nein danke. Das erledige ich persönlich."

Enttäuscht legte er den Hörer auf.

Das Einwohnermeldeamt entpuppte sich als Großraumbüro. Manuela gefiel es nicht, dass Unbeteiligte ihr Anliegen mitbekommen konnten. Eine Angestellte am Fenster machte sie höflich, aber bestimmt darauf aufmerksam, dass sie sich vorab im Wartezimmer eine Nummer ziehen müsse. Manuela nickte und wartete einen Augenblick, bis ein Arbeitsplatz frei geworden war. Dann zückte sie den Dienstausweis und bat die freundlich grüßende Sachbearbeiterin um ein vertrauliches Gespräch. Frau Einstein führte sie in einen kleinen Raum, der sich im hinteren Bereich den Bürgerbüros anschloss. Nachdem sie sich Manuelas Anliegen angehört hatte, verzog sie das Gesicht.

„Diese Aufkleber vergeben wir seit Mitte des letzten Jahres nicht mehr. Ich weiß, dass die Mitarbeiter der ArGe darauf verweisen, aber nach Ansicht der Stadt Wesel ist es nicht unsere Aufgabe, Wohnortfragen für die Arbeitsagentur zu klären."

Manuela seufzte. Sie stellte sich einen Obdachlosen auf dem Weg durch den Irrgarten der Behörden vor. Sie verspürte in dieser Sekunde große Lust, dem Sachbearbeiter der ArGe ihre Meinung zu sagen. Im Gegensatz zu Blasius schien Frau Einstein zu wissen, wie absurd die Lage war.

„Das Problem ist, dass die ArGe sich nicht mit der Stadt an einen Tisch setzt. Die Angelegenheit wird stattdessen auf dem Rücken Unbeteiligter ausgesessen. Ich kann Ihnen nur raten, zum Sozialamt zu gehen. Die müssten Ihnen zumindest den richtigen Ansprechpartner nennen können."

Manuela zwang sich zur Ruhe. Sachlich, aber mit Wut in der Stimme erklärte sie der Sachbearbeiterin, dass ihre Odyssee dort begonnen hatte. Frau Einstein lehnte sich nachdenklich zurück.

„Dann bliebe noch die Caritas. Dort bekommen Wohnungslose zumindest tagsüber Unterkunft, Essen und die nötigste Versorgung. Für den Fall, dass eine Behörde sie erreichen muss, stellt die Caritas sogenannte Erreichbarkeitsbescheinigungen aus. Dadurch geht die Post für diese Menschen zur Caritas. Sie sind … ja, erreichbar."

Manuela schüttelte den Kopf. Erreichbar war ihr Klient nicht mehr.

Nur weil es fast auf dem Weg lag, versuchte sie es noch bei der Caritas. Sie versprach sich nichts davon. Ohne den Namen des Mannes könne man ihr nicht weiterhelfen, mehr bekam sie nicht heraus. Einen Lichtblick gab es dennoch. Ein Mitarbeiter konnte sich an den Toten auf dem Bild erinnern. Leider kannte er ihn nur unter dem Spitznamen Joschi.

Auf dem Weg ins Büro resümierte Manuela die Recherchen des Nachmittages. Eines war ihr an diesem Nachmittag klar geworden: Von den Behörden hatte Joschi nichts zu erwarten gehabt. Bevor sie nach oben ins Büro ging, betrat sie die Zentrale des Schutzbereichs. Sie hatte Kopien mit dem Bild des Toten verteilt und die Kollegen gebeten, sich in den einschlägigen Kreisen umzuhören. Das Ergebnis war ernüchternd. Die Handvoll Obdachloser, die befragt wurden, kannten ihn alle, aber ebenfalls nur unter dem Spitznamen Joschi.

07

Heinrichs Gedanken kreisten um das letzte Treffen mit Joschi. Heute Morgen hatte ihm die Vermutung seiner Mutter, Joschi wäre einem Verbrechen zum Opfer gefallen, noch einen Schrecken versetzt. Er ahnte, dass sie Recht haben könnte, wusste aber auch, dass seiner Mutter etwas fehlte.

Die alte Dame fand sich mit seiner frühzeitigen Pensionierung fast noch schlechter ab als er. Annette versorgte sie nur äußerst spärlich mit Informationen zu aktuellen Fällen. Obwohl sie immer wieder versteckte Andeutungen fallen ließ, verliefen ihre Bemühungen stets im Sande. In ihr brodelte eine Mischung aus Neugierde und Tatendrang. Im vergangenen Monat hatte Annette die Unverfrorenheit besessen, beim Abendessen ihre verspätete Heimkehr mit dem tödlichen Ende einer Messerstecherei in der Fußgängerzone zu begründen, ohne nähere Details zu liefern. Damit hatte sie den Geduldsfaden der Seniorin deutlich überspannt. Voller Groll und mit erhobener Stimme warf sie der Schwiegertochter in spe vor, jedem Provinzreporter mehr Informationen preiszugeben als der Mutter eines pensionierten Hauptkommissars. Womit sie nicht völlig Unrecht hatte, was Annette allerdings für sich behielt.

Heinrich hatte am Vormittag genügend Zeit gehabt, noch einmal über alles nachzudenken. Die Auffindesituation war nicht die einzige Ungereimtheit. Wenngleich der Umstand, dass sich neben dem Toten eine provisorische Angel befunden hatte, nicht gleichbedeutend mit der Tatsache sein musste, dass diese auch von Joschi dort abgelegt oder gar angefertigt worden war. Es war vielmehr das gesamte äußere Erscheinungsbild, das nicht passen wollte. Nach und nach erinnerte er sich an immer weitere Details, die ihm unterbewusst aufgefallen waren, weil es dreiunddreißig Jahre lang seine Aufgabe gewesen war, sie zu sehen. Er hatte sich dagegen gewehrt, ihnen weitere Beachtung zu schenken, weil er mit der Vergangenheit abschließen wollte.

Joschis Kleidung war nie sonderlich verdreckt oder gar verschlissen gewesen. Außerdem hatte er sie regelmäßig gewechselt. Heinrich sah den Rucksack vor sich, den sein Freund ständig mit sich getragen hatte. Beinhaltete der sein gesamtes Hab und Gut? Heinrich zählte in Gedanken Joschis Besitztümer auf. Seinen Schlafsack hatte er mit einem Ledergürtel an der Seite des Rucksacks angebunden. Neben diversen Hemden und Hosen hatte Joschi einen Regenmantel besessen, eine Einliter-Thermoskanne, die gelegentlich mit frischen Kaffee gefüllt war, ein Paar quietschgelbe Gummistiefel sowie Handtücher und Unterwäsche. Das konnte nicht alles in den relativ kleinen Rucksack gepasst haben.

Beim Mittagessen blickte seine Mutter ihn auffordernd an.

„Was ist?“

„Das frage ich dich. Dieser Joschi ist unter mysteriösen Umständen ums Leben gekommen und du tust so, als ob nichts geschehen wäre.“

Heinrich verdrehte die Augen.

„Mutter! Von mysteriösen Umständen weiß ich nichts. Und wenn dem so wäre, wäre die Polizei dafür zuständig.“

„Die Polizei hat noch nicht einmal den Tatort gründlich untersucht.“

Heinrich, der den letzten Bissen seines Koteletts auf der Gabel hatte, legte diese wieder zurück. Das klang ganz so, als hätte seine Mutter mal wieder die Ermittlungen aufgenommen.

„Wie kommst du darauf?“, fragte er leise. Seine Mutter griff in die rechte Tasche ihres Kittels und zog eine kleine Plastikdose empor. Vorsichtig öffnete sie den Deckel und stürzte die Dose auf den Tisch. Als sie das Behältnis langsam anhob, kullerten kleine Pillen über den Tisch. Heinrich konnte sich keinen Reim darauf machen. Während seine Mutter die Pillen auf dem Tisch zusammenschob, klärte sie ihn auf:

„Die habe ich hinter einem Strauch in der Nähe des Tatortes gefunden." Sie bezeichnete den Fundort der Leiche mit einer Selbstverständlichkeit als Tatort, die Heinrich stutzig machte.

„Du hast doch bestimmt auch schon herausgefunden, was das für Tabletten sind?"

„Selbstverständlich."

Wortlos räumte sie das Essgeschirr ab und stellte zwei Kaffeetassen auf den Tisch.

„Ja … und? Um was für Tabletten handelt es sich?"

Während sie die Tassen füllte, sah sie ihren Sohn zufrieden an. Heinrich bekam ein ungutes Gefühl. Er kannte diesen Gesichtsausdruck. Er stand für Überlegenheit.

„Du meinst, wir sollten uns ein wenig darum kümmern?", sie klang verschwörerisch. Heinrich atmete tief durch.

„Nein, das sollten wir nicht! Wenn es sich um eine Gewalttat handelt, ist es die Aufgabe der Polizei, diese aufzuklären."

„In Ordnung."

Der finstere Ausdruck ihrer Augen und die zu einem schmalen Strich zusammengepressten Lippen standen in krassem Widerspruch zu ihren Worten. Heinrich überlegte, ob der Fund überhaupt im Zusammenhang mit Joschis Tod stand. Auf gar keinen Fall wollte er, dass seine Mutter wieder einmal illegal ermittelte, noch dazu mit seiner Unterstützung.

„Ich nehme an, die Todesursache war Herzversagen, nicht wahr?", fragte sie beiläufig.

Heinrich schluckte.

08

„Ich werde es weiterleiten, vielen Dank."

Trixie beendete das Telefonat und grinste den ihr gegenüber sitzenden Kollegen süffisant an.

„Das war Herr Schwertfeger von den Auefischern. Ich soll dir ausrichten …"

„Sei ruhig", herrschte er sie an. Seit heute früh um halb sieben klingelten pausenlos die Telefone. Die meisten Anrufer klangen mitleidig. Einige wollten wissen, ob der Artikel von einem Praktikanten verfasst worden war. Ein Spaßvogel hatte ihn zum Angeltörn auf dem Schwarzen Wasser eingeladen. Camel presste die Zähne aufeinander. Es galt, eine der größten Blamagen seit Beginn seiner Karriere zu verdauen. Wie hatte ihm das nur passieren können? Vor zehn Minuten hatte er mit Adriano telefoniert. Der Oberkommissar hatte zugegeben, dass er ebenfalls nicht gewusst hatte, dass im Schwarzen Wasser gar keine Fische lebten, die man angeln konnte. Es kam Camel vor, als gäbe es in Wesel nur zwei Personen, die mit einem derart defizitären Grundwissen über die heimische Natur ausgestattet waren. Und über einen davon lachte heute die ganze Stadt. Wieder einmal rekapitulierte er die gestrige Situation.

Ein halbes Dutzend Mitarbeiter des Naturschutzbundes und der biologischen Station Wesel waren ihm vor die Füße gelaufen, hatten peinlich genau darauf geachtet, dass er keines der seltenen Gräser platt trat. Hätte ihn nicht einer von denen aufklären können? War das die Retourkutsche für einen Artikel aus dem letzten Monat, in dem er sich genüsslich über die Herren der Frösche und Molche ausgelassen hatte?

Mühsam war er die Leiter der Anerkennung emporgestiegen. Hohn und Spott hatte er schon oft ertragen müssen, die Tretmühle der Lokalredaktion kannte er besser als seine Westentasche. Nach seinem letzten großen Artikel über den Mord in der Alpener Motte hatte Grabosch ihn zu sich nach Düsseldorf gebeten und ihm zu verstehen gegeben, dass er ihn für die Neubesetzung der in diesem Jahr frei werdenden Stelle des Redaktionsleiters „Gesellschaft & Soziales" im Auge behielt. Sein Traum, sein Fachgebiet, seine Berufung. An diesem Tag hatte er sie erstmals blinzeln sehen – die Journalistensonne –, in deren hellem Schein die Schlagzeilen von Bedeutung glänzten. Grabosch dürfte mit der Fauna des Schwarzen Wassers wenig vertraut sein, beruhigte sich der Redakteur.

„Walther!"

Die schrille Stimme des Redaktionsleiters Klaus Sennheiser bahnte sich ihren Weg durch die offene Bürotür am Ende des schmalen Korridors entlang einer Reihe kleinerer Büros zum anderen Ende der Etage. Dort befanden sich die Schreibtische von Beatrix Claasen, der Redakteurin der Sonntagsbeilage, sowie Konrad Walther, alias Camel, Redakteur des Lokalteils „Bote für das flache Land". Letzterer saß elf Sekunden später seinem Vorgesetzten gegenüber. Dieser deutete auf den ausgebreiteten Lokalteil der aktuellen Ausgabe des „Boten". Camels Desaster schmückte fast die gesamte Titelseite des Lokalteils. Sennheiser war erst vor einer halben Stunde von einer Redaktionskonferenz in Düsseldorf zurückgekommen. Anscheinend hatten die lieben Kollegen ihn bereits bestens informiert.

„Der erste Deutsche verhungert!"

Sennheiser tippte sich an die Stirn.

„Haben Sie noch alle Latten am Zaun, Walther?"

„Zugegeben … Es ist möglicherweise ein wenig plakativ …"

„Plakativ? Sie werden das wieder geraderücken! Schreiben Sie, das sollte ein Scherz … nein, geht nicht, schreiben Sie … Moment mal, was soll das überhaupt?"

Sennheiser deutete abermals auf den Artikel und zog die Stirn kraus.

„Was wollte dieser Obdachlose eigentlich angeln? Fischkonserven? Oder wollte er etwa Sushi essen?"

„Ich fürchte, ich kann Ihnen nicht folgen, Chef."

Diesen Verdacht hegte Sennheiser schon seit Längerem. Er beugte sich vor, stützte den Ellenbogen auf den Schreibtisch und legte das Kinn in die offene Faust. Camel fragte sich, was er ihm damit sagen wollte.

„Obdachlose verfügen üblicherweise nicht über eine Küche, in der sie frischen Fisch zubereiten können. Sie verbringen ihre Zeit daher auch nicht mit Angeln, sondern betteln irgendwo in der Fußgängerzone oder am Bahnhof. Um sich dann fertig zubereitetes Essen kaufen zu können."

„Stimmt. Was wollte der Mann dann dort? Und wozu brauchte er eine Angel?"

„Das sollten Sie schleunigst herausfinden. Ich erwarte einen sauber recherchierten Artikel von Ihnen."

09

Heinrich berichtete Annette während der morgendlichen Joggingrunde um den Auesee von der Entdeckung seiner Mutter. Die Staatsanwältin wollte dem Fund keine große Bedeutung beimessen.

„Die Medikamentenpackung, die wir bei ihm gefunden haben, war noch halb voll. Wir konnten bislang noch nicht ermitteln, woher er dieses Medikament hatte. Aber warum hätte er einen Teil davon wegwerfen sollen? Wer weiß, vielleicht gehen deiner Mutter mal wieder die Gäule durch und es handelt sich um gewöhnliche Grippetabletten, die jemand dort entsorgt hat. Ich werde sie aber vorsorglich von unseren Leuten untersuchen lassen."

Nach dem Frühstück zog es Heinrich in die Stadt. Joschi konnte außer ihm durchaus noch andere Bezugspersonen gehabt haben. Für die selbst gebaute Angelroute hätte er eventuell eine Erklärung gefunden, nicht aber für die Herztabletten im Gras unweit der Stelle, an der man die Leiche gefunden hatte.

Da er nicht wusste, wohin ihn die Suche treiben würde, nutzte er zunächst den kürzesten Weg über die Kolping- und Korbmacherstraße bis zur Fußgängerzone. Nach kurzem Zögern bog er rechts in Richtung Willibrordi-Dom ins Viehtor ein. An dem mächtigen Gotteshaus angekommen, drehte er um und lief die Fußgängerzone hoch bis zum Berliner Tor. Weit und breit war kein Obdachloser zu sehen. Heinrich ging zum Bahnhof, fragte einen der in leuchtendem Gelb gekleideten Bahnhelfer, die dort für Ordnung sorgten. Der Mann teilte ihm freudestrahlend mit, dass die Obdachlosen längst erfolgreich vom Bahnhofsvorplatz vertrieben waren. Heinrich dachte angestrengt nach, versuchte sich an die Dienstzeit zu erinnern. Es gab Obdachlose in der Stadt, das hatte er immer wieder mal von den Kollegen des Schutzbereichs mitbekommen. Aber im Alltagstrubel der Stadt waren sie anscheinend unsichtbar, stellte er fest. Frustriert schlenderte er Richtung Heubergbad. Vielleicht hielt sich jemand in dem kleinen Park daneben auf, spekulierte Heinrich. Dort waren aber nur Bier trinkende Jugendliche und Skater. Ein Mischlingshund mit knallrotem Halstuch kam schwanzwedelnd auf ihn zu.

Heinrich beschloss, den Heimweg anzutreten. In Höhe des Mölderplatzes änderte er seinen Plan. Einige Hundert Meter weiter betrat Heinrich das Sozialamt. Dort teilte man ihm mit, dass die Caritas direkt um die Ecke an der Fluthgrafstraße eine Art Auffangstation für Wohnungslose unterhielt. Drei Minuten später betrat er das Gebäude und staunte. Drei Männer und zwei Frauen in stark zerschlissener Kleidung und in ungepflegtem Gesamtzustand saßen an einem Tisch in der Ecke und unterhielten sich. In der Mitte des Tisches stapelten sich benutzte Teller. Auf dem oberen lagen fünf Suppenlöffel. Heinrich fragte höflich, ob er sich dazusetzen dürfe. Ein grauhaariger Mann mit Suppenrest im fast weißen Vollbart, dessen Alter sich nur schwer schätzen ließ, rutschte wortlos zur Seite. Heinrich zog ein gefaltetes Blatt aus der Innentasche seines Blousons. Annette war gestern so freundlich gewesen, ihm eine Kopie des Fotos vom Erkennungsdienst mitzubringen. Er hatte ihr gesagt, dass er nach Angehörigen suchen wollte, die eine halbwegs anständige Beerdigung übernehmen könnten. Er wusste selbst nicht, ob dies sein einziges Ziel bleiben würde.

„Ein Freund …", er räusperte sich, „ein guter Bekannter ist vorgestern am Schwarzen Wasser tot aufgefunden worden. Ich würde gerne dafür sorgen, dass er eine ordentliche Beerdigung bekommt. Dazu müsste ich aber mehr über ihn wissen. Kennen Sie diesen Mann?"

Heinrich reichte den Ausdruck an seinen Nachbarn zur Rechten weiter.

„Anständich Beerdijung, ha", entfuhr es seinem Gegenüber, „für Geld, was kostet anständiche Beerdijung, können wir futtern ganze Jahr, ach, was sach ich, noch eine Jahr. Für euch wir müssen sterben erst, damit ihr seht, wir waren da. Na, was ist, hab ich Recht oder nicht?“, fragte er in schlesischem Dialekt. Dabei machte er ein freundliches Gesicht. Vier einzeln stehende Zahnruinen kamen zum Vorschein. Heinrich spürte einen Kloß im Hals. Er hatte nicht darüber nachgedacht, wollte diese Menschen nicht kränken.

„Lass mal gut sein, Süßer“, meldete sich eine der Frauen. Sie trug hüftlanges, schwarzgraues Haar. Heinrich fiel ihre knallrote Nase auf.

„Das ist übrigens Joschi“, fügte sie hinzu und reichte das Blatt weiter. Die anderen nickten. Der Mann schräg gegenüber nahm den Hut ab und hielt ihn vor den Bauch. Ein Ruck durchfuhr Heinrich. Seine Haare waren voller verkrustetem Blut. Erst jetzt bemerkte er die blauen Flecke in seinem Gesicht.

„Skins“, flüsterte sein Nachbar, als er Heinrichs Bestürzung bemerkte.

„Woran ist Joschi gestorben?“, fragte sein Gegenüber.

„Herzversagen“, antwortete Heinrich, „er hatte wohl ein krankes Herz.“

„Nee, Kleiner“, meldete sich die Langhaarige aus der Ecke, „det vergiss mal ganz schnell wieder. Joschi und krank. Habt ihr det gehört?“

Andächtiges Schmunzeln breitete sich über ihre Gesichter aus. Heinrichs Ahnung bestätigte sich. Er hatte ebenfalls den Eindruck gehabt, Joschi sei kerngesund gewesen. Obwohl das Leben auf der Straße ja nicht das gesündeste war.

„Wissen Sie“, erklärte sein Nachbar mit leiser Stimme, „der Joschi gehörte nicht zu uns. Er war Berber, das ist ein Unterschied.“

Heinrich legte die Stirn in Falten.

„Joschi war höchstens einmal die Woche hier. Er fuhr mit seinem Fahrrad durch die Gegend. Hatte mal damit angefangen, als es in den Rathäusern noch Tippelgeld gab. Da gab es auch noch viele Berber. Sie fuhren von Ort zu Ort und bekamen in jedem Rathaus fünf Mark. Mit dem Fahrrad und wenn man Zeit hat, kam da schon was zusammen. Heute bekommt man zwar 11,70 Euro am Tag, aber das ist ein Riesengedöns auf den Ämtern, da blickt keiner mehr durch. Joschi behauptete, in manchen Orten noch an Tippelgeld zu kommen. Keine Ahnung, wie er das angestellt hat. Auf jeden Fall hat der locker fünfzig Kilometer am Tag gemacht. Deswegen war Joschi auch so fit."

Grimm war einige Sekunden sprachlos. Er hatte Joschi fast jeden Tag am Schwarzen Wasser angetroffen. Ein Fahrrad war ihm nie aufgefallen. Es schien, als würden sich die Ungereimtheiten mit jeder neuen Erkenntnis mehren. Aber ebenso konnte der Schein trügen, dachte Heinrich. „Er gehörte nicht zu uns", sagte sein Sitznachbar. Dies ließ den Schluss zu, dass Joschi sie nicht regelmäßig getroffen hatte, sondern ihnen nur hin und wieder begegnet war. Es erklärte auch, weshalb er mit einem kleinen Rucksack auskam. Aber was war mit dem Fahrrad? Zweifel hielten sich beharrlich. Er erkundigte sich nach dem vollständigen Namen. Niemand kannte ihn. Auch sonstige Auskünfte, etwa zu seinem Lebenslauf oder seiner Herkunft, konnten sie Heinrich nicht geben. Nachdem er sich verabschiedet hatte, drehte er sich noch einmal um, legte einen Zwanzig-Euro-Schein in die Tischmitte und wünschte ihnen einen schönen Tag.

Unterwegs rief Annette an. Sie wollte eine Kleinigkeit essen und fragte, ob er in der Nähe sei. An der Ampel Fischertorstraße stieg er in ihr Auto, fünf Minuten später saßen sie im Q-Stall am Weseler Jachthafen. Sie machte einen aufgeräumten Eindruck. Heinrich erzählte ihr von seinem Gespräch mit den Obdachlosen im Caritashaus an der Fluthgrafstraße. Die Kellnerin servierte zwei kleine Salatteller und stilles Wasser.

„Hm, die Kollegen von der Streife haben heute Vormittag ein voll bepacktes Fahrrad reingebracht. Wurde von einem Autofahrer im Wald an der Emmericher Straße kurz vor einem Feldweg entdeckt."

„Joschis Rad!"

„Haben wir auch zuerst angenommen. Aber zwischen Fundort des Toten und Fundort des Fahrrades liegen selbst quer durch den Wald eineinhalb Kilometer. Ich glaube kaum, dass ein Obdachloser sich so weit von seinen Besitztümern entfernen würde. Aber merkwürdig ist es dennoch."

Annette wischte sich den Mund ab und trank einen Schluck Wasser. Heinrich überlegte, wie er diese Fakten werten sollte.

„An dem Rad befanden sich neun Taschen und Tüten. Keine einzige davon enthielt persönlichen Dinge, die Rückschlüsse auf den Eigentümer zuließen. Laut Manuelas Ermittlungen benötigen Obdachlose aber einen Personalausweis, um überhaupt eine Chance auf amtliche Unterstützung zu haben. Der Tote am See hatte keine Ausweispapiere bei sich. Ein weiteres Indiz, dass es sich nicht um sein Fahrrad handelt."

„Nicht unbedingt. Gibt es biologische Spuren?"

„Jede Menge schmutzige Wäsche. Einen DNA-Abgleich halte ich aber für nicht erforderlich."

Sie bemerkte Heinrichs zweifelnden Blick.

„Wozu? Es würde die Frage beantworten helfen, ob es das Fahrrad des unbekannten Toten war oder nicht. Für ein Leichenermittlungsverfahren dürfte die Antwort irrelevant sein."

„Es würde die Suche nach der Identität erleichtern."

„Das bezweifle ich. Uns würde es nach mühevollen und personalintensiven Ermittlungen vermutlich gelingen, Zeugen ausfindig zu machen, die das Fahrrad mit Fahrer irgendwo gesehen haben. Na und? Glaubst du, diese Zeugen kennen deshalb den Namen des Radfahrers?"

„Was ist mit den Tabletten, die meine Mutter gefunden hat?"

„Befinden sich im Labor. Ich habe behauptet, sie stammen vom Fundort der Leiche, obwohl ich das eigentlich nicht weiß. Als du heute Morgen im Bad warst, habe ich deiner Mutter unmissverständlich gesagt, dass ich keine illegalen Handlungen mehr dulden werde. Daraufhin hat sie nur komische Andeutungen gemacht. Ich bräuchte mir angeblich bald keine Sorgen mehr machen und Ähnliches. Hast du eine Ahnung, was sie damit meint?"

„Nein, absolut nicht."

10

„65 Euro? Ist das Ihr Ernst?"

Der ältere Herr mit dem schütteren Haar wischte die Hände flüchtig am blauen Kittel ab. Mitleidig sah er die ältere Dame an.

„Sie wollten eine Messingtafel fuffzig mal fuffzig, gnädige Frau. Das kostet nun mal. Allein das Material, und dann muss es ja auch noch sofort sein …"

„Sparen Sie sich die Ausreden. Für den Preis können Sie die Tafel auch gleich anbringen, ich wohne um die Ecke. Wann kann ich mit Ihnen rechnen?"

„Das gehört eigentlich nicht dazu", sagte er hilflos.

Sie stemmte die Arme in die Hüften und bediente sich des energischsten Gesichtsausdruckes, der ihr möglich war.

„Also schön", seine Augen flogen über die eilig hingekritzelte Anschrift, „ist ja wirklich nicht weit, morgen in der Mittagspause bin ich bei Ihnen."

Halbwegs zufrieden verließ sie den Schilderdienst gegenüber dem Straßenverkehrsamt und stöckelte Richtung Innenstadt. „Da wirst du Augen machen, Frau Staatsanwältin", murmelte sie leise. Unterwegs bestellte sie in einem kleinen Copyshop an der Ritterstraße zwei Sätze mit je 250 Visitenkarten. Im Vergleich zum Messingschild konnte man diesen Einkauf geradezu als Schnäppchen bezeichnen. Wenige Minuten später befand sie sich im Gewerbeamt der Stadt Wesel, Zimmer 51. Ein gleichermaßen jung wie dynamisch wirkender Sachbearbeiter mit Namen Bergerfurth begrüßte sie.

„Mein Name ist Grimm. Gertrud Grimm. Ich bin Detektivin und möchte den dazugehörigen Gewerbeschein abholen."

Sie hatte noch einmal ausgiebig mit Brunhilde telefoniert, bevor sie sich auf den Weg gemacht hatte. Ihre Freundin war Expertin auf diesem Gebiet. Zum einen gab es kaum einen Detektivroman, den sie nicht kannte, zum anderen war sie als Tupperberaterin jahrelang gewerbetreibend gewesen. Sie hatte ihr dringend geraten, sich vorab einen Gewerbeschein abzuholen. Es sei nur eine Formalie und koste fünf Mark.

„Soso."

Mehr brachte ihr Gegenüber nicht heraus. Frau Grimm bemühte sich, den Klang von Bergerfurths Stimme zu deuten. War es ein mitleidig-naives „Soso", wie man es Kleinkindern entgegenbrachte? Oder eher ein erstauntes, spöttisches, was wiederum bedeutete, dass er sie und ihr Anliegen nicht ernst nahm? Der nächste Satz des Sachbearbeiters zerstreute diese Befürchtung.

„Seit wann üben Sie den Beruf der Detektivin denn bereits aus, Frau Grimm?"

Die Seniorin richtete sich auf, schürzte die Lippen, machte eine zaudernde Kopfbewegung und antwortete:

„Bislang beschränkte sich meine Tätigkeit mehr auf den privaten Bereich, also nicht gewerblich, wenn Sie verstehen." Bergerfurth nickte zustimmend. „Was nicht bedeutet, dass ich nicht professionell an die Verbrechen herangehe. Ich habe auch schon beachtliche Erfolge nachzuweisen."

„Erfolge? Nicht gewerblich? Was darf ich darunter verstehen?"

„Nun, unter anderem war ich maßgeblich an der Auflösung mehrerer Mordfälle beteiligt. Privat natürlich."

„Natürlich."

Mehr sagte der städtische Angestellte nicht. Stattdessen blickte er nun eine Spur zu verständnisvoll. Herr Bergerfurth ließ die Mine seines Kugelschreibers vor- und zurückschnellen und schien währenddessen seine weitere Vorgehensweise gründlich zu überdenken. Frau Grimm verlor allmählich die Geduld.

„Was ist nun mit dem Gewerbeschein?"

„Ja, also", ein leichter Ruck ging durch Bergerfurth, „dann wollen wir mal. Zuerst bräuchte ich Ihren Ausweis."

Frau Grimm hatte diesen schon beim Betreten des Büros in der Hand gehalten und schob ihn über den Schreibtisch.

„Das Foto ist ein wenig älter", sagte sie leise.

„Ist doch schon in Farbe", witzelte Bergerfurth. Dann bemerkte er ihren düsteren Blick und räusperte sich.

„Gut, das hätten wir."

Aus einer Schublade neben seinem linken Knie holte er ein mehrseitiges Formular hervor und reichte es ihr.

„Den Antrag bitte ausfüllen und unterschreiben. Außerdem benötige ich ein aktuelles Führungszeugnis, einen Gewerbezentralregisterauszug und eine steuerliche Unbedenklichkeitsbescheinigung. Wenn wir alles zusammenhaben, melde ich Sie für die zweiwöchige Schulung bei der IHK in Duisburg an. Für den Gewerbeschein wird eine Verwaltungsgebühr in Höhe von zwanzig Euro erhoben. Hinzu kommen die Gebühren für die genannten Nachweise sowie für die Schulung. Haben Sie noch Fragen, Frau Grimm?"

Die Angesprochene war längst in ihren Stuhl zurückgesunken. Sie fühlte sich, als habe sie ein mutierter Riesenamtsschimmel frontal über den Haufen gerannt. Sie glaubte, ein leises Wiehern zu vernehmen, womit sie nicht grundlegend falsch lag.

„Ich möchte Sie noch bitten, Ihre Aktivitäten bis zur Erteilung der Gewerbeerlaubnis einzustellen, Frau Grimm."

Das war das Aus. Schien zumindest dieser Amtsträger mit den vielen Akneresten im Gesicht zu glauben. Aber so schnell gab Frau Grimm nicht auf. Nach gründlicher Abwägung der Chancen entschied sie sich, es aus taktischen Gründen zuerst im Guten zu versuchen. Langsam beugte sie sich weit über die Schreibtischkante. Mit verschwörerischem Blick hob sie den rechten Zeigefinger und winkte ihn zu sich herüber. Sie rollte die Pupillen in den rechten, danach in den linken Augenwinkel, als wollte sie den Raum kontrollieren, und blickte anschließend starr und unnachgiebig auf ihr Gegenüber. Mit dunkler Stimme begann sie zu flüstern.

„Wir können uns nicht mit Verwaltungskram aufhalten. Ich ermittle in einem Mordfall. Ich sage nur: der Tote vom Schwarzen Wasser."

Ihre Pupillen schimmerten wie glänzende Christbaumkugeln. Für einige Sekunden war Bergerfurth sichtlich irritiert. Nur ganz langsam gewann er die Fassung wieder.

„Ähem … das … darum sollte sich die Polizei kümmern."

Polizei? Mist. Nicht aufgeben, Gertrud. Gleich hast du ihn.

„Reicht auch Expolizei?"

„Ich verstehe nicht …"

„Mein Sohn war sein Leben lang Polizist, Hauptkommissar. Voriges Jahr ist er in den Ruhestand geschickt worden."

„Tja …", Bergerfurth kniff die Lippen zusammen, wiegte zaudernd Kopf, „also für eine Gewerbeanmeldung macht das eigentlich keinen Unterschied. Hm, Ihr Sohn, sagten Sie, ist das der Hauptkommissar Grimm? Hauptkommissar a.D.", schob Bergerfurth hastig hinterher. Frau Grimm nickte und starrte ihn dabei fordernd an.

„Die Unterlagen sollten in diesem Fall schneller hier sein. Am besten richten Sie Ihrem Sohn aus, er möchte persönlich hierherkommen. Wir werden dann sehen, was sich machen lässt, Frau Grimm."

Zufrieden verabschiedete sie sich. Nun galt es noch, die Presse einzuspannen. Sie hatte auch schon eine Idee, an wen sie sich wenden konnte.

11

Heinrich hatte seiner Mutter seit Wochen versprochen, einen Fliederstrauch, der ihr im Frühling die Sicht auf den Nachbargarten versperrte, auszugraben. Es hatte über eine Stunde gedauert, bis die langen Wurzeln freigelegt waren. Zwischendurch stützte er sich auf den Spaten und sah sich im Garten um. Seine Mutter kümmerte sich hervorragend um Blumen, Bodendecker und kleinere Ziersträucher. Aber der Rückschnitt der Bäume war ebenso überfällig wie eine gründliche Auslüftung des Rasens. Heinrich nahm sich vor, in Zukunft mehr Zeit im Garten zu verbringen.

Gegen siebzehn Uhr ging er hoch in seine Wohnung. Nachdem er geduscht und einen bequemen Trainingsanzug angezogen hatte, schaltete er den Wasserkocher an und setzte sich mit Papier und Bleistift an den Esstisch. Heinrich übertrug die Aussagen der Wohnungslosen aus der Caritasnebenstelle. Darunter zog er eine Linie, um seine persönlichen Einschätzungen zu notieren. Er stockte in dem Augenblick, als er den Bleistift ansetzte, weil ihm plötzlich auffiel, dass er Joschi noch nie außerhalb des Geländes rund um das Schwarze Wasser angetroffen hatte. Heinrich war immer noch oft genug in der Stadt, um irgendwelche Besorgungen zu erledigen. Die Wohnungslosen kamen ihm alle seltsam gleich vor. Er musste sich eingestehen, dass er Joschi früher nicht beachtet hätte. Aber seit sie sich kannten, ein wenig angefreundet hatten, hätte er ihn ganz bestimmt bemerkt.

Heinrich zog eine weitere Linie und schrieb: „Offene Fragen".

Darunter notierte er alles, was ihm seltsam erschien. Die Tatsache, dass er Joschi nie in der Stadt gesehen hatte, das so weit vom Fundort der Leiche entfernt aufgefundene Fahrrad, die Herztabletten, den vitalen und sauberen Gesamteindruck, der überhaupt nicht zu jemandem passte, der auf der Straße lebte, und schließlich die Tatsache, dass unmittelbar neben Joschis totem Körper eine Angel gefunden worden war.

Als Heinrich wenig später mit einer Tasse Kaffee aus der Küche zurückkam und einen flüchtigen Blick auf die Armbanduhr warf, die Joschi ihm geschenkt hatte, war er überrascht. Er führte die Uhr dichter an seine Augen, um ganz sicherzugehen. Heinrich hatte es versäumt, sie vor dem Duschen abzunehmen. Als er den Fehler bemerkte, erinnerte er sich an Joschis Worte: „Sie ist absolut wasserdicht." Nun sah er, dass das Gehäuse restlos voll gelaufen war, die Zeiger und das Zifferblatt lagen unter Wasser. Die erste Frage, die Heinrich sich stellte, galt der Qualität. Sollte es sich um eines dieser täuschend echt aussehenden Imitate handeln, die meist aus dem fernen Osten kamen und die überall zu bekommen waren? In einem ersten Reflex wollte er die Uhr in den Abfalleimer werfen. Dann überfiel ihn ein leichter Anflug von Sentimentalität. Joschi hatte seine gesamten Ersparnisse dafür geopfert. Dem materiellen Wert maß Heinrich keine Bedeutung bei, es war die symbolische Geste, die ihm beim Anblick der kaputten Uhr feuchten Glanz in die Augen trieb.

Heinrich nahm sich vor, am nächsten Morgen seinen Angelfreund Walter Floskamp aufzusuchen. Floskamp hatte seinen kleinen Uhrmacherladen an der Dimmerstraße vor mehr als einem Jahrzehnt geschlossen. Sein Service war kaum noch gefragt und als ihm der Hausmeisterposten an einer Weseler Schule angeboten wurde, hatte er die Gelegenheit beim Schopf gepackt.

Heinrich dachte an Joschis auffordernden Blick, mit dem er ihm die Uhr hingehalten hatte. Seine sonderbare Andeutung. Beim Anblick der Uhr glaubte Heinrich, sie noch einmal zu hören.

Vielleicht wird sie mal wichtig für dich.

12

Camel hatte für sein Vorhaben eine halbe Stunde im Waschkeller damit verbracht, den immer unüberschaubar werdenden Berg aus Schmutzwäsche zu durchsuchen. Am Ende hatte es lediglich zu der Erkenntnis gereicht, dass er dringend einen Waschtag einlegen musste. Auf dem Speicher war er schließlich fündig geworden. In einer alten Kommode lagerte er Textilien, die zwar verdreckt und oft genug zerschlissen waren, von denen er sich jedoch nicht trennen konnte. Die Hose in grünen und hellroten Pastelltönen mit weitem Schlag war arg verwaschen, der Stoff an manchen Stellen bereits so dünn, dass die Haut durchschimmerte. Auf dem Boden der alten Holzkiste fand er ein zerknittertes T-Shirt. Auf hellblauem Untergrund strahlten lauter kleine Prilblumen um den entsprechenden Werbeaufdruck der Firma in der Mitte. Kurzerhand streifte Camel es über und bügelte es notdürftig mit der flachen Hand. Ein Blick in den matten Flurspiegel sorgte für Zufriedenheit. Es galt, eine vertrauensvolle Basis zu schaffen. Die Pressemeldung der Polizei, die am gestrigen Spätnachmittag in die Redaktion flatterte, war eindeutig. Kein Landstreicher würde sein Fahrrad und alle Besitztümer achtlos irgendwo abstellen und kilometerlang durch den Wald spazieren. Als guter Journalist roch er den modernden Gestank der Illegalität sofort. Er sah die Spur des Verbrechens förmlich vor seinem geistigen Auge. Sennheiser musste das geahnt haben, wurde ihm in diesem Augenblick bewusst. Er hatte ihn nicht ermahnen wollen, im Gegenteil, sein Boss hatte diesen Hinweis bewusst fallen lassen. Er hatte ihn kitzeln, auf diese Weise seinen besten Mann auf die Sache ansetzen wollen. Clever, Chef, dachte Camel. Der Reporter hielt die Klinke bereits in der Hand, dachte eine Sekunde nach, holte sich eine Flasche Sonnenblumenöl und verschwand damit ins Badezimmer. Mit Haaren, die in der Sonne glänzten, trat er vors Haus und sah unter die Motorhaube des Mustangs. Dieser Ort war eine Fundgrube für Schmutzreste aller Art. Genau das passende Make-up für sein Vorhaben. Voller Flecken im Gesicht, an den Händen und an den Kleidern machte sich Camel auf den Weg.

Er hatte sich die Aufgabe wesentlich leichter vorgestellt. Seit zwei Stunden lief er durch die Stadt. Musste immer wieder in Hauseingänge und Nebenstraßen flüchten, um nicht von Leuten erkannt zu werden. Auch wenn er seine Tarnung für perfekt hielt, war ihm das Risiko zu groß.

Es war dem Redakteur unerklärlich, dass er keine bettelnden Menschen sah. Hatte er irgendwas verpasst? Besaßen Obdachlose ein Spendenkonto, über das sie ihre Einnahmen und Ausgaben abwickelten? Er musste sich eingestehen, dass er schlecht vorbereitet war. In einem Fast-Food-Restaurant kaufte Camel einen Kaffee im Plastikbecher und setzte sich auf eine Bank in der Mitte der Fußgängerzone. Er zündete eine Zigarette an und dachte angestrengt nach. Einer seiner Artikel fiel ihm ein. Von 2004, er hatte auf die soziale Schieflage in der Stadt hinweisen wollen und die Obdachlosen als drastisches Beispiel herangezogen. Während er sich zu erinnern versuchte, wo er sich damals mit ihnen getroffen hatte, riss ihn ein plötzlicher Schmerz aus den Gedanken. Heißer Kaffee lief ihm über die Hand.

„Entschuldigung, ich dachte, es wäre Ihr Spendenbecher“, vernahm er eine bekannte Stimme. Er hob den Kopf und verfluchte diesen Tag im ersten Moment.

„Herr Walther“, rief Frau Grimm und hielt entsetzt die Hand vor den Mund. Passanten blieben stehen und versuchten, den Angesprochenen zu erkennen.

„Ihre Artikel entsprachen nicht immer der Wahrheit, aber dass Sie nun so enden mussten, ist wirklich schade.“

Die Seniorin sah sich um, als ersuche sie um Zustimmung. Frau Grimm war ebenfalls auf der Suche nach Obdachlosen und so war es kein Zufall, dass sie sich hier begegneten. Camel stand auf und schob sie nachdrücklich in eine Seitenstraße.

„Ich recherchiere undercover, Frau Grimm“, flüsterte er.

„Undercover?“, rief sie erstaunt.

Jetzt nicht mehr, dachte Camel.

„Ja! Ist Ihnen denn nicht aufgefallen, dass ich wie ein Obdachloser aussehe?“

„Doch, doch, schon länger“, wollte sie beschwichtigen. Camel holte tief Luft. Er musste sich unbedingt beherrschen. Nach der frühen Pensionierung ihres Sohnes war die gesprächige Seniorin seine letzte verbliebene Quelle, um an halbwegs brauchbare Polizeiinterna zu gelangen. Selbstverständlich war ihm auch ihr Hang zu privaten Ermittlungen bekannt. Es galt, die Neugierde von Frau Grimm zu kanalisieren und selbst möglichst wenig preiszugeben.

„Kam es Ihnen nicht sonderbar vor, dass neben dem Toten am Schwarzen Wasser eine Angel gefunden wurde, Frau Grimm?“

Verstohlen sah sie nach rechts und links und trat dabei näher an ihn heran.

„Das haben Sie sehr gut beobachtet. Jeder Trottel in Wesel weiß, dass es dort keine Fische gibt. Die Sache stinkt.“

Camel schluckte. Es war nicht die Zeit, Wunden zu lecken, er brauchte endlich Fakten. Immerhin hatte er sie angestachelt.

„Die Angelegenheit ist sehr brisant. Das können wir nicht auf der Straße besprechen.“

Sie beschlossen, in der Eisdiele an der Tückingstraße einen Kaffee zu trinken. Der Kellnerin fiel beim Anblick der alten Dame in Begleitung des vermeintlich Obdachlosen fast das Tablett aus der Hand. Sie nahmen in der hintersten Ecke gegenüber den Toiletten Platz.

„Die muss es aber nötig haben“, vernahm sie die Stimme einer reiferen Blondine vom Nachbartisch. Gertrud Grimm bedachte sie mit einem abfälligen Blick. Erst jetzt erfasste sie die Situation. Sie linste zu ihrem Tischnachbarn und versank tiefer in ihren Stuhl. Dummerweise musste sie zum Schutz vor ungebetenen Mithörern näher an Camel heranrutschen. Sie berichtete ihm von ihrem Plan, eine Detektei zu eröffnen und betonte ausdrücklich, wie wichtig ihr dafür der gute Draht zur örtlichen Presse sei.

„Ich brauche wohl nicht extra zu erwähnen, dass ich die mir anvertrauten geheimen und brisanten Ermittlungsdetails, wenn überhaupt, nur den kompetentesten Journalisten anvertrauen würde."

„Gnädige Frau, sehen Sie mich an. Vor Ihnen sitzt die mediale Fachkompetenz in Person."

Camel klang empört. Bevor Frau Grimm reagieren konnte, lenkte er das Gespräch geschickt auf den Toten vom Schwarzen Wasser. Dass ein mit Tüten und Taschen bepacktes Fahrrad gefunden worden war, nahm sie äußerst interessiert zur Kenntnis. Nachdem Frau Grimm bezahlt hatte, schickte sie Camel zur Anlegestelle der River Lady an der Rheinpromenade. Um diese Jahreszeit waren sehr viele Touristen dort, potenzielle Spender also, glaubte die Hobbyermittlerin.

Frau Grimms Vermutung erwies sich als richtig. Zwei Bettler saßen oberhalb des Ufers in der Nähe der Anlegestelle auf dem Grünstreifen zwischen Fahrradweg und Straße. Als Camel sich dazusetzen wollte, herrschten sie ihn an.

„Besetzt, Kumpel. Musste dir wat anderet suchen."

„Glaube ich nicht", antwortete Camel und legte auf jeden der beiden Papierteller einen Zehn-Euro-Schein. Die beiden griffen sofort zu und ließen die Spende in der Tasche verschwinden. Einer von ihnen deutete auf ein ankommendes Schiff.

„Wenn der anlegt, biste aber weg, verstanden?"

Camel nickte. Ungefragt erzählte er ihnen eine herzzerreißende Geschichte von einem ehemaligen Stararchitekten, dem zuerst eine Brücke und kurz darauf sein gesamtes Leben eingestürzt sei. Sie beäugten ihn misstrauisch. Im Augenwinkel sah er das anlegende Fahrgastschiff. Er fragte sich, ob die vertrauensbildenden Maßnahmen schon gewirkt hätten. Viel Zeit blieb nicht mehr.

„Sagt mal, den Toten drüben am Schwarzen Wasser, kanntet ihr den?"

Die beiden sahen sich an. Camel wurde nervös.

„Du bist keiner von uns", sagte der eine, „sonst würdest du Joschi kennen. Außerdem haste für meinen Geschmack ein bisschen viel Kohle für dein kaputtes Leben."

Nach kurzem Zögern entschloss sich Camel, die Wahrheit zu sagen.

„Ihr habt Recht. Ich bin Journalist. Ich war dabei, als der Tote gefunden wurde. Und jetzt kümmert sich niemand mehr drum, obwohl die Umstände äußerst mysteriös sind."

Camel versuchte, so seriös wie möglich zu wirken.

„Wenn es einen Geschäftsmann oder jemanden aus dem Rathaus erwischt hätte, würde die Polizei nicht so einfach zur Tagesordnung übergehen. Aber so." Er hob die Schultern.

„Du meinst, da hat jemand nachgeholfen?"

Camel verzog keine Miene, ließ seinen Blick bedeutungsvoll auf ihnen ruhen und erzeugte damit mehr Spannung, als Worte hätten bewirken können. Dann sprang er mit einem Ruck auf.

„Ich glaube nicht, dass dieser Joschi dort angeln wollte."

Wieder sahen die beiden sich ungläubig an.

„Nein, natürlich nicht. Dort gibt es keine Fische, weiß doch jedes Kind. Wie kommst du darauf?"

Für eine Sekunde verzog der Redakteur des Boten das Gesicht.

„Man hat eine Angel neben ihm gefunden. Und wisst ihr, was das Schlimmste ist?"

„Was?"

„Die Polizei hat sein Fahrrad gefunden, fast zwei Kilometer vom Schwarzen Wasser entfernt. Kann gut sein, dass sie jetzt doch Ermittlungen aufnehmen. Was meint ihr wohl, bei wem sie anfangen?"

„Wir haben doch nichts damit zu tun!"

„Könnt ihr das beweisen? Die Polizei braucht immer einen Schuldigen. Aber da mache ich nicht mit!"

„Was soll'n das heißen?"

Camel ging vor den beiden in die Hocke.

„Es ist meine Aufgabe, Missstände aufzudecken und unschuldigen Bürgern zu helfen. Und das werde ich. Aber dafür benötige ich Informationen. Wer war dieser Joschi? Wie heißt er wirklich, wo kommt er her und so weiter?“

Sie wirkten ratlos. Passanten ließen gelegentlich Münzen auf die Teller fallen. Sie bedankten sich beiläufig.

„Wir kennen nur seinen Vornamen. Joschi war einer der letzten Berber. Er war viel unterwegs, wir müssten uns in den Nachbarorten umhören. Aber wie sollen wir dahin kommen?“

Nach der misslungenen Maskerade und weil die beiden sich in der Szene wesentlich besser auskannten, musste Camel in den sauren Apfel beißen. Er zückte das Portemonnaie und gab ihnen fünfzig Euro für Fahrkarten sowie seine Visitenkarte. Dafür mussten sie ihm versprechen, am nächsten Abend um Neunzehn Uhr an der Rheinpromenade zu erscheinen und ihm Bericht zu erstatten.

13

Gertrud Grimm lud Annette und Heinrich an diesem Abend hochoffiziell zum Abendbrot auf ihre Terrasse ein. Als Dankeschön dafür, dass sie nun freie Sicht auf ihren und vor allem den Garten ihrer Nachbarn hatte. Ihre Freundin Brunhilde war am Morgen mit ihrem Mann nach Venlo gefahren und hatte ihr einen kleinen Eimer Matjes mitgebracht. Annette genoss die süßlich warme Abendluft, lehnte sich entspannt zurück.

„Haben euch die Tabletten weiterhelfen können?", fragte Gertrud Grimm betont beiläufig, während sie eine Zwiebel in dünne Scheiben schnitt. Annette hob die Mundwinkel.

„Ja."

Die Hand, mit der sie das Messer hielt, verkrampfte sich. Heinrich ahnte, wie es in seiner Mutter brodelte.

„Ein kleines bisschen mehr kannst du schon verraten, immerhin hat meine Mutter die Tabletten an einer Stelle gefunden, an der deine Leute ahnungslos vorbeigetrampelt sind."

Seine Mutter hob rasch den Kopf. Ihre Augen strahlten ihn an.

„Damit sie wieder unerlaubte Ermittlungen anstellt?"

Fast in der gleichen Sekunde knallte Frau Grimm wütend das Messer auf den Tisch.

„Unerlaubte Ermittlungen? Wenn es meine Zeit in der Vergangenheit überhaupt erlaubt hat, habe ich der Weseler Polizei in ausweglosen Situationen weitergeholfen. Das ist also der Dank dafür."

Sie verschränkte theatralisch die Arme vor die Brust und presste die Lippen zu einem dünnen Strich zusammen. Annette suchte nach Fakten, die so unbedeutend oder naheliegend waren, dass sie nichts verrieten. Sie glaubte nicht, dass der Tote Opfer eines Verbrechens war. Heute Morgen, nachdem sie die Tabletten abgegeben hatte, hatte sie einen Augenblick lang Zweifel gehabt. Aber sie hatte sie gleich wieder verworfen. Aus diesem Todesfall kann selbst Gertrud Grimm keinen Mord machen, schmunzelte sie innerlich.

„Meinetwegen. Die Tabletten, die du gefunden hast, stammen aus der Packung, die der Tote bei sich trug. Das ist alles, was ich dir sagen kann."

Geht doch, dachte sie und nahm sich vor, ihre erfolgreiche Strategie nicht so schnell aufzugeben.

„Verstehe, laufende Mordermittlung."

„Nein", Annette lachte kurz auf, „es bleibt weiterhin beim Leichenermittlungsverfahren. Es gibt keinen Mord, Gertrud. Finde dich damit ab."

Heinrich, der den dritten Hering auf den Teller legte und ihn sogleich unter einer Schicht Zwiebelringe begrub, kam die Sichtweise der leitenden Staatsanwältin oberflächlich vor.

„Welche Erklärung habt ihr dafür, dass die Tabletten im Gebüsch lagen?"

„Meine Güte, Heinrich, was soll ich dir da sagen? Vielleicht hat der Tote sie dort selbst verloren?"

Schweigend beendeten die drei ihr Abendessen.

14

„Joschi!“

Er fuhr hoch, schnappte gierig nach Luft. Das Hemd klebte nass an seinem Körper. Sie legte ihren Arm um ihn, sagte kein Wort. Nach einer Weile beruhigte er sich. Langsam ließ er sich zurücksinken. Sie beugte sich über ihn, ihre Haare kitzelten ihn im Gesicht. Zärtlich berührte ihr Mund seine Lippen.

„Nimmt dich ganz schön mit, hm?“

Er nickte gedankenversunken.

Eine Stunde lag Heinrich nach diesem Albtraum wach im Bett, dann stand er auf. Eine halbe Stunde früher als gewöhnlich. Er öffnete ein Fenster im Wohnzimmer und steckte den Kopf ein Stück hinaus. Es regnete, der Wetterbericht hatte erste Wärmegewitter vorausgesagt. Er ließ das Fenster geöffnet und ging ins Badezimmer. Nach der Dusche füllte er den Wasserkocher und ging zurück ins Schlafzimmer. Er setzte sich zu Annette auf die Bettkante.

„Eine Runde um den See?“

„Es regnet in Strömen.“

„Dann haben wir noch Zeit.“

Sie zog ihn sanft unter ihre Decke.

Über den Klever-Tor-Platz, vorbei an Rathaus und Bücherei, lief er direkt auf die Dimmerstraße zu. Der Kornmarkt war um diese Zeit menschenleer. Vor den zugeklebten Scheiben eines Supermarktes kommunizierten schwanzwedelnd zwei angeleinte Mischlingshunde.

Pünktlich um neun Uhr klingelte Heinrich bei der Dimmerstraße 3a. Walter Floskamp bewohnte die erste Etage, er begrüßte seinen Besucher bereits im Treppenhaus. Oben gab er ihm die Hand, das heißt, er drückte sie im wahrsten Sinne des Wortes. Immer, wenn sie sich trafen, fragte sich Heinrich, wie jemand mit derartig kräftigem Händedruck Uhrmacher sein konnte. Floskamp führte ihn direkt in sein Arbeitszimmer. Der nur knapp zehn Quadratmeter kleine Raum war voll gestellt mit Schränken, Regalen und Arbeitsflächen. Heinrich stellte fest, dass Walter Floskamp seine gesamte Uhrmacherwerkstatt hier untergebracht hatte. Der Gastgeber räumte hastig einige Kartons und lose Blätter von einem Stuhl und bot ihn Heinrich an. Er selbst setzte sich auf einen verblichenen Drehschemel an die Werkbank. Floskamp trug ein verwaschenes Hemd und eine alte Cordhose, die an vielen Stellen abgewetzt war. Die dunkelgrauen Haare lagen akkurat gescheitelt. Er setzte sich vorsorglich eine schmale Lesebrille auf und sah seinen Besucher tatendurstig an. Heinrichs Augen flogen über die vielen, scheinbar wahllos verteilten Werkzeuge auf der Arbeitsfläche. Die Wand hinter der Werkbank bestand aus einer flächendeckenden Holztafel, die mit Schlüsseln, speziellen Feinwerkzeugen und Stapeln von Kleinteilebehältern bedeckt war.

„Ich dachte, du reparierst keine Uhren mehr?", wunderte sich Heinrich. Floskamp lachte.

„Ich kann nicht aufhören", gespielt hilflos breitete er die Arme aus. „In manchen sogenannten Fachgeschäften wechseln sie dir höchstens noch die Batterie, wenn's schwieriger wird, schicken sie die Uhr ein und du bist sie sechs Wochen los. Die meisten modernen Uhren sind in Wirklichkeit kleine Computer. Irgendwann kannst du damit telefonieren und bügeln."

Floskamp machte eine abfällige Handbewegung.

„Ich repariere noch die Uhren meiner alten Stammkunden. Ab und an kommt schon deren Nachwuchs zu mir. Gute Arbeit spricht sich eben rum."

„Das schaffst du in deiner Freizeit?"

Floskamp bedachte Heinrich mit einem mitleidig-naiven Blick.

„In Zeiten, in denen Uhren bei Tchibo und Aldi verkauft werden, ist das keine große Kunst. Aber ich nehme an, du hast mir was Besseres mitgebracht."

„Das hoffe ich. Ehrlich gesagt zweifle ich inzwischen an der Echtheit.“

Heinrich zog einen Gefrierbeutel aus der Innentasche seines Blousons. Das Küchentuch, in das er die Uhr zusätzlich eingewickelt hatte, war an der Unterseite durchnässt. Vorsichtig wickelte er das Tuch ab und reichte Walter Floskamp den Chronografen. Dieser führte die Uhr dicht an die Augen, drehte sie prüfend um und legte sie unter ein beleuchtetes Vergrößerungsglas vom Umfang eines Kuchentellers. Dabei stülpte er die Lippen leicht vor und nickte zweideutig. Das Ganze dauerte keine zwei Minuten. Mit einem Schwung drehte sich der Uhrmacher zu Heinrich um.

„Kein Zweifel, die Uhr ist echt. Es handelt sich um eine Omega Seamaster Professional. Die Seriennummer stammt aus diesem Jahr, sie ist also noch fast neu. Was hast du damit gemacht?“

Heinrich schüttelte ratlos den Kopf.

„Ich hatte sie versehentlich unter der Dusche an. Das verträgt sie wohl nicht. Lohnt sich eine Reparatur?“

„Machst du Witze? Erstens kostet diese Uhr fast dreitausend Euro und zweitens weist sie die Besonderheit auf, bis in eine Tiefe von dreihundert Metern wasserdicht zu sein. Der Grund für ihre große Beliebtheit unter Hobbytauchern.“

Für einen Augenblick fehlten Heinrich die Worte. Fieberhaft überlegte er, wie er diese Information bewerten sollte. Ein weiteres Mosaiksteinchen, ein weiteres Rätsel um Joschis Tod? Oder noch ein Zufall? Ein Obdachloser dürfte kaum eine Uhr im Wert von dreitausend Euro erwerben können. Er könnte sie gefunden haben. Jemand hatte sie aus Ärger über den Defekt weggeworfen. Aber auch diese These war wenig wahrscheinlich.

„Dann will ich mal nachsehen, was dem guten Stück fehlt.“ Floskamps entschlossene Stimme beendete die Gedankenkette. Heinrich stand auf und sah seinem Bekannten neugierig über die Schulter. Floskamp spannte die Uhr mit der Unterseite nach oben ein. Von einer Ablage an der Wand nahm er ein Gerät, das Heinrich an einen Dosenöffner erinnerte. Er drehte an eingelassenen

Rändelschrauben, woraufhin sich drei kleine Stifte voneinander entfernten. Diese griffen schließlich exakt passend in Vertiefungen im Gehäusedeckel. Bevor Floskamp den Deckel der Uhr aufschraubte, sah er Heinrich prüfend an.

„Ich gehe davon aus, dass die Dichtung hinüber ist. Falls nicht, sorge ich jetzt dafür, dass du eine neue brauchst. Die muss ich bei Omega in der Schweiz bestellen, dauert 'ne Woche, mindestens. Soll ich trotzdem …"

„Ja, sicher."

Heinrich wunderte sich über seine Ungeduld. Was sollte ihn schon Besonderes erwarten? Floskamp begann, den Gehäuseöffner langsam zu drehen.

„Geht aber verdächtig leicht", murmelte er dabei. Nach nicht einmal zwei Umdrehungen legte er den Öffner zur Seite. Mit einer Pinzette, deren Schaufeln dünn wie Papier waren, hob er den Gehäusedeckel der Seamaster ab. Dann deutete er erstaunt auf das Innenleben. Auf dem Uhrwerk lag ein quadratischer, in Folie eingeschweißter Zettel mit einer Kantenlänge von ungefähr einem Zentimeter. Die Seriennummer oder dergleichen, dachte Heinrich. Walter Floskamp nahm den Zettel mit der Pinzette heraus und hielt ihn unter das Vergrößerungsglas.

„Was soll das bedeuten?"

Der Uhrmacher rieb sich nachdenklich das Kinn. Fragend sah er Heinrich an, dann beugte er sich über die geöffnete Uhr und inspizierte diese genau. Heinrich hielt es nicht mehr länger aus.

„Soll das heißen, der Zettel gehört da nicht rein?"

Schweigend, als wolle er Heinrichs Nervenstärke prüfen, ging Floskamp zu einem Schrank und kam mit einer dicken Lupe zurück. Wieder begutachtete er das Innenleben der Uhr. Kopfschüttelnd legte er nach drei endlos lang anmutenden Minuten das Vergrößerungsglas beiseite, setzte sich auf den Schemel und massierte mit beiden Händen das Gesicht. Heinrich fühlte sich hilflos. Mit einem Ruck ließ Floskamp den Stuhl herumschnellen. Er atmete einmal tief durch, bevor er seine Einschätzung mitteilte.

„Der originale Dichtungsring ist entfernt worden, ein neuer wurde nicht eingesetzt. Der Gehäusedeckel war nur halb zugedreht. Die Uhr musste dadurch irgendwann voll Wasser laufen. Im Gehäuse der Uhr befindet sich ein wasserdicht verpackter Zettel. Heinrich, ich weiß nicht, welchen Zweck das alles haben soll und wer eine dreitausend Euro teure, neuwertige Uhr dafür verwendet, aber eines dürfte klar sein: Es war jemandem sehr viel wert, dass dieser Zettel gefunden wird!“

Heinrich sank in den Stuhl zurück. Ihm kam es vor, als würde der Boden unter ihm schwanken.

Fast neu und hundertprozentig wasserdicht.

Joschis Worte dröhnten wie der Nachhall einer Glocke durch sein Bewusstsein. Der merkwürdige Unterton, Joschis Körpersprache, alles deutete darauf hin, dass Joschi vom Inhalt der Uhr gewusst hatte. Heinrich hatte nicht die geringste Ahnung, wie er die neuen Erkenntnisse bewerten sollte.

Walter Floskamp war mittlerweile damit beschäftigt, mithilfe einer Lupe die Schrift auf dem kleinen Zettel zu entziffern. Mit der linken Hand kritzelte er ohne hinzusehen etwas auf einen Schmierzettel auf der Arbeitsfläche. Kurze Zeit später legte er die Lupe zur Seite und schrieb den Inhalt noch einmal in Reinschrift darunter. Anschließend reichte er Heinrich den Zettel, um das Geschriebene mit dem Original abzugleichen. Verwundert betrachtete der pensionierte Hauptkommissar die beiden Zahlenreihen. Der Abgleich stimmte. Floskamp hatte das Original bislang lediglich mit den winzigen Schaufeln der Pinzette berührt. Aus einem antrainierten Reflex heraus ließ Heinrich den Schnipsel aus Floskamps Pinzette in den Gefrierbeutel gleiten. Die Uhr wickelte er wieder in das Tuch und steckte beides getrennt ein.

Heinrich wollte nicht sofort nach Hause gehen. Zu viele Fragen schwirrten ihm im Kopf herum. Sein Gehirn benötigte Sauerstoff. Quer über den großen Markt schlenderte er am Willibrordi-Dom vorbei. Wenige Minuten später war er über die Fischertorstraße an die Rheinpromenade gelangt. Gedankenversunken setzte er sich auf eine der leeren Bänke dicht am Ufer. Er ließ seinen Blick über den Strom gleiten, hinüber auf die andere Rheinseite und hielt ihn dort irgendwo zwischen den Ruinen der alten Eisenbahnbrücke und dem stählernen Spargel des Perricher Sendemastes, dem höchsten Gebäude in Nordrhein-Westfalen.

Was steckt dahinter?, fragte Heinrich sich immer wieder. Er hatte sich entschieden, Joschis Kenntnis über den Zettel in der Uhr als unverrückbaren Fakt anzusehen. Alles andere ergab keinen Sinn. Aber das erklärte nichts. Immerhin war auf diese Art ein Ermittlungsansatz vorgegeben. Heinrich erschrak bei dem Gedanken.

Ihm fiel der Nachmittagstermin mit seiner Therapeutin ein. Dr. Wesseling wollte mit ihm zur „Citadelle Napoleon", dem Ort, an dem das Ende seinen Anfang genommen hatte. Konfrontationstherapie nannte sie das. Sie sah ihn auf einem guten Weg. Allmählich würde es ihm gelingen, loszulassen, abzuschließen mit der Vergangenheit.

Ihm wurde schmerzhaft bewusst, dass er weit davon entfernt war. Er wähnte sich an einer Grenze, spürte, wie es ihn zurückzog. Heinrich wehrte sich dagegen, zwang die Gedanken auf den nächsten Urlaub mit Annette, auf die geplante Anschaffung des Wohnmobils, auf … Langsam drängte Joschis Gesicht alle Bilder zur Seite. Die leise Stimme, geheimnisvoll.

… vielleicht wird sie mal wichtig für dich?

15

Die Apothekerin drehte die kleine Pille ins Licht, legte die Stirn in Falten. Ein Kunde verabschiedete sich, die Kollegin, die ihn bedient hatte, nahm die Tablette ebenfalls in die Hand und drehte sie mehrmals in das grelle Licht der Kaltlichtstrahler über der Theke. Kopfschüttelnd gab sie sie der anderen Apothekenhelferin zurück. Die Szenerie könnte aus einer „Wetten dass …"-Sendung stammen, in der zwei Damen versuchten, Hersteller und Namen von Tabletten durch bloßes Betasten zu erraten.

„Die Packung haben Sie nicht mehr?"

Frau Grimm wurde unruhig. Vor fünf Minuten hatte sie höflich erklärt, die Schachtel verloren zu haben, und um Hilfe gebeten.

„Nein, die Schachtel habe ich nicht mehr. Gibt es denn so viele Herztabletten?"

„Ja, einige."

Die 74-Jährige dachte nach. Ein Obdachloser dürfte kaum in regelmäßiger kardiologischer Behandlung sein.

„Gibt es vielleicht auch rezeptfreie, preiswerte Herzmedikamente?"

Reflexartig senkte sich der Blick der Apothekerin erneut auf die Pille. Plötzlich erhellte sich ihre Miene.

„Ja – die kam mir gleich bekannt vor. Wir haben dieses Mittel lange nicht mehr abgegeben, wissen Sie."

„Natürlich."

Selbstverständlich wusste sie es nicht, wollte aber die mittlerweile zielgerichtete Konversation nicht mehr als nötig unterbrechen.

„Es handelt sich um Strophantus. Gibt es rezeptfrei, kostet 4,50 Euro, erinnern Sie sich?"

„Ja – ich kann mich schwach erinnern."

„Sie waren bestimmt bei Herrn Semmelstedt in Flüren. Er ist

mittlerweile der einzige Heilpraktiker, der seinen Kunden Strophantus empfiehlt."

Gertrud Grimm schlug die flache Hand zum Zeichen der Eingebung vor die Stirn.

„Stimmt. Daher habe ich den Tipp. Ich bin aber auch vergesslich geworden, schlimm."

Vor der Tür notierte sie sofort den Namen des Medikamentes und des Heilpraktikers. Sie sah sich kurz um und erblickte ein Taxi am Stand vor der Post.

„Guten Tag. Fahren Sie mich bitte zum Heilpraktiker Semmelstedt in Flüren."

„Nix kenne Semelestädt. Fluren null Problem, Milady."

In der gleichen Sekunde, in der der Taxifahrer den Zündschlüssel umdrehen wollte, riss Frau Grimm die Tür auf und stieg kopfschüttelnd aus.

Früher lagen im Postamt dutzende Telefonbücher aus, erinnerte sie sich. Nachdem sie zehn Minuten angestanden hatte, suchte ein freundlicher Beamter ihr die Telefonnummer aus dem Computer. Sie zückte das Handy und rief dort an. Herr Semmelstedt persönlich nahm das Gespräch an. Wenn sie Wartezeit in Kauf nehme, könne sie gerne kommen, sagte er. Frau Grimm notierte die Adresse und ging erneut zum Taxistand.

„Marsstraße 41 in Flüren bitte."

„Sehr wohl, gnädige Frau."

Sie atmete erleichtert auf. Kaum waren sie losgefahren, meldete der Fahrer die Fahrt der Funkzentrale.

„Elke … ich fahre zum Semmelstedt."

„Prima, Willy", krächzte es aus dem kleinen Lautsprecher, *„dann kannste gleich Herr Milowicz mit zurückbringen."*

Zehn Minuten später standen sie vor einem schmucken Einfamilienhaus in einer ruhigen Wohngegend Flürens. Die Praxisräume befanden sich im Keller, eine Außentreppe an der Seite führte dorthin. Sie ärgerte sich, dass sie kein Bild des Toten hatte. Nach fast zwei Stunden Wartezeit führte eine freundliche Dame mittleren Alters Frau Grimm in einen kleinen fensterlosen Raum. Neben einer Pritsche befand sich ein Schreibtisch aus Metall. Sie wurde gebeten, auf einem Schemel neben dem Schreibtisch Platz zu nehmen. Vor ihr auf einem kleinen Tisch befand sich eine Apparatur, die sie an das Gerät ihres Augenarztes erinnerte. Es hatte eine Stütze für Stirn und Kinn und ein Okular für die mikroskopische Untersuchung der Augen. Nach weiteren zehn Minuten Wartezeit wurde plötzlich so elanvoll die Tür hinter ihr aufgerissen, dass die Seniorin erschrak. Ein hochgewachsener Mann mit sportlicher Figur betrat das kleine Behandlungszimmer. Er hatte pechschwarzes, mattes Haar. Seine Haut war mit einer gesunden Bräune überzogen. Frau Grimm hatte den Eindruck, als sei dieser Mann vor wenigen Minuten von seinem Surfbrett gestiegen, um hierherzukommen und sie zu behandeln. Lediglich die kleinen, verräterischen Fältchen um seine Augen widerlegten den jugendlichen Gesamteindruck.

„Schönen guten Tag. Was kann ich für Sie tun?" Freundlich reichte er ihr die Hand. Sie begrüßte ihn, holte eine Pillendose aus der Handtasche hervor, entnahm ihr umständlich die Tablette und hielt sie Semmelstedt hin.

„Haben Sie diese Tablette verabreicht?"

Er warf einen kurzen Blick darauf und winkte sie näher an die Apparatur zwischen ihnen.

„Ist schon möglich. Weshalb benötigen Sie denn Strophantus? Angstzustände, Lampenfieber, Angina Pectoris? Legen Sie den Kopf bitte hier hinein. Die Stirn bitte gegen den Bügel drücken und mich ansehen."

Während Gertrud Grimm über eine möglichst unverfängliche Antwort nachdachte, begann Semmelstedt bereits die Diagnose.

„Ihr Herz ist in Ordnung, bis auf ein leichtes, aber unbedeutendes Vorhofflimmern. Die Lunge so weit auch. Gab es Zuckerkrankheiten in der Familie?"

„Nein", antwortete sie kleinlaut.

„Der Blutzuckerspiegel ist leicht erhöht, ist aber nicht dramatisch. Die Nieren arbeiten tadellos, an der Bauchspeicheldrüse befindet sich ein kleines Knötchen, ist aber nichts Bösartiges, die Leber weist einen leicht erhöhten Fettgehalt auf. Sie sollten sich gesünder ernähren, vor allem weniger Fett essen, lieber mehr Obst und Gemüse. Was haben wir denn da … leichte Inkontinenz, könnte auf eine Schwäche des Schließmuskels hindeuten. Ich empfehle Ihnen Beckenmuskeltraining. Haben Sie das schon mal gemacht?"

„Nein, ähem, noch nicht."

Sie war mittlerweile puterrot angelaufen. Semmelstedt eruierte ihren gesundheitlichen Gesamtzustand mit einer, wie sie fand, unangemessenen Leichtigkeit. In derselben Tonlage wurden im Fernsehen die Gewinnzahlen des Mittwochslotto vorgetragen.

„Ist alles eine Frage der Übung."

Der Gedanke an gemeinsames Beckenmuskeltraining mit Herrn Semmelstedt verursachte eine leichte Schnappatmung. Er bemerkte ihre Sorge.

„Sie bekommen ein Faltblatt von meiner Frau, darin ist alles erklärt. Galle ist okay", fuhr Semmelstedt unvermittelt fort, „Speiseröhre, Magen auch … wie sieht es denn mit Ihrem Darm aus …", sie schluckte, „was haben wir denn da? Das sind ja ausgesprochene Prachtexemplare von Hämorrhoiden. Scherz beiseite, da sollten Sie dringend etwas unternehmen, Frau Grimm. Die sind doch bestimmt schmerzhaft, oder?"

Sie schloss die Augen und zog ihren Kopf ruckartig zurück. Ende der Vorstellung. Ihre Atmung hatte sich noch nicht ganz beruhigt. Sie bereute es, hierhergekommen zu sein. Niemals zuvor war sie derart peinlich berührt gewesen. Sie hatte den Eindruck, als habe Semmelstedt direkt durch sie hindurchgeschaut. Gleichzeitig hatte er ihren Glauben ins Wanken gebracht. Homöopathie hatte sie bislang für die Glaskugelabteilung am Rande der seriösen Medizin gehalten. Heilpraktiker waren für sie nichts weiter als moderne Druiden, die irgendwann vom überzogenen Gesundheitsbewusstsein der birkenstockbesohlten Pädagogen mit Doppelnamen profitieren wollten. Der erste Eindruck von Praxis und Betreiber hatte sie noch bestätigt. Diese Überzeugung endete in dem Augenblick, in dem Semmelstedt ihr tief in die Augen sah und seine Art der Diagnose, die eher einer Inventur ihres Körpers glich, begann. Jedes seiner Worte hatte mit nadelspitzen Zähnen an ihrem Vorurteil genagt und es Stück für Stück verschlungen, bis nur noch bloßes Erstaunen übrig geblieben war. Das Schlimmste daran war aber, dass alle seine Feststellungen auf dem steinernen Podest der Wahrheit thronten und ihr triumphierend ins Bewusstsein grinsten. Jahrelang hatte sie ihrer Hausärztin Hämorrhoiden und Inkontinenz verschwiegen, hatte Frauenzeitschriften nach Lösungsvorschlägen durchsucht und zwischen den Regalreihen der Bücherei stehend unauffällig in Sachbüchern geblättert. Es kam ihr vor, als habe Semmelstedt sie mit einem Ruck entblößt. Sollte dies alles für jeden sichtbar in ihren Augen stehen?

„Sagen Sie, was ist das überhaupt für eine neumodische Methode?"

Semmelstedt lachte.

„Iridologie oder auch Irisdiagnose. Ist bereits seit dreitausend Jahren bekannt und anerkannt. Meiner Meinung nach benötigen Sie kein Strophantus."

Sie brauchte einige Sekunden, um die harten Fakten zu akzeptieren oder zumindest bis auf weiteres zu verdrängen. Die Tatsache dass Semmelstedt nun zum Kern ihres Anliegens vordrang, beruhigte sie ein wenig.

„Also, wenn ich dieses Mittel nicht unbedingt benötige. Das ist doch bestimmt gefährlich, oder?"

„Gefährlich?"

Semmelstedt lehnte sich entspannt zurück.

„Strophantussamen sind von den Eingeborenen Afrikas als rasch wirkendes Pfeilgift eingesetzt worden. Medizinisch gesehen zählt man sie zu den Digitaloiden. Um einen erwachsenen Menschen zu töten, reichen bereits achtzig Milligramm."

„Und dieses Gift gibt es in Tablettenform einfach so, ohne Rezept? Da kann ich ja froh sein, dass ich noch lebe."

Gertrud Grimm bemühte sich, entrüstet zu klingen.

„Keine Sorge, das von Ihnen benutzte Präparat enthält den Wirkstoff Strophantin in einer homöopathischen Verdünnung von 1:10000. Diese Tabletten wären selbst dann ungefährlich, wenn Sie sich davon ernähren würden."

Unterwegs war sie unkonzentriert. In ihre Überlegungen, welche Rolle die harmlosen Herztabletten spielten, mischte sich immer wieder die Erinnerung an Semmelstedts seltsame Untersuchung. Allmählich glaubte sie auch den Grund zu kennen, weshalb der Taxifahrer sie immer wieder durch den Innenspiegel ansah und dabei zweideutig lächelte. Sie ließ sich in der Stadt absetzen, musste unbedingt noch eine Besorgung erledigen.

16

Heinrich grüßte freundlich, als er „sein“ ehemaliges Büro betrat. Vor der Tür hatte er zweimal den Arm zurückgezogen, bevor er anklopfte. Für ihn war es selbstverständlich, die Polizei zu informieren. Er wollte sich wie ein ganz normaler Bürger fühlen. Aber kaum hatte er den Eingangsbereich betreten, spürte er die Veränderung. Ihm kam es vor, als zöge ihm jemand eine unsichtbare Uniform über. Die aufkommende Wehmut wollte er sich nicht anmerken lassen.

Manuela und Adriano begrüßten ihn freundlich und boten ihm Kaffee an. Nach höflichem Smalltalk über das sommerliche Wetter und das vermeintlich schöne Pensionärsleben kam Heinrich zur Sache. Er berichtete den Polizisten von Joschis Uhr und von seinem Besuch bei Walter Floskamp. Manuela sah ihn zweifelnd an. Heinrich kramte den Beutel mit der Uhr und dem Zettel hervor und hielt ihn der Hauptkommissarin hin. Den Zettel, auf den Floskamp die Zahlen geschrieben hatte, behielt er. Zögernd nahm Manuela die Tüte und hielt sie ins Licht der Neonröhren.

„Was glaubst du, bedeutet das?“

Heinrich hob ratlos die Schultern. Adriano hatte sich vornübergebeugt und begutachtete ebenfalls die Tüte mit dem daumennagelkleinen, eingeschweißten Zettel. Manuela wollte eine Lupe holen, Heinrich hielt sie am Arm zurück. Er zog den Zettel aus der Hosentasche und las laut vor.

„Oben steht die Zahl: 513959807, darunter die Zahl: 63327854. Ich habe keine Ahnung, was diese Ziffernfolgen bedeuten. Aber zur Uhr gehören sie definitiv nicht. Der Umstand, dass jemand den Dichtungsring einer dreitausend Euro teuren Uhr entfernt, diesen Schnipsel hineinlegt, den Deckel wieder schließt und die Uhr anschließend abgibt, lässt nur einen Schluss zu …“

„Der Tote wollte dir eine Nachricht zukommen lassen“, folgerte Adriano. Manuela legte die Stirn in Falten.

„Also, Leute, abgesehen davon, dass sich die Zahlen wie Serien- oder Produktionsnummern anhören, frage ich mich, wie ein Obdachloser an eine so teure Uhr kommen konnte."

„Das weiß ich nicht", antwortete Heinrich, „geschenkt hat er sie mir, weil er sich vom Wohlstandsballast trennen wollte."

„Ein Obdachloser aus tiefster innerer Überzeugung?"

Manuela schüttelte den Kopf. Es schien ihr widersinnig. Dennoch war sie beunruhigt. Eine innere Stimme warnte sie vor den sich häufenden Ungereimtheiten im Zusammenhang mit dem Toten vom Schwarzen Wasser. Sie musste Sicherheit haben, um eine böse Überraschung zu vermeiden.

„Hat dieser Uhrmacher den Schnipsel angefasst?"

„Nein, weder Herr Floskamp noch ich", antwortete Heinrich Grimm hörbar zufrieden, „die Fingerabdrücke desjenigen, der den Zettel dort versteckt hat, müssten noch darauf sein. Habt ihr Joschis … ich meine die Fingerabdrücke des Toten?"

Manuela atmete tief durch. Sie hatten bislang keinen Anlass dafür gesehen.

„Heinrich", unterbrach Adriano ihre Gedanken, „wenn dieser Joschi dir etwas hätte mitteilen wollen, warum hat er das denn nicht einfach getan, anstatt einen solchen Aufwand zu betreiben?"

Grimm hob resigniert die Arme. Die Frage war berechtigt. Manuela griff sie dankbar auf.

„Möglicherweise hatte der Tote die Uhr irgendwo gefunden und gewusst, dass sie defekt ist."

„Das ist sehr unwahrscheinlich. Erstens ist der Schaden an der Uhr nicht zufällig entstanden, sondern durch gezielte Manipulation, und zweitens stehen die Reparaturen in keinem Verhältnis zu einer Uhr dieser Preisklasse. Floskamp schätzt die Kosten dafür auf unter einhundert Euro. Ich weiß nicht, welchen Sinn das alles haben soll, und ich habe nicht die geringste Ahnung, was die Zahlen bedeuten, aber mein Gefühl sagt mir, da stimmt etwas nicht."

„In Ordnung, Herr Grimm. Ich lasse diesen Schnipsel zur KTU bringen. Sollten sich darauf tatsächlich Fingerabdrücke des Toten befinden …“, Manuela stoppte mitten im Satz. Was wäre in dem Fall? Nach wie vor läge nicht der geringste Hinweis auf eine Straftat vor.

Ihr Vorgänger war längst gegangen. Manuela betrachtete den Schnipsel durch das dicke Glas ihrer Lupe. Die Folie war aus einem größeren Stück herausgeschnitten worden. Winzige Grate und die unterschiedlich großen Winkel deuteten auf Handarbeit. Etliche Telefonate mit dem Schweizer Hersteller der Omega Seamaster, die Manuela mit Mitarbeitern der Marketingabteilung, der Fertigung und der Produktkontrolle führte, brachten schließlich Gewissheit.

Wenn auch eine andere, als von der Hauptkommissarin erwartet. Die erhoffte Antwort, den Edelchronografen würden gelegentlich Produktionsnummern oder andere relevante Daten in Form eines wasserdicht verschweißten Zettels ins Gehäuse gelegt, konnte und wollte ihr kein Mitarbeiter der Firma Omega geben. Der Leiter der Fertigungsabteilung hielt es sogar für unwahrscheinlich, dass sich Staubpartikel im Gehäuse der Uhren befinden könnten. Selbstredend konnte herstellerseitig auch niemand schlüssige Angaben über die Bedeutung der Ziffernfolgen machen.

„Ich weiß nicht, was das soll“, meldete sich Adriano, der Manuelas Nachforschungen argwöhnisch verfolgt hatte.

„Ein Obdachloser ist allem Anschein nach eines natürlichen Todes gestorben. Sein Fahrrad haben die Kollegen am Waldrand gefunden. Wir brauchen lediglich noch die Identität herauszufinden und dann ist alles paletti.“

Als bedurfte es Unterstützung seiner Worte, klatschte der Oberkommissar zufrieden in die Hände. Manuela bedachte ihn mit einem verwunderten Blick. Zu Beginn ihrer Tätigkeit in dieser Dienststelle waren Grimms Thesen für Adriano unantastbar gewesen. Die Worte ihres Vorgängers hatten für ihn die Wertigkeit höchstinstanzlicher Gebote. In einer vergleichbaren Situation hätte ihr Kollege auf der Stelle mindestens eine Obduktion, wenn nicht gar die Einrichtung einer Sonderkommission erwartet. Was war passiert? , fragte sich Manuela. Hatte er ihre Art der Polizeiarbeit schätzen gelernt oder gründete sich das auffällige Desinteresse wieder einmal auf seinen ausgeprägten Mangel an Diensteifer? Immerhin waren fehlender Ehrgeiz, wenig Leistungsbereitschaft oder geringes dienstliches Interesse ihres fast gleichaltrigen Kollegen Gründe dafür, dass die Behörde ihr das Amt der Hauptkommissarin übertragen und die Versetzung aus Duisburg ermöglicht hatte. Adrianos Ärger über diese seiner Meinung nach ungerechte oder zumindest unverständliche Personalentscheidung hatte ihm jede noch vorhandene Motivation geraubt und ihn noch lethargischer werden lassen. Auf Manuelas Schultern lastete besondere Verantwortung, weil er sie kaum unterstützte. Sie konnte und wollte sich nicht anstecken lassen. Natürlich mussten sie die Identität des Toten herausfinden, um in irgendeiner Form weiterzukommen.

Aber das Leichenermittlungsverfahren gestaltete sich ausgesprochen schwierig. Ein Obdachloser verfügte nicht über das typische soziale Umfeld. Ihn vermissten keine Freunde, geschweige denn Vermieter, Arbeitskollegen oder Arbeitgeber. Selbst der übliche Weg, über eine Veröffentlichung im Fachblatt für Zahnärzte die Identität zu klären, dürfte kaum den erwünschten Erfolg herbeiführen. Manuela massierte nachdenklich ihre Stirn. Sie dachte an die Bedeutung, die ein Personalausweis für obdachlose Menschen hat. Dieses in Plastik eingeschweißte Papier ist für sie das einzige Bindeglied zur Gesellschaft. Ohne dieses kleine Dokument existierten sie nicht mehr, sie würden völlig aus der öffentlichen Wahrnehmung verschwinden. Mit dem ersten Schritt in dieses Leben verloren sie die Anerkennung ihrer Mitmenschen, ohne Personalausweis gab es sie auch offiziell nicht mehr. Manuela fröstelte.

17

Annette und Heinrich gingen gemeinsam heim. Eilige Fälle waren nicht zu bearbeiten, Annette konnte die Mittagspause ein wenig ausdehnen. Seine Mutter hatte die beiden zum Mittagessen eingeladen und ausdrücklich um Pünktlichkeit gebeten. Von weitem erkannte Heinrich den alten Ford Mustang von Camel. Er parkte ungefähr fünfzig Meter neben ihrem Haus vor drei anderen Fahrzeugen, die ihm bekannt vorkamen.

„Was ist denn bei euch los?", entfuhr es Annette.

„Das wüsste ich auch gerne", grummelte Heinrich.

Drei Minuten später, kaum auf dem schmalen Weg zur Haustür angekommen, glaubte Heinrich zu träumen. Ein halbes Dutzend Journalisten und Fotografen standen im Halbkreis um seine Mutter, die wiederum in schwarzem Mantel und dunkler Sonnenbrille an den Türrahmen gelehnt, eine Pressekonferenz abhielt. Camel bemerkte sie als Erster.

„Ah, die Frau Staatsanwältin mit Wesels neuem Privatermittler."

Sofort drehten sich auch die anderen herum. Blitzlichter leuchteten auf. Die Journalisten zückten ihre Blöcke, liefen Annette und Heinrich entgegen. Seine Mutter schob eilig ihre ausgebreiteten Arme dazwischen.

„Wenn ich Sie hereinbitten dürfte, meine Herrschaften. In der Küche gibt es Schnittchen und frischen Kaffee."

Während die Journaille der Aufforderung nachkam, blieb Gertrud Grimm auffällig steif neben der Haustüre stehen. Heinrich bemerkte den Rand einer Messingtafel hinter ihr.

„Gehst du mal bitte ein Stück zur Seite, Mutter?"

„Ähem … geht doch erst mal rein, sonst bekommt ihr nichts mehr ab."

„Mutter, bitte", Heinrich winkte sie zur Seite. Zögerlich folgte sie der Bitte. Heinrichs Gesicht färbte sich schlagartig rot, die Staatsanwältin lachte laut auf.

Detektivbüro Grimm & Sohn
Ermittlungen aller Art

„Was soll das?"

Heinrichs Stimme klang brüchig. Aus der Küche drang der helle Klang berstenden Porzellans. Gertrud Grimm fühlte sich in die Enge getrieben. Zu allem Überfluss hatte die heute offiziell vorgestellte Detektei den Makel der fehlenden Zulassung. Herr Bergerfurth hatte versprochen, ein Auge zuzudrücken. Zur Voraussetzung machte er allerdings, dass ihr Sohn bis spätestens Montag bei ihm erscheinen und das Gewerbe für sich beantragen würde. Was dieser, laut Gertrud Grimm, nur nicht schon längst getan hatte, weil er so beschäftigt war. Ein übergewichtiger Redakteur erschien im Türrahmen. Die dicken Finger umklammerten ein halbes Brötchen und endeten auf der glänzenden Oberfläche der Salami.

„Wo bleiben Sie denn, wir hätten noch einige Fragen. Außerdem möchte unser Fotograf gerne eine Aufnahme mit Ihnen und Ihrem Juniorpartner machen. Vielleicht in 007-Pose. Herr Grimm, haben Sie vielleicht noch irgendwo eine Pistole? Muss auch nicht echt sein."

Heinrich schob den Provinzreporter angewidert vor sich her in den Hausflur. Hinter sich griff er nach Annettes Hand. Er schob den Dicken zurück in die Küche und lief mit Annette schnellen Schrittes die Treppe hoch. Mit einem beherzten Schubs schloss Heinrich die Wohnungstür, so dass die empörten Rufe aus dem Erdgeschoss gedämpft wurden. Er atmete tief durch und ließ sich aufs Sofa fallen. Annette holte eine Flasche Mineralwasser und zwei Gläser aus der Küche. Heinrich ließ seine Wut heraus.

„Was bildet meine Mutter sich ein? Ist sie jetzt völlig übergeschnappt?"

Über Annettes Gesicht huschte der Hauch eines Lächelns. Sie senkte leicht den Kopf und sah ihn über eine imaginäre Brille hinweg an. Heinrich kannte diese Geste, sie sollte ihm signalisieren, dass er vorschnell urteilte. Unsicher lehnte er sich zurück.

„Haben wir deiner Mutter nicht immer vorgeworfen, illegale Ermittlungen anzustellen oder sich in Dinge zu mischen, die sie nichts angehen?“

„Du glaubst, dieses Schild neben der Tür wird sie in Zukunft davon abhalten?“

„Das weiß ich nicht. Aber immerhin gibt sie sich Mühe. Außerdem hat sie uns bei deinem letzten Fall tatsächlich sehr geholfen, auch wenn ich die Methoden nicht gutheißen kann. Heinrich, was glaubst du, was für Aufträge sie bekommt, falls überhaupt ein Klient kommt? Detektiv in Wesel heißt, Kaufhausdiebstähle aufzuklären beziehungsweise zu verhindern, oder untreue Ehepartner zu überführen. Gönne ihr doch diese Beschäftigung. Oder bist du etwa neidisch?“

„Quatsch! Soll sie sich meinetwegen lächerlich machen. Aber auf dem Schild steht dick und fett: Grimm & Sohn. Was glaubst du, wer damit gemeint ist?“

Aus dem Erdgeschoss drang Stimmengewirr durchs Treppenhaus, die Haustür fiel kurz darauf ins Schloss. Annette und Heinrich sahen unweigerlich zur Tür. Wenig später senkte sich langsam die Türklinke. Ein graues Haarbüschel schob sich durch den kleinen Spalt. Schrumpelige, dünne Finger krochen um das Türblatt. Heinrich rechnete mit einer weißen Fahne, stattdessen lugten zwei neugierige, graublaue Augen über den Rand einer außergewöhnlich dunklen Sonnenbrille ins Zimmer. Jetzt bemerkte sie, dass sie beobachtet wurde. Sofort stieß sie die Tür weit auf, drückte ihr Rückgrat durch und trat ein.

„Treten Sie ruhig näher, Miss Marple.“

Sie setzte sich in einen Sessel. Verlegen nestelte sie an ihrer Bluse.

„Vielleicht hätte ich vorher mit dir reden sollen“, räumte sie leise ein.

„Das wäre eine prima Idee gewesen.“

„Aber ich wollte dich überraschen.“

Ihre Mundwinkel hoben sich.

„Das ist dir auch sehr gut gelungen“, Heinrichs Stimme wurde lauter, „darf ich auch erfahren, warum du das gemacht hast?“

„Warum?“

Die Verlegenheit war mit einem Schlag verschwunden. Sie klang wieder kämpferisch.

„Wer nörgelt denn immer, wenn ich … ähem … meinen bürgerlichen Pflichten nachkomme und der Polizei helfe? Wer behauptet denn immer, das wäre illegal?“

„Und was geht mich das an? Oder wer ist *& Sohn?*“

„Das ist wieder typisch. Da meint man es gut, möchte seinem Sohn eine sinnvolle Aufgabe geben und das ist der Dank.“

Beleidigt drehte Frau Grimm ihrem Sohn den Rücken zu und betrachtete intensiv die Tapete an der gegenüberliegenden Wand, als hielte das altmodische Muster in einer Art Geheimcode die dringend benötigten Antworten parat. Zum Beispiel auf die Frage, wie sie ihren Sohn denn dazu bewegen könnte, die Detektei auf seinen Namen anzumelden. Sie musste einen günstigen Augenblick am Wochenende abwarten.

„Sag mal, Gertrud, wieso trägst du eigentlich diese dunkle Sonnenbrille?“

Das hatte sie völlig verdrängt. Sie hatte es sich extra aufgeschrieben, wollte für Montag einen Termin mit ihrer Hausärztin vereinbaren. Vorsichtig, als leide sie an einer anstrengenden Krankheit, beugte sie sich zu Annette hinüber und schob langsam die Brille in die Stirn. Annette stellte sich währenddessen alle möglichen und unmöglichen Schädigungen der Augen vor. Zum Schluss schwankte sie zwischen einem Gerstenkorn, einer gemeingefährlichen Bindehautentzündung und einem faustgroßen Hämatom.

„Und? Was siehst du?“

Annette rutschte noch näher heran. Nur wenige Fingerbreit trennten sie voneinander.

„Ich kann nichts erkennen. Was ist denn mit deinen Augen, Gertrud?“

Die Seniorin warf einen kurzen Blick auf ihren Sohn, der die Kaffeetasse zum Mund führte.

„Hämorrhoiden zum Beispiel", flüsterte sie mit einer Mischung aus Entsetzen und Empörung. Heinrich verschluckte sich, bekam erst einen Hustenanfall und musste im Anschluss so sehr lachen, dass er kaum Luft bekam. Seine Mutter bedachte ihn mit einem wütenden Blick. Sie holte tief Luft, ihre Stirn kräuselte sich bedenklich.

„Soviel ich weiß, sind Hämorrhoiden Schattengewächse", prustete Heinrich und deutete dabei auf das Ende ihres Rückens. Mit einem Ruck wandte sie sich Annette zu. Dabei klappte die große dunkle Brille wie ein Fallbeil auf die Nase.

„Ich war bei einem Heilpraktiker in Flüren. Herrn Semmelstedt", betonte sie, als bürge der Name für Qualität. „Der hat mir tief in die Augen gesehen, konnte quasi durch mich hindurchsehen bis zum … ähem … in den Schattenbereich. Herr Semmelstedt hat noch ganz andere Sachen in meinen Augen gesehen. Wenn das rauskommt! Ich darf gar nicht daran denken, was die Menschen mir alles ansehen können. Ist das nicht furchtbar, Annette?"

Annette gab Heinrich ein Zeichen, dass er sich einen Kommentar verkneifen sollte. Beruhigend sprach sie auf Gertrud Grimm ein.

„Deshalb musst du nicht ständig eine Sonnenbrille tragen. Diese Fähigkeit haben nur gelernte Homöopathen. Und selbst die müssen dir schon sehr genau in die Augen sehen. Wenn dir jemand so nahe kommt, wendest du dich einfach ab."

Mit gesenktem Haupt nahm Gertrud Grimm die Brille ab.

„Weshalb besuchst du überhaupt einen Heilpraktiker? Bist du mit Frau Doktor Sanderoth nicht mehr zufrieden?", wollte ihr Sohn wissen.

Seine Mutter bekam wieder diesen Glanz in den Augen, den er während seiner aktiven Zeit immer gefürchtet hatte. Ein untrügliches Zeichen, dass sie die Fährte aufgenommen und sich in seine Arbeit eingemischt hatte.

„Das Medikament, das man bei dem Toten am Schwarzen Wasser gefunden hat, ist völlig harmlos. Der Wirkstoff ist sehr stark verdünnt. Das Mittel nennt sich übrigens Strophantus, gibt es bereits ab 4,50 in der Apotheke."

Annette fühlte sich bestätigt. Gertrud Grimm hatte praktisch eine Kurzfassung des Laborberichts wiedergegeben. Adriano hatte herausgefunden, dass dieses Mittel unter anderem bei blässlicher, ungesunder Gesichtshaut, nervösem Herzen oder Angstzuständen verordnet wurde.

„Somit dürfte eine natürliche Todesursache endgültig vom Tisch sein."

Mutter Grimms Worte schnitten Annettes liebevoll zurechtgeträumtes Bild einer zukünftig mordermittlungsresistenten, Kaufhausdiebe jagenden Schwiegermutter in spe in kleine, unbedeutende Streifen.

„Das verstehe ich nicht", warf Heinrich ein, „wenn diese Tabletten völlig harmlos sind, spricht das doch erst recht für eine natürliche Todesursache."

„Nein. Im Gegenteil. Bei dem Toten wurde die Packung eines Herzmedikamentes gefunden, die mehr als zur Hälfte leer war. Das lässt alle Welt sofort auf ein Herzleiden schließen. In Verbindung mit dem ersten äußerlichen Gesamteindruck und den fehlenden Spuren von Gewalteinwirkung könnte ein herbeigerufener Arzt durchaus geneigt sein, die falschen Schlüsse zu ziehen. Was auch geschehen ist. Denn wer, außer dem Mörder, könnte ein Interesse daran haben, diese Tabletten neben der Leiche zu verteilen?"

Die Staatsanwältin befiel leise Nervosität. An die sehr gewagten Vermutungen Gertrud Grimms mochte sie nicht glauben, dennoch bereiteten ihr die seltsamen Begleitumstände des Todesfalls Sorgen.

18

Der zweigeschossige, alte Bau lag versteckt in der Spitze der beiden Brückenauffahrten. Abertausende Menschen fuhren Tag für Tag in Dachhöhe an dem alten Gemäuer vorbei. Und obwohl das Überbleibsel des Fort Blücher mit einer Grundfläche von eintausendzweihundert Quadratmetern und einer Höhe von sechs Metern das Format eines größeren Reihenhauses besaß, wurde es nicht beachtet oder schlicht übersehen. Dies war auch dem Umstand zuzuschreiben, dass sich die Natur die alte Ruine immer mehr einverleibt hatte. Auf dem Dach wuchsen mittlerweile neben einer Vielzahl unterschiedlichster Gräser kleine Bäume und Sträucher.

Heinrich beneidete die Menschen, die daran vorüberfahren konnten wie an gewöhnlichen Mietshäusern. Er hatte es hundertfach probiert. Alleine, auf dem Fahrrad mit Annette oder im Dienstwagen mit Adriano. Bereits auf der Weseler Seite des Rheins hatte er irgendein Gespräch angefangen oder das Radio lauter gedreht. Vergebens. Wie ein mentales schwarzes Loch zog es seine Sinne an, verwandelte die entferntesten Gedanken und die buntesten Bilder in jene schwarzgrauen, dunklen Visionen, die ihn seit diesem Tag täglich beschäftigten. Mit jedem Meter, den er sich näherte, spürte er sie deutlicher. Er bildete sich ein, Wolf Eilers' hämisches Lachen in einem leisen Echo zu vernehmen.

Nach der Pensionierung hatte er die Therapie abbrechen wollen. Sie hatte versagt, hatte nicht dafür gesorgt, dass er weiterhin seinen Beruf ausüben konnte. Mittlerweile registrierte er die kleinen Fortschritte. Nuancen, winzige Veränderungen, die ihn motivierten, sich heute auf dieses Experiment, von dessen positiver Auswirkung Frau Dr. Wesseling absolut überzeugt war, einzulassen.

Heinrich lehnte das Fahrrad an einen alten, angerosteten Stacheldrahtzaun. Obwohl er sich alleine wähnte und lediglich noch seine Therapeutin erwartete, schob er die Kette durch das Hinterrad um den Zaunpfahl und schloss ab. Als er auf den kleinen Weg an der Längsseite einbog, blieb er eine Sekunde regungslos stehen. Drei Fahrräder lehnten an einem Baum. Er spürte einen kalten Luftzug und schüttelte sich reflexartig. In den Lärm vorbeifahrender Autos schräg oberhalb der Stirnseite des Gemäuers mischten sich Wortfetzen. Sie schienen aus dem Gebäude zu kommen. Heinrich wurde nervös. Er stapfte durch kniehohes Unkraut um das Gebäude herum. Die Gesprächsfetzen wurden lauter, ohne dass Heinrich den Inhalt verstehen konnte. Aber es war eine Frauenstimme darunter, was ihn beruhigte. Beim nächsten Schritt rutschte sein linker Fuß in eine Kuhle und knickte schmerzhaft um. Sein kurzer Aufschrei ließ das Gespräch verstummen. Sekunden später vernahm er näher kommende Schritte. Kurz darauf erkannte Heinrich die leuchtend blonden Haare seiner Therapeutin. Zwei schlanke Männer folgten ihr. Der Schmerz ließ nach, aufrecht begrüßte er zunächst Frau Dr. Wesseling. Sie stellte ihm ihren Sohn Kevin und Herrn Dormann von der unteren Denkmalbehörde vor. Anschließend reichte sie Herrn Dormann eine Spielzeugpistole. Heinrich erschrak.

„Bei der Konfrontationstherapie ist es wichtig, sich ganz bewusst mit der Situation auseinanderzusetzen, die die Angst auslöst. Je realer wir sie darstellen, umso wirkungsvoller können wir mit ihr umgehen. Herr Grimm“, sie berührte ihn leicht am Oberarm, „Sie brauchen keine Angst zu haben. Wir können jederzeit abbrechen. Ich möchte nur, dass Sie es versuchen.“

Heinrich nickte. Er folgte Dr. Wesseling und den Männern durch einen Mauerdurchbruch ins Innere der Kaserne. Zu seiner Verwunderung fühlte er sich gut, fragte sich in diesem Moment, wie seine Therapeutin es geschafft hatte, die Kaserne öffnen zu lassen.

Der sechs Meter hohe kahle Raum roch modrig. Durch Mauerritzen und halbhohe Aussparungen im oberen Bereich der Seitenwände drangen vereinzelte Sonnenstrahlen. An der Decke und den Wänden hingen Hunderte Fledermäuse. Ihnen zuliebe hatte die Stadt die Seiten zumauern lassen. Frau Dr. Wesseling stopfte die langen blonden Haare unter eine dunkelbraune Stirnmütze und stellte sich neben Heinrich. Erst jetzt fiel ihm auf, dass sie eine dieser verwaschenen Jeansjacken trug, die er Adriano im Laufe der Jahre abgewöhnt hatte.

„Ich bin Ihr Partner Adriano", beantwortete sie seinen fragenden Blick, „mein Sohn Kevin spielt den Reporter Camel, Herr Dormann steht für Herrn Eilers. Würden Sie uns bitte die Positionen so genau wie möglich angeben, Herr Grimm?"

Heinrich stockte der Atem. Auf seinen Armen bildete sich eine Gänsehaut. Er ballte die Fäuste, atmete tief durch und dirigierte Dormann acht Schritte zurück. Danach ging er mit seiner Therapeutin zwei Meter zur Seite bis in den Durchgangsbereich zum angrenzenden Raum, blieb danach untätig stehen.

„Schließen Sie bitte die Augen. Rufen Sie sich die Bilder ins Gedächtnis", ihre Stimme klang sanft, „stellen Sie sich die Situation genau vor. Atmen Sie tief ein. Langsam ausatmen. Die Augen bleiben geschlossen. Ruhig weiteratmen."

Sie schwieg kurz. Alles um ihn herum war still. Es kam ihm vor, als habe die Welt den Atem angehalten.

„Jetzt öffnen Sie bitte langsam die Augen."

Kevin Wesselings Gesicht wurde von der einfallenden Sonne angestrahlt, erschien wie eine helle Scheibe. Dormanns Antlitz hingegen lag komplett im Schatten, war dunkel und ausdruckslos. Er hob die Pistole und hielt sie seinem Nebenmann an die Stirn. Ganz langsam veränderte sich etwas. Er sah wieder Eilers' scharfe Gesichtszüge vor sich; das spitze Kinn und die vorstehenden Wangenknochen. Die Augenhöhlen blieben leer. Heinrichs Knie wurden weich. Kalter Schweiß lief über seine Wangen. Dr. Wesseling beobachtete ihn genau, registrierte jede kleine Regung. Die alten Mauern schluckten den Lärm von der nahen Brücke fast vollständig. Heinrich glaubte seinen Herzschlag zu hören. Eilers' nahm die Waffe von der Schläfe des Reporters, bewegte den ausgestreckten Arm langsam in ihre Richtung. Heinrichs rechte Hand wanderte automatisch unter die linke Armbeuge, an die Stelle, an der er das

Holster mit der P99 erwartete. Er bemerkte den sich krümmenden Zeigefingers seines Gegenübers.

Je realer wir sie darstellen, umso wirkungsvoller können wir mit ihr umgehen.

Wo ist die Waffe? Habe ich sie – ein Knall riss ihn aus den Gedanken. Die Stille endete abrupt, zu plötzlich für einen letzten Vorwurf. Der Schall raste über die kahlen Wände und drang von allen Seiten auf sie ein. Heinrich drehte sich um, sah den leblosen Körper neben sich im Staub liegen. Er beugte sich hinab, bemerkte nicht, dass Dormann und Kevin Wesseling die Übung beendet hatten und zu ihnen kamen.

„Du musst dich um Leni und Jörn kümmern. Und um meine Frau. Versprichst du mir das?"

Ihre Stimme klang dünn. Heinrich war längst aus dem Albtraum erwacht, schon bevor sie ihm schmerzhaft klarmachte, wie die Nacht auch hätte verlaufen können. Ein weiterer Knall ertönte. Heinrich schrak zusammen. Jetzt sah er Dormann gereizt an, wollte ihn fragen, was das sollte.

„Erlauben Sie mir, stehen zu bleiben?"

„Bitte?"

„Ich habe mich soeben selbst gerichtet, wie es Frau Dr. Wesselings Drehbuch vorsieht. Allerdings", er deutete auf die Therapeutin, die damit beschäftigt war, den groben Schmutz von den Kleidern zu klopfen, „möchte ich mir die Reinigung des Anzugs ersparen."

Heinrichs Gedanken flogen wild durcheinander. Hilfe suchend sah er die Therapeutin an.

„So hätte es damals durchaus enden können, wenn Sie diesen *Fehler* nicht begangen hätten. Sie müssen sich endlich darüber klar werden, dass Sie in Sekundenbruchteilen die einzig richtige Entscheidung getroffen haben! Dass es sich damals ebenfalls um eine Spielzeugpistole handelte, meine Güte, wie hätten Sie das bei diesen Lichtverhältnissen erkennen können? Oder war sie knallgelb und leuchtete?"

Nein, wollte er sagen, brachte aber keinen Ton heraus. Er hatte die Situation nicht nur in den darauf folgenden Berichten logisch und nüchtern sehen müssen. Ihm war klar, dass er nach Lage der Dinge damals keine andere Chance gehabt hatte. Aber Träume folgen keiner Logik, Ängste ebenso wenig. Heinrich fragte sich, wie er sich fühlen würde, wenn die Version seiner Therapeutin eingetreten wäre. Wenn er hilflos zugesehen hätte, wie Eilers erst Adriano und dann sich selbst erschießt. Er begann heftig zu zittern. Seine Beine gaben nach, er stützte sich an der kahlen Wand ab. Plötzlich brach es aus ihm heraus. Er hielt sich die offenen Handflächen vors Gesicht, spürte die Tränen.

19

Eine halbe Stunde wartete Camel bereits an dem alten Brückenkopf in der Nähe des Jachthafens. Als ob er seine Zeit nicht sinnvoller nutzen könnte. Obwohl dies bei genauerer Betrachtung der Umstände tatsächlich kaum möglich war. Die Berichterstattung über den hundertsten Geburtstag dieses ehemaligen Rheinschiffers aus Bislich jedenfalls, mit der er von Sennheiser beauftragt worden war, hatte sich als eine dermaßen furztrockene Veranstaltung erwiesen, dass er selbst unter Aufgebot seiner komplexen journalistischen Kräfte kaum mehr als zehn Zeilen zustande bringen dürfte. Der Opa kannte gerade eben seinen Namen, alle weiteren Informationen hatte die versammelte Erbengemeinschaft ihm mundgerecht vorkauen müssen. Noch während der Redakteur sich verabschiedete, schoben sie den Greis wieder zurück in die Kammer. Ähnlich wie man einen Rasenmäher nach getaner Arbeit in den Schuppen oder die Garage zurückbringt.

Da versprach diese Recherche wesentlich mehr, auch wenn er es hasste, hingehalten zu werden. Vor einer Stunde hatte er die Information erhalten, dass der Eigentümer des gefundenen Fahrrades inklusive komplettem Hausrat nach wie vor unbekannt sei. Die einzig mögliche Schlussfolgerung – der Besitzer der Fundsachen war der Tote vom Schwarzen Wasser – ignorierte die Polizei. Dabei dürfte es kaum jemals vorgekommen sein, dass ein Obdachloser seine gesamten Habseligkeiten einfach irgendwo vergisst oder sie ihm gestohlen werden, ohne dass er dies bemerkt oder anzeigt. Überhaupt fand er die geradezu nonchalante Herangehensweise der Polizei in dieser Sache merkwürdig. Sie kümmerten sich anscheinend weder um die Identifizierung noch interessierten sie sich für Indizien wie das Fahrrad oder die provisorische Angel. Was verschwiegen sie? Oder sahen sie die Zusammenhänge etwa nicht? Kurz nachdem er wieder in die Redaktion zurückgekehrt war, hatten seine Informanten ihn angerufen und angedeutet, dass sie Erfolg gehabt hatten. Camel hatte das untrügliche Gefühl, einer großen Sache auf der Spur zu sein. Nach einem Blick auf die Uhr wurde er unruhig. Noch einmal umrundete er den mächtigen dunkelgrauen Turm. Dann sah er die beiden aus Richtung Fischertorstraße kommen. Schnellen Schrittes lief er ihnen entgegen.

„Und?", rief er ihnen zu, auf eine zeitaufwendige Begrüßung verzichtend. Die beiden warfen sich einen amüsierten Blick zu und sahen den Reporter breit grinsend an.

„Also leicht war das nicht. Und mit den Spesen war das auch verdammt knapp, Meister. Das Essen mussten wir aus unserer Tasche bezahlen. Jeder zehn Euro, Quittung gibt es keine."

Zur Unterstützung ihrer Worte streckten sie ihm fast gleichzeitig die leeren Handflächen entgegen. Camel fehlten die Worte. Gestern hatte er die beiden bettelnd am Rheinufer angetroffen, heute sprachen sie von Spesen. Murrend zückte er die Brieftasche und gab ihnen den verlangten Betrag.

„Franz Josef von Wertherkamp, genannt Joschi. War gar nicht leicht, das herauszubekommen."

Camel notierte eilig den Namen. Ein Adliger obdachlos, das wäre schon alleine eine Story wert. Nun galt es, mehr über diesen Mann in Erfahrung zu bringen.

„Wisst ihr auch, wo er zuletzt gewohnt hat, ob es Verwandte gibt und so weiter?"

Erneut streckten sie ihm die leeren Handflächen entgegen, Camel schluckte.

„Das ist alles sehr aufwendig und entsprechend teuer."

Der Jüngere bemühte sich, seinen Worten einen bedauernden Unterton zu verleihen. Camel reichte ihnen erneut einen Fünfzig-Euro-Schein. Kaum hatte dieser seine Finger verlassen, verschwand er in der Gesäßtasche des Älteren. Sie verabredeten sich für den nächsten Tag um dieselbe Uhrzeit. Camel fragte sich auf dem Weg zum Parkplatz, ob die ausgemachte oder tatsächliche Zeit gemeint war und wie Sennheiser auf die erhöhte Spesenabrechnung reagieren würde.

20

Heinrich fühlte sich so gut wie seit Jahren nicht mehr. Unterwegs hörte er immer wieder die befreienden Worte Frau Dr. Wesselings.

Sie müssen sich endlich darüber klar werden, dass Sie in Sekundenbruchteilen die einzig richtige Entscheidung getroffen haben!

Der tödliche Schuss auf Wolf Eilers vor mehr als drei Jahren geschah in Notwehr. Gewusst hatte er es, selbstverständlich. Die Faktenlage ließ keinen Raum für nagende Selbstzweifel. Diesen Raum hatte er sich geschaffen, irgendwo zwischen Zufriedenheit und Akzeptanz des Unvermeidlichen hatte er die Schuldgefühle zugelassen. Alles lag nach Jahren so tief unter einer Patina aus Selbstmitleid und Depression verborgen, dass der Blick auf die wahren Zusammenhänge nicht mehr möglich war. Vorhin in der Kaserne hatte ein heftiger Windstoß die belastende Schicht weggeblasen, die Realität freigelegt. Er hatte einen Menschen erschossen, der dies provoziert hatte, der ihn bewusst in diese Situation hatte bringen wollen. Und er hatte einem Kollegen das Leben gerettet. Heinrich schwor sich, nicht mehr länger Sklave seiner selbst zu sein, sondern die Dinge so zu sehen, wie sie wirklich geschehen waren.

Er hatte das Fahrrad in die Garage gebracht und stand amüsiert vor der Messingtafel.

Detektivbüro Grimm & Sohn.

Eigentlich hatte er als Kind Detektiv werden wollen. Die Romane von Raymond Chandler und Dashiell Hammett hatte er verschlungen. Philip Marlowe war damals sein großes Idol. Das war lange her. In seiner Zeit als Polizist hatte er einige von diesen Privatdetektiven kennengelernt. Ihre Aufgaben bestanden im Wesentlichen darin, Seitensprünge zu beweisen oder Kaufhausdiebe zu stellen. Früher waren sie von Versicherungen engagiert worden, was erheblich spannendere Fälle nach sich ziehen konnte. Aber seit wenige Großkonzerne den Markt dominierten und eigene Mitarbeiter darauf ansetzten, war es auch damit vorbei. Damals hatte er ab und an mit dem Gedanken gespielt, sich die Zeit nach seiner Pensionierung mit einem solchen Nebenjob zu vertreiben. Aber heute? Sich den ganzen Tag über für einen jämmerlichen Lohn in irgendeinem Kaufhaus die Füße breit stehen, um Kinder beim Lutscherdiebstahl zu erwischen – nein. Er fragte sich in dem Moment, welche Vorstellung seine Mutter von diesem Beruf hatte. Glaubte sie, regelmäßig mit der Ermittlung in einem Mordfall betraut zu werden?

„Möchtest du nicht hereinkommen, mein Junge?“

Sie öffnete die Haustür mit einem mächtigen Schwung und lächelte ihn an. Heinrich verzog die Mundwinkel. Er hasste es, in der Öffentlichkeit als *mein Junge* angesprochen zu werden. Instinktiv drehte er den Kopf zur Seite und grüßte den Nachbarn, der zum dritten Mal in dieser Woche damit beschäftigt war, sein neues Auto zu waschen. Anschließend würde er das Neufahrzeug mit einer Intensität polieren, wusste Heinrich, als hätte er sich für die falsche Farbe entschieden und wollte diese nun schonend entfernen. Heinrich fiel auf, dass er allmählich zum spießbürgerlich-neugierigen Rentner mutierte. Ein Gedanke, der ihm bitter aufstieß. Vor einem Jahr hätte er nicht sagen können, welche Farbe das Auto des Nachbarn hatte oder ob dieser überhaupt noch dort wohnte. Irgendwas musste sich ändern.

In der Küche seiner Mutter roch es nach Kaffee und warmem Apfelkuchen. Sie hatte das restliche Apfelmus aus der Tiefkühltruhe verarbeitet und ihn eingeladen.

„Bist du mit deinen Ermittlungen im Fall Joschi weitergekommen?“, fragte sie betont beiläufig, als sie eine große Schüssel Sahne vor ihm abstellte. Heinrich legte die Kuchengabel wieder zurück.

„Was für Ermittlungen? Ich bin pensioniert.“

„Stimmt, mein Junge. Daran hatte ich gar nicht mehr gedacht. Der Leichenfund am Schwarzen Wasser geht dich überhaupt nichts an, habe ich Recht?“

Irgendetwas in ihrer Stimme behagte Heinrich nicht. Beiläufig schaufelte er Sahne auf den Kuchen.

„Richtig. Dafür ist ganz allein die Polizei zuständig. Und das ist auch gut so."

„Da hast du Recht, 'n Käffken, mein Junge?"

Grübelnd hielt er seiner Mutter die Tasse hin. Was hatte sie vor?

„Du ermittelst also auch nicht?"

„Nein, ich ermittle auch nicht! Auch das ist Sache der Polizei. Das gilt übrigens auch für dich."

Bei seinem letzten Satz beugte er sich zu ihr hinüber und sah sie streng an.

„Ja, ja, die Polizei. Wenn wir die nicht hätten."

„Also jetzt reicht es. Was ist los?"

„Nichts. Überhaupt nichts", sie wedelte abwehrend mit den Händen, „ich meine ja bloß. Apropos Polizei. Die Frau Hauptkommissarin Warnke wird jeden Augenblick hier sein. Sie möchte bestimmt von dir wissen, mit welchem Köder du Karpfen angelst."

„Wie bitte? Was meinst du?"

„Was sollte sie sonst von dir wollen? Mit polizeilichen Dingen beschäftigt sich ein Pensionär nicht mehr. Das weiß Frau Warnke sicherlich auch."

Mit bemüht desinteressiertem Gesichtsausdruck ging sie zum Herd, um neues Kaffeewasser aufzusetzen. Heinrich ärgerte es, dass er Manuela Warnke nicht seine Handynummer gegeben hatte. Eine Minute später hörte er die Türklingel. Noch bevor Heinrich reagieren konnte, sprintete seine Mutter in den Flur.

„Schönen guten Tag, Frau Warnke. Ich dachte, es wäre ein Kunde."

„Der würde wohl kaum bei mir klingeln", Heinrich schob seine Mutter sanft zur Seite. Manuela Warnke sah ihn irritiert an. Heinrich führte sie nach oben in seine Wohnung. Frau Grimm blieb unten stehen, bis sie die zufallende Wohnungstür aus dem Obergeschoss vernahm.

21

Die Hauptkommissarin verzichtete auf die angebotene Bewirtung. Sie legte einen grünen Pappordner auf den Couchtisch und setzte sich.

„Sie werden wieder beruflich aktiv?"

Manuela hatte noch nicht von der neu eröffneten Detektei erfahren, war von der Messingtafel neben der Haustür völlig überrascht gewesen. Heinrich verzog das Gesicht.

„Nein. Das war eine Idee meiner Mutter. Sie hat es nicht für nötig befunden, mich vorher zu fragen. Aber deswegen sind Sie bestimmt nicht hierhergekommen, oder?"

Heinrich hatte wenig Lust, dieses Thema tiefgehender zu erörtern, schon gar nicht mit seiner Nachfolgerin.

„Nein. Ich würde gerne Unklarheiten beseitigen, die im Zusammenhang mit dem Leichenfund am Mittwoch aufgetaucht sind. Wie sind Sie an diese Uhr gelangt, Herr Grimm?"

Heinrich runzelte die Stirn.

„Das habe ich doch bereits gesagt. Joschi hat sie mir geschenkt."

„Ja, aber warum? Es handelt sich um eine sehr teure Uhr, die Sie von einem Obdachlosen bekommen haben, ist Ihnen das klar, Herr Grimm? Hat er irgendeinen anderen Grund angegeben, außer dass er sich vom Wohlstandsballast befreien wollte?"

Den letzten Worten verlieh Manuela Warnke eine Betonung, die Ungläubigkeit ausdrückte.

„Ich weiß, wie das klingt. Ich hatte selbst Zweifel, als Herr Floskamp mir den Wert der Uhr mitteilte. Ich war nicht sicher, ob die Uhr echt war. Joschi hat sich auch sehr merkwürdig verhalten, behauptet, die Uhr könne vielleicht irgendwann sehr wichtig für mich werden. Haben Sie etwas herausgefunden?"

Manuela antwortete nicht sofort. Sie hatte Angst, ein Kapitalverbrechen übersehen zu haben. War das Bild des an Herzversagen gestorbenen Obdachlosen wirklich so eindeutig? Der Rahmen, der

Randbereich des vermeintlich Natürlichen, wies immer mehr dunkle Flecken auf. Kleine Hinweise, die wie Nadelstiche ihr Urteil vom Tod ohne Fremdeinwirkung perforierten, bereiteten der Ermittlerin zunehmend Sorgen. Manuela fühlte sich einsam, deswegen war sie hierhergekommen. Mit wem hätte sie darüber reden können?

Engels war die Aufklärungsquote wichtig. Jeder ungelöste Fall zog unangenehme Fragen und Erklärungen nach sich. Dazu kam es ihm oft vor, als lauere draußen in der Stadt die Medienschar wie ausgehungerte Raubtiere auf die Gelegenheit, ihrer Behörde Unfähigkeit nachzureden.

Die Staatsanwältin würde nach Beweisen fragen. Sie pflegte Fälle aus der sicheren, emotionsfreien Höhe der juristischen Eindeutigkeit zu betrachten.

Und Adriano? Für ihren Partner war nur eines entscheidend: der pünktliche Feierabend. Nichts schien er mehr zu fürchten als ein nachträglich auftauchendes Indiz, welches dazu in der Lage war, einem vermeintlich abgeschlossenen Fall neues Leben einzuhauchen und auf Tage hinaus das fristgerechte Dienstende zu gefährden.

Manchmal ärgerte es sie, dass das Schicksal es vorgesehen hatte, Grimm zu beerben, anstatt an seiner Seite zu ermitteln.

„Ich habe vor einer Stunde den Bericht der KTU zu dem Schnipsel aus der Uhr bekommen. Das Ergebnis gibt sehr zu denken …“, sie schlug den Ordner auf und beugte sich vornüber. Als die Polizistin zu lesen beginnen wollte, drang lautes Niesen aus dem kleinen Flur vor seiner Wohnungstür herüber.

„Gesundheit“, rief Heinrich. Seine Mutter trat daraufhin mit einem Tablett Kuchen ins Zimmer.

„Ich sagte *Gesundheit*. Nicht *Herein*!“

„Jetzt hab dich nicht so, mein Junge. Frau Warnke möchte sicherlich auch von dem leckeren Apfelkuchen kosten, nicht wahr?“

Ohne eine Antwort abzuwarten, lief sie in die Küche und kam kurz darauf mit einem Kuchenteller und Besteck zurück. Sie legte ein Stück auf den Teller und stellte ihn vor der Polizistin ab. Dann nahm sie an der Stirnseite Platz und blickte erwartungsfroh in die Runde. Stille breitete sich aus, bis Manuela schließlich ein Stückchen von dem Kuchen probierte und Frau Grimm aus Anstand lobte.

„Danke, Frau Warnke. Sie können sich gerne weiter unterhalten. Lassen Sie sich durch mich nicht abhalten."

Die Kommissarin und der Pensionär tauschten verwunderte Blicke. Die Situation drohte peinlich zu werden, bis Heinrich der Polizistin zuzwinkerte.

„Also schön. Wir sprachen über Boilies. Ist mittlerweile der Trend, wenn es darum geht, die wirklich großen Karpfen an Land zu ziehen. Ich halte nichts von diesen modernen Methoden, kostet auch viel zu viel Geld. Was meinen Sie, Frau Warnke? Weißt du, Mutter, Frau Warnke interessiert sich nämlich auch fürs Angeln. Hättest du das gedacht?"

Die Gesichtszüge entglitten der Seniorin, ihre Pupillen weiteten sich. Manuela reagierte sofort. Sichtlich amüsiert spielte sie mit.

„Ich halte auch nichts von diesem Hightechzeug. Mein Vater schwor immer auf Weißbrot. Damit war er sehr erfolgreich."

„Das glaube ich. Ein Geheimrezept bei Karpfen ist auch Hundefutter, speziell auf Frolic beißen die Spiegelkarpfen wie verrückt."

„Tatsächlich. Das ist ja interessant."

Nicht für Frau Grimm. Sie hatte verstanden.

„Ich denke, ich bin hier unerwünscht. Guten Tag."

Sie verließ strammen Schrittes Heinrichs Wohnung. Dabei schmiss sie die Tür mit lautem Knall hinter sich zu. Manuela machte ein betroffenes Gesicht.

„Sind wir zu weit gegangen?"

„Ach was, meine Mutter braucht das hin und wieder. Angelt Ihr Vater wirklich?"

„Nur noch gelegentlich. Meine Mutter möchte auch mal was anderes als Fisch essen."

Manuela lachte. Sie fragte sich, wie Heinrich wohl als Polizist gewesen war.

„Ich bin eigentlich gekommen, um Ihnen vom Bericht der KT zu erzählen."

Heinrich führte den rechten Zeigefinger an den Mund.

„Ich hole mir ein Glas Wasser, möchten Sie auch etwas trinken?"

„Nein danke."

Heinrich schlich zur Tür und riss sie mit einem Schwung auf. Seine Mutter geriet ins Stolpern, konnte sich im letzten Augenblick am Türrahmen festhalten.

„Auf Semmelbrösel mit Haferflocken beißen sie übrigens auch sehr gut."

Mit bebenden Lippen drehte sich die Seniorin auf den Absätzen herum und stampfte wortlos die Treppe hinunter.

Manuela fühlte sich nicht sehr wohl. Heinrich Grimm bedeutete ihr, weiterzureden.

„Der Zettel hat eine Kantenlänge von 8,5 mal 9 Millimeter. Die Zahlen sind mit einem herkömmlichen Laserdrucker in einer Schriftgröße von 0,9 Millimeter geschrieben. Bei dem Papier handelt es sich um ganz gewöhnliches Kopierpapier. Das Blatt wurde mit einem Folienschweißgerät laminiert und anschließend mit einer kleinen Schere mit gebogener Spitze ausgeschnitten. Das Besondere daran ist aber die Tatsache, dass sich weder auf den Folien noch auf dem Zettel selbst auch nur der Hauch eines Fingerabdrucks befindet. Ebenso wenig konnten Faser- oder Latexspuren nachgewiesen werden. So klinisch rein könnte dieser Schnipsel nicht einmal sein, wenn er ein halbes Jahr in Wasser gelegen hätte."

Heinrich lehnte sich zurück und dachte darüber nach, was diese Ergebnisse bedeuteten. Er versuchte sich die Anfertigung des dubiosen Schnipsels vorzustellen.

„Das Papier fasst man normalerweise nicht überall an. In den Drucker wird es mit vielen anderen eingelegt. Wenn ich eine bedruckte Seite aus dem Druckerschacht nehme, fasse ich diese ebenfalls nicht überall an. Genauso dürfte es sich nach dem Verschweißen verhalten."

„In die Uhr wurde der Schnipsel mit einer Pinzette gelegt. Daran habe ich auch gedacht. Aber ist das der Normalfall? Fasst man diesen Zettel nicht mal irgendwo an einer Ecke an, um ihn gerade zu rücken, sei es in den Schaufeln der Pinzette oder später in der Uhr?"

Heinrich hob die Schultern. Er konnte nicht verhehlen, dass ihm die gesamte Situation behagte. Er spürte das Vertrauen der Kommissarin, genoss ihren Respekt. Viel wichtiger war ihm aber, dass auch Manuela Warnke inzwischen Zweifel kamen. Das Feuer des Ehrgeizes konnte jeden Moment aufflammen. Der richtige Augenblick, einmal kräftig in die Glut zu pusten.

„Die Frage lautet, aus welchem Grund sich jemand diese Mühe macht. Was bedeuten diese Zahlen und wem galt die Botschaft?"

„Die Bedeutung der Zahlen konnten wir nicht herausbekommen. Die Botschaft galt Ihnen, denke ich. Sie haben die Uhr gezielt überreicht bekommen."

„Nehmen wir mal an, das wäre zutreffend. Daraus ergäbe sich eine Reihe weiterer Fragen. Wie sollte ein Obdachloser an eine dreitausend Euro teure Uhr gelangen? Falls ihm dies gelungen wäre, wie hätte er den Schnipsel herstellen und in der Uhr deponieren sollen, in seinem Büro? Unwahrscheinlich. Jemand könnte ihm die Uhr gegeben haben, verbunden mit dem Auftrag, sie mir zu schenken. Dann wusste dieser Unbekannte von dem Kontakt zwischen Joschi und mir und hatte sehr viel Vertrauen in ihn, einen Obdachlosen. Und warum ist mir die ominöse Botschaft nicht direkt überbracht worden?"

Manuela wiegte stumm den Kopf. Sie sah angestrengt aus. Dünne Falten zeichneten sich wie eine blasse Struktur auf ihrer Stirn ab. Der Tod durch Herzversagen barg keine Geheimnisse in seinem Umfeld. Er war tragisch, kam mitunter plötzlich wie ein Blitz und dennoch umgab ihn die beruhigende Aura der unabwendbaren Fügung. Eine Uhr mit einem rätselhaften Zettel in ihrem Gedärm, eine selbst gebastelte Angelroute zum Mahnmal errichtet oder ein Kilometer entfernt abgestelltes Fahrrad waren damit nicht in Einklang zu bringen, fand Manuela Warnke.

„Wie haben Sie diesen Joschi kennengelernt?"

„Ich bin des Öfteren in der Hohen Mark spazieren gegangen, der Weg um das Schwarze Wasser war meine morgendliche Joggingrunde, wenn Annette, ich meine Frau Gerland, nicht mitlaufen wollte. Sie bevorzugt den Weg um den Auesee", schob er hinterher und merkte, dass er abschweifte. „Joschi war ebenfalls oft da. Frühmorgens begegnet man dort nicht sehr vielen Menschen, es war fast logisch, dass wir ins Gespräch kamen."

Manuela räusperte sich.

„Herr Grimm, verstehen Sie das jetzt bitte nicht falsch. Ich finde es nicht unbedingt logisch, dass sich ein pensionierter Hauptkommissar mit einem Obdachlosen quasi anfreundet. Ich möchte keine Bewertung abgeben, sondern verstehen, wie es dazu gekommen ist."

Heinrich senkte den Blick. Aus der Sicht einer Außenstehenden mussten Welten zwischen diesen beiden Menschen liegen. Sollte er ihr sagen, dass es eine Seelenverwandtschaft gewesen war, zwischen einem pensionierten Polizisten und einem Obdachlosen? Das würde sie nicht verstehen. Vor einem halben Jahr hätte er es selber nicht geglaubt. Heinrich fühlte sich in die Enge getrieben. Glaubte, etwas rechtfertigen zu müssen, was er nicht bereute. Dann fiel ihm auf, dass Manuela Warnke dies wohl kaum moralisch bewertete. Der unausgesprochene Gedanke hinter ihrer Frage erschreckte Heinrich.

„Sie wollen andeuten, Joschi hatte von Anfang an vor, sich mein Vertrauen zu erschleichen?"

„Ich möchte ein Rätsel lösen."

„Warum beginnen Sie dann nicht bei dem Toten?"

Manuela hob das Gesicht, schaute zur Decke und seufzte. „Auch wenn immer mehr …", sie stoppte mitten im Satz, haderte, bevor sie weitersprach, „Hinweise auftauchen, die den Leichenfund in ein diffuses Licht rücken, Indizien, die eine Obduktion rechtfertigen, sind das noch nicht."

Heinrich stülpte die Lippen vor, nickte wortlos. Obduktionen stellen einen enormen Kostenfaktor dar, wusste er. Auch wenn es niemand öffentlich aussprach, war die jährliche Anzahl der rechtsmedizinischen Leichenschauen limitiert. Ohne handfeste Beweise waren seiner Nachfolgerin die Hände gebunden. Heinrich fragte sich, wie er damals in einem vergleichbaren Fall reagiert hätte. Gab es Tatorte, die er nicht als solche erkannt hatte? Wie viele Täter waren durch das Netz der Routine geschlüpft? Er bemerkte die Betroffenheit seiner Nachfolgerin, es tat ihm leid, dass er ihr unterschwellig Untätigkeit unterstellt hatte. Immerhin nahm sie seine Bedenken ernst.

„Es tut mir leid. Ich bin sicher, Sie sind eine gute Polizistin. Wenn ich Ihnen helfen kann …"

„Danke, Herr Grimm."

22

Heinrich setzte sich mit Notizblock, Kugelschreiber und Telefon in den Sessel am Fenster zum Garten. Er schrieb die Zahlen 513959807 und 63327854 ganz oben auf den Zettel. Zunächst rief er sie, mit den Vorwahlen sämtlicher ihm bekannten Mobilfunknetze versehen, an. Dies schien ihm bei acht- und neunstelligen Zahlen die sinnvollste Herangehensweise. Bei einer der Nummern meldete sich die Hotline eines Softwareherstellers, ansonsten gingen die Telefonate ins Leere. Mittlerweile hatte er alle im örtlichen Telefonbuch verzeichneten Vorwahlen mitgewählt, ebenfalls ohne Erfolg. Resigniert stellte er die Suche ein. Er hatte ohnehin daran gezweifelt, von Joschi zwei Telefonnummern, noch dazu auf diese Weise und unvollständig, erhalten zu haben. Den leeren Blick in den Garten gerichtet, dachte er angestrengt nach, welche Bedeutung diese Zahlen haben konnten. Konto- oder Kreditkartennummern dürften wegfallen, sinnierte Heinrich. Zahlenkombinationen für Tresore oder Alarmanlagen hielt er ebenfalls für äußerst unwahrscheinlich. Er sah Joschis Gesicht vor sich, seinen Blick, als er ihm die Uhr überreichte. Er sah seinen Kopf klar wie ein Foto vor sich. Er sollte diesen Zettel bekommen. Es musste sich also um eine Information handeln, die für ihn selbst wichtig war.

Während er sich eine Flasche Mineralwasser aus der Küche holte, dachte er an die dritte, bislang unbekannte Person. Das Fahrrad, die halb leere Medikamentenpackung, die einfache Angelroute oder der Schnipsel in der Uhr. All dies würde sich mithilfe einer dritten Person erklären lassen. Joschi hatte sich mal als „Lonesome Rider“ bezeichnet, sah sich als einsamen Wolf in der urbanen Wüste der sozialen Kälte. Heinrich war nie eine weitere Person in seiner Nähe aufgefallen. Auf dem Weg durch das Wohnzimmer sah er, dass Manuela den Ordner auf dem Tisch liegen gelassen hatte. Kurzentschlossen setzte er sich auf das Sofa und blätterte darin. Als er den Bericht der KT umblätterte, erschrak

Heinrich. An ein Formblatt mit Personendaten war mit einer Büroklammer ein postkartengroßes Foto des Toten befestigt. Heinrich hielt die Akte ins Licht, streckte den Arm aus, der sie hielt. Das Gesicht wirkte hart und kalt wie ein Stein. Nicht die kleinste Regung war erkennbar. Es kam Heinrich seltsam fremd vor. Er stand auf und ging mit dem Ordner und einem Glas Wasser ans Fenster. Irgendwas war anders, er spürte es, ohne sagen zu können, was es war. Nachdenklich trank er einen Schluck, wendete den Blick nicht von dem Bild ab. Plötzlich hielt er mitten in der Bewegung inne. Wie hatte er dieses Detail übersehen können? Langsam stellte er das Glas auf den Beistelltisch neben sich. Um ganz sicher zu sein, holte er die Lupe aus dem Schrank und betrachtete die Stelle genauer. Sein Verdacht bestätigte sich. Während er die Handynummer seiner Nachfolgerin aus einer der Wohnzimmerschubladen kramte, suchte er fieberhaft nach einer Erklärung.

Manuela Warnke wirkte überrascht, versprach allerdings eine sofortige Überprüfung.

23

„Ich muss Schluss machen, mein Sohn kommt", flüsterte sie. Camel starrte noch kurz auf das schweigende Mobiltelefon. Den ganzen Tag über hatte er Archive studiert, unzählige Telefonate geführt und Dutzende Internetseiten durchstöbert. Nichts hatte er unversucht gelassen, auf Frühstück- und Mittagspause verzichtet, um letztendlich zu der wenig schlagzeilenträchtigen Erkenntnis zu gelangen, dass es sich bei der Familie derer von Wertherkamps um ein uraltes und mittlerweile verarmtes ostpreußisches Adelsgeschlecht handelte, dessen Nachkommen heute stinknormalen bürgerlichen Berufen nachgingen oder eben nicht. Eine Familiensaga, an deren Anfang Grafen und Barone in prunkvollen Schlössern in den Tag hinein lebten und an deren Ende der obdachlose Urenkel vor sich hinvegetierte, wäre eine gute Vorlage für die Regenbogenpresse, nicht aber für einen Reporter seines Schlages, der sich dem investigativen, anspruchsvollen Journalismus verschrieben hatte.

Vor wenigen Minuten hatte er diesen Arbeitstag als Totalverlust abgeschrieben. Bis das Telefon klingelte und Frau Grimm ihm nach kurzen Verhandlungen über den Modus des zu erfolgenden Informationsaustausches jene Mitteilung zukommen ließ, die den vergeudeten Arbeitstag zwar nicht ungeschehen machte, ihm aber dennoch praktisch posthum Bedeutung einhauchte. Leider hatte sie aufgelegt, noch bevor Camel die Sinnfrage stellen konnte, und den nachhaltig verwunderten Redakteur zwischen zwei mächtigen Wänden aus Widersprüchen zurückgelassen.

Wie war die mühevoll recherchierte Mittellosigkeit des Franz Josef von Wertherkamp mit einer dreitausend Euro teuren Armbanduhr in Verbindung zu bringen, die überdies noch einen geheimnisvollen Zettel mit einer nicht minder geheimnisvollen Botschaft verbarg? Der Zufall war ein unzuverlässiger Ratgeber und so glaubte Camel nicht daran, dass von Wertherkamp die Uhr irgendwo gefunden hatte. Man fand in Wesel nicht einfach eine Luxusuhr mit einer versteckten Botschaft, die dazu in der Lage war, die Kripo zu mobilisieren. Für Camel war die Lage eindeutig: In Wesel oder näherer Umgebung lief ein Mörder frei herum. Seine Aufgabe bestand nun darin, die Bevölkerung zu warnen. Aber er musste vorsichtig sein. Eine zweite Panne würde Sennheiser unnötig nervös machen. Dabei stand viel auf dem Spiel. Es ging nicht nur um ein Kapitalverbrechen, sondern zusätzlich um eine Polizeipanne immensen Ausmaßes. Camel griff sich den Notizzettel vor ihm: „Floskamp, Dimmerstraße."

Nach einer Minute hatte er die Nummer aus dem Telefonbuch. Floskamp klang misstrauisch, erlaubte dem Redakteur aber, ihn zu besuchen.

24

„Nein, ausgeschlossen!“, tönte es aus dem Hörer. Manuela bedankte sich abwesend. Sie schwieg ihren Besucher ratlos an und massierte nachdenklich ihre Unterlippe. Unter halbwegs normalen Umständen hätte sie den Zeugen mit beschwichtigenden, aber nicht ansatzweise ernst gemeinten Worten des Dankes verabschiedet. Was die Polizistin zweifeln ließ, war zum einen die Tatsache, dass in einem Fall, den es gar nicht gab, die Umstände alles andere als normal waren, und zum anderen, dass es sich bei ihrem Vorgänger um einen äußerst vertrauenswürdigen Zeugen handelte. So gab es den nächsten Widerspruch, den die Ermittlerin in dürre Worte verpackt ihrem staunenden Publikum preisgab.

„Der Tote trug keinen Ohrschmuck. Ein Ohrloch konnte ebenfalls zweifelsfrei ausgeschlossen werden.“

„Du bist dir ganz sicher, dass dieser Joschi einen Ohrring getragen hat, Heinrich?“

Adrianos Frage war rhetorisch. Gereizt sah Heinrich Grimm seinen Expartner an und wählte ein kurzes Nicken als Antwort.

„Sie haben den Toten identifiziert. Zumindest als einen Obdachlosen mit dem Rufnamen Joschi. Glauben Sie, dass Sie sich geirrt haben?“

Heinrich legte den Kopf in den Nacken und atmete hörbar aus. Geschickt hatte sie ihm den Schwarzen Peter untergeschoben. Nach Manuela Warnkes Anruf im rechtsmedizinischen Institut war klar, dass er sich getäuscht haben musste. Mit voller Konzentration dachte er an das letzte Treffen mit Joschi, holte sich sein Gesicht zurück ins Bewusstsein. Kein Zweifel, Joschi trug einen kleinen, silbernen Ohrstecker. Er hatte nie gefragt, weshalb. Die Frage schien ihm absurd. Somit blieb nur eine Möglichkeit.

„Darf ich den Toten noch einmal sehen?“

Vierzig Minuten später befanden sie sich erneut an der Wilhelm-Roelen-Straße in Walsums größtem Stadtteil Aldenrade. Thorsten Kreutzer empfing sie mit süffisantem Lächeln.

„Falls Sie den Ohrring persönlich suchen möchten, muss ich Sie enttäuschen, den haben wir bereits für unsere Weihnachtsfeier versilbert."

„Nein", antwortete Manuela, „wir möchten nur kontrollieren, ob der Tote noch hier ist."

„Von denen ist zwar noch keiner entlaufen, aber bitte."

Sie folgten Kreutzer abermals durch die kalten Flure bis in den Saal mit den Kühlfächern. Nach kurzer Orientierung zog Kreutzer eine Lade heraus.

„Dies müsste der richtige Kadaver sein."

Heinrich schoss herum, auf seiner Stirn schwoll eine Ader an. Es dauerte einige Sekunden, bis er Worte fand.

„Ich muss doch sehr bitten. Das ist ein Leichnam und kein Kadaver!"

Kreutzer wirkte irritiert.

„Meinen Sie?"

Dann trat er einen Schritt vor und schob das weiße Laken bis auf die Brust zurück. Kleine grüne Flecken bedeckten den fast weißen, haarlosen Brustbereich. Kreutzer deutete fast triumphierend darauf.

„Wusste ich's doch. Hätte mich auch sehr gewundert. Diese grünen Flecken werden durch Darmbakterien hervorgerufen. Dies wiederum bedeutet, dass die Verwesung bereits eingesetzt hat. Somit ist es keine Leiche mehr, sondern ein Kadaver. Rein medizinisch betrachtet", schob Kreutzer mit einem unschuldigen Blick durch die kleinen runden Gläser seiner Brille hinterher.

Heinrichs Ärger über den, wie er fand, despektierlichen Umgang mit einem Toten sorgte dafür, dass seine innere Anspannung, die sich während der Hinfahrt kontinuierlich aufgebaut hatte, in den Hintergrund geriet. Langsam wandte er sich dem Toten zu, der sich wie auf einer Anrichte liegend in Hüfthöhe vor ihm befand. Schwarze und grüne Flecken bedeckten die Haut fast vollständig. Es roch unangenehm. Heinrich trat einen halben Schritt zur Wand, in die Nähe des Kopfes. Er spürte aufkommende Würgereflexe, zwang sich zur Beherrschung. Es war ihm unbegreiflich, wieso Kreutzer diesen Beruf derart froh gelaunt ausüben konnte. War er völlig abgestumpft, lag sein Herz bereits unter einer dicken Schicht verrotteter Gefühle begraben?

Heinrich beugte den Oberkörper leicht vornüber. Die Haare im Gesicht hatten die Länge halber Streichhölzer. Joschi trug meist einen etwas längeren Dreitagebart, nie mehr. Die Wangen waren stets blank. Er muss sich regelmäßig rasiert haben, fiel Heinrich jetzt erst auf. Wieder einmal wunderte es ihn, wie wenig er auf Details geachtet hatte. Wie sehr ihm Kleinigkeiten entgangen waren, die ihm früher sofort aufgefallen wären. Konnte man diesen Spürsinn tatsächlich verlieren? Heinrich war bereit, sich damit abzufinden. Es behagte ihm sogar ein wenig, kam es doch dem näher, was seine Therapeutin stets forderte.

Legen Sie die Uniform ab, Sie benötigen sie nicht mehr.

Seine Gefühle verschwammen zu einem seltsamen Cocktail. Der Magen rebellierte, er ekelte sich vor den Gerüchen und dem Anblick – und dem Gedanken, sich vor dem toten Joschi zu ekeln. Er fühlte sich mies und war doch zufrieden, dass er mit seinem Beruf abschließen konnte. Der Polizist in ihm schien gegangen zu sein, stellte er erleichtert fest. Dieser Egoismus, ausgerechnet hier, schmerzte. Heinrich wollte sich umdrehen, hier und jetzt fühlte er den Wendepunkt erreicht. Für wenige Sekunden hatte er völlig vergessen, weshalb er hier war, dann wurde es ihm schmerzlich bewusst. Es musste eine Wahrheit hinter den Widersprüchen geben. Er musste sich strecken, über die Mauer blicken, auch wenn es ihm unangenehm war. Heinrich schärfte den Blick, fokussierte ihn auf das Gesicht des Toten, als lägen alle Unklarheiten darin verborgen. Er fragte sich, ob die vielen Flecken oder der anscheinend stark nachgewachsene Bart dafür verantwortlich waren, dass Joschi ihm so fremd vorkam. Heinrich betrachtete das linke Ohr des Toten. Eine gräuliche Strähne bedeckte das Ohrläppchen. Heinrich führte langsam den Zeigefinger der rechten Hand dorthin, schloss die Augen, atmete tief durch. Als er sie wieder öffnete, bemerkte er Thorsten Kreutzer, der sich in die schmale Lücke zwischen dem Pensionär und der Wand geschoben hatte und das Ohr freilegte.

„Danke", murmelte Heinrich.

Das Ohr war schmutzig, aber merkwürdigerweise ohne Flecken und völlig unversehrt. Heinrich war versucht, Joschis Augenlider zu öffnen. Bei dem Gedanken an den Anblick beließ er es dabei. Sein Blick war schon Richtung Nase gewandert, die Heinrich merkwürdig groß vorkam, als er im letzten Moment etwas im Augenwinkel sah. Er beugte sich noch weiter hinunter, sein Auge befand sich eine Handbreit über dem des Toten. Zwischen dunklen Flecken von der Größe einer Euromünze befanden sich zwei kleine, dunkelblaue Punkte. Knasttränen! Der Gedanke schoss ihm wie ein Blitz durch den Kopf.

Heinrich kannte diese Zeichen. Früher ließen sich Strafgefangene für jeweils fünf Jahre Haft eine Träne unter das Auge tätowieren. Die Anerkennung und oft genug auch die hierarchische Rangfolge im Gefängnis wurden durch die Anzahl der Tränen entscheidend beeinflusst. Eine solche Tätowierung bei Joschi wäre ihm sofort aufgefallen. Für Heinrich gab es keinen Zweifel mehr, dass es sich bei dem Toten nicht um seinen Freund Joschi handelte. Wie hatte er beim ersten Mal so leichtfertig sein können? Die Ähnlichkeit war vorhanden, aber nicht frappierend genug, dass ein pensionierter Hauptkommissar mit mehr als dreißig Dienstjahren darauf hätte hereinfallen müssen! Er hatte sich von den Umständen täuschen lassen. Alles schien naheliegend und simpel. Die Kausalität war bestechend. Joschi war verschwunden, ein toter Obdachloser wurde gefunden. Ein toter Obdachloser lag kurz darauf in der Kühlkammer, alles ganz logisch. Heinrich richtete sich auf, bemerkte die Neugierde der Polizisten.

„Ich habe mich geirrt, das ist nicht Joschi."

Unterwegs nach Wesel wurde Heinrich die Konsequenz in seiner gesamten Deutlichkeit bewusst: Joschi lebte!

25

„Was hat das zu bedeuten?"

Manuela hing den dünnen Blouson über den Kleiderbügel neben der Tür und nahm Adriano gegenüber Platz.

„Gar nichts. Der Vorname stimmt halt nicht", antwortete Adriano lakonisch und schaffte es wieder einmal, mit wenigen Worten sein Phlegma zu offenbaren. Manuela verdrehte die Augen.

„Ist doch wahr. Der einzige Hinweis zur Person war bislang der Vorname. Darüber sind wir nicht weitergekommen. Eben weil er falsch ist. Wir müssen noch mal ganz von vorne …"

„Der Vorname muss der gleiche sein", unterbrach sie ihn. Der Gedanke dahinter jagte der Ermittlerin einen Schrecken ein. Sie dachte an Heinrich Grimm. Im Dienst hätte ihr Vorgänger als befangen gegolten. Und auch wenn er während der ersten Identifizierung emotional stark beteiligt war, sprach die spontane Reaktion eindeutig für eine Ähnlichkeit der beiden Personen.

„Herr Grimm hat sich in der Obdachlosenszene umgehört, ich bei den Behörden. Überall hat man die Person auf dem Foto als einen Wohnungslosen mit dem Rufnamen Joschi erkannt. Adriano, dieser Mann ist kein Phantom, es gab", sie räusperte sich, „es gibt ihn."

„Warum ist er dann zur selben Zeit verschwunden?"

Das ist eine berechtigte Frage, dachte Manuela. Der Gedanke, jemand wollte seinen Tod vortäuschen, um abzutauchen, lag nahe. Manuela hielt ihn für absurd. Aber war es nicht gerade die Häufung sonderbarer Dinge rund um diesen Todesfall, die seit Tagen für ihre innere Unruhe verantwortlich war? Manuela entschloss sich zu handeln.

„Ich gehe zur Staatsanwaltschaft. Wäre nett, wenn du in der Zwischenzeit die Identität des Toten in Erfahrung bringen könntest."

Adriano, der damit beschäftigt war, die Buchstaben der Zeitung vor ihm mit dem Bleistift auszufüllen, sah sie ungläubig an.

„Die Identität. Ist klar, kein Problem. Mache ich mal eben zwischendurch. Reichen die Personalien oder benötigst du auch den Stammbaum der Familie?"

Manuela seufzte.

„Adriano", antwortete sie mit betont geduldiger Stimme, „Herr Grimm hat die Verwechslung anhand zweier kleiner, kreisrunder Tätowierungen unter dem Auge, sogenannter Knasttränen, bemerkt. Dies legt die Vermutung nahe, dass der Herr irgendwann einmal in einer Justizvollzugsanstalt untergebracht war. Daraus wiederum könnte der aufgeschlossene Polizist schließen, dass die besagte Person sich in unserer Kundenkartei befindet. Was meinst du?"

Adriano schloss für einen Moment die Augen, holte tief Luft und machte sich schließlich wortlos an die Arbeit. Im Herausgehen bemerkte Manuela eine leichte Rotfärbung auf seinem Gesicht.

Annette Gerland beugte sich über die Tischplatte, faltete die Hände ineinander und legte das Kinn auf die Daumen. Sie vermochte der Argumentation ihrer Ermittlerin durchaus Glauben zu schenken. Nur war die Einleitung einer Mordermittlung nicht davon abhängig.

„Wirklich neu ist doch lediglich die Tatsache, dass dieser Joschi offenbar noch lebt. Gut, er sieht dem Toten ähnlich. Ich gebe auch zu, dass es einige seltsame Hinweise gibt. Aber haben Sie einen ernst zu nehmenden Beweis? Gibt es ein Motiv?"

„Wie soll ich einen Mord nachweisen, wenn ich die Leiche nicht obduzieren lassen kann? Wollen wir uns bei all den Ungereimtheiten auf die Vermutung eines niedergelassenen Mediziners verlassen, der nach einem flüchtigen Blick auf die Leiche Tod durch Herzversagen annimmt? Immerhin hat er auf dem Totenschein die Todesursache als unklar eingestuft."

Trotz der inneren Anspannung, die Manuela in jedem Muskel spürte, brachte sie die Argumente äußerlich ruhig und gelassen vor. Sie wusste, dass Dr. Bahman die Todesursache nur deshalb so eingestuft hatte, weil ihm die medizinische Vorgeschichte des Toten nicht bekannt war. Eine Routinehandlung, die Manuela nun zur Argumentation heranzog.

Der Staatsanwältin imponierten die Art und vor allem der Ehrgeiz der Hauptkommissarin. Zudem war das Argument der unklaren Todesursache nicht von der Hand zu weisen.

„Also gut. Wir werden die Leiche in der kommenden Woche obduzieren lassen."

Adriano hatte die Niederlage bestens verdaut und empfing die Kollegin freudestrahlend mit der Profilaufnahme eines Häftlings, der nach Manuelas Ansicht nur bedingte Ähnlichkeit mit dem Toten aufwies.

„Hans Joachim Olischek. 2001 wegen Totschlags zuungunsten des Liebhabers seiner Frau zu acht Jahren Haft verurteilt. Wurde im November 2007 vorzeitig aus der JVA Geldern entlassen. Ich würde sagen, das passt."

„Was passt?"

„Totschlag. Was schließt die aufgeschlossene Polizistin daraus? Es gibt Hinterbliebene mit nur einem Gedanken: Rache. Und damit haben wir das Motiv."

„Drei Jahre nach Haftentlassung?"

„Warum denn nicht", Adriano hob die Stimme, „die Entlassung stand bestimmt nicht in der Zeitung, der Mörder musste ihn auch erst finden. Ich habe die Akten von damals jedenfalls angefordert."

„Wenn du mir jetzt noch erklärst, welche Rolle Heinrichs Joschi dabei spielt, könnte ich dir glauben. Oder hältst du die Ähnlichkeit und sein plötzliches Verschwinden für einen Zufall?"

Adriano grinste. Er schien mit dieser Frage gerechnet zu haben.

„Nein, das halte ich nicht für einen Zufall. Es war inszeniert, sollte wie der Tod eines Obdachlosen aussehen. Und war es bis vor zwei Stunden nicht auch genauso?“

Manuela nickte. Auf den ersten Blick war seine Argumentation schlüssig. In diese These passte die provisorische Angelroute. Das Rad konnte er zuvor einem Obdachlosen gestohlen haben, wenn das Opfer in der Zwischenzeit nicht selbst wohnungslos geworden war. Aber eine Merkwürdigkeit gab es noch, die nicht in dieses Bild passte.

„Was ist mit der Uhr und dem Zettel darin?“

Adriano hob ratlos die Schultern.

26

Wieso ist er verschwunden? Wo ist er jetzt? Seit Stunden quälten ihn diese Fragen. Er saß auf der Bank, auf der er Joschi das letzte Mal gesehen hatte. Zweimal war er die Runde um das Schwarze Wasser gegangen, ohne den geringsten Hinweis auf Joschi zu erhalten. Anfangs spürte er Erleichterung, freute sich, dass es sich bei dem Toten in Walsum nicht um seinen Freund handelte. Die gute Laune hatte sogar seine Selbstzweifel besiegt. Irgendwann schwand die Freude und Fragen tauchten auf. Dunkle Wolken schoben sich vor die Sonne. Heinrich stand auf.

Auf dem Weg nach Hause dachte er wieder an den Schnipsel aus der Uhr. Hatte Joschi das alles vorausgeplant? Welche Bedeutung hatten die Zahlen?

Als Heinrich am Kreisverkehr die Nordstraße überquerte, fielen die ersten Tropfen. Fünf Minuten später erreichte er triefend nass den kleinen Weg zur Haustür. Seine Mutter verabschiedete einen jungen Mann mit blonden Locken und einem Arbeitsanzug, auf dem das Emblem der Telekom eingestickt war.

Voller Stolz dirigierte Frau Grimm ihren Sohn in das Bügelzimmer. An der Wand gegenüber der Tür befand sich auf dem alten Küchentisch ein Flachbildschirm, daneben ein Drucker und auf dem Boden ein Computer. Sie hatte das Equipment bereits in der vorigen Woche bestellt, freute sich über die pünktliche Lieferung. Die Geräte waren eingeschaltet, auf dem Bildschirm prangte die Eingabemaske einer Suchmaschine.

„Prima, nicht wahr? Wir sind jetzt komplett ausgestattet, wie es sich für ein Detektivbüro gehört."

Heinrich wollte sie fragen, woher Camel von dem Schnipsel in der Uhr wissen konnte, als er die Türklingel vernahm. Floskamp hatte ihn angerufen und ihm berichtet, dass der Journalist von einem seltsamen Code erfahren habe, der in einer Uhr versteckt war. Floskamp versprach, das Geheimnis selbstverständlich zu wahren.

„Huch, da ist ja schon die Marga. Tschüss, mein Junge, ich muss in die Stadt", sie zog einen Einkaufszettel aus der Tasche, „Druckerpapier kaufen und Speicherrohlinge und", es klingelte erneut. Mit einem lang gezogenen „Tschüü-üss" verschwand sie. Heinrich wartete das Geräusch zufallender Autotüren und eines startenden Motors ab, bevor er sich an den Computer setzte.

Waren seine Suchanfragen auch sehr ungeschickt, so gelangte er nach einiger Zeit doch an Begriffe wie Numerologie oder Zahlenmystik. Anhänger dieser Pseudowissenschaften waren der Ansicht, dass alle Zahlen über ihre rein mathematische Bedeutung hinaus eine völlig andere Aussagekraft besaßen. Sie gingen von Kausalitäten aus und schlossen von Zahlen auf Ereignisse. Buchstaben wurden nach einem gewissen Schlüssel in Zahlen umgewandelt. Vor einigen Jahren entdeckten mehr oder weniger seriöse Zeitgenossen auf diese Weise versteckte Botschaften in der Bibel, las Heinrich leicht amüsiert.

Er betrachtete versonnen den Zettel mit den Zahlenreihen neben der Tastatur, während die nächste Website hochgeladen wurde. Dort wurde tatsächlich erklärt, dass jede Zahl im Prinzip einstellig sei und eine tiefe Bedeutung habe. Man müsse lediglich so lange die Quersumme errechnen, bis diese im einstelligen Bereich liege. Eine Tabelle am Ende der Seite gab Auskunft über die weitere Bedeutung der einstelligen Zahlen. Heinrich öffnete die nächste Seite. Jetzt wurde es interessanter: Der Autor berichtete über Verschlüsselungsmethoden. Kryptologie, die Wissenschaft vom Geheimhalten von Geheimnissen. Er war so vertieft in seine Nachforschungen, dass die Türklingel ihm einen Schrecken einjagte.

„Sie scheint es wirklich ernst zu meinen", stellte Annette nach einem flüchtigen Blick auf das Equipment fest. Sie hatten beide noch nicht zu Mittag gegessen, fuhren ausnahmsweise zum nahen Restaurant Art unweit von Flüren. Annette wollte mit ihrem Freund ein wenig die geglückte Konfrontationstherapie feiern.

Unterwegs berichteten sie sich die Neuigkeiten des Tages, die im Falle des offenbar noch lebenden Joschi identisch waren.

Annette bestellte sich einen Ziegenkäseauflauf mit Curry-Joghurt und Salat, Heinrich eine Spargelterrine mit geeister Mozzarellamousse vorab. Er berichtete ihr von den Internetrecherchen. Besonders der kryptologische Teil interessierte sie.

„Bei der einfachsten Verschlüsselungsmethode steht jede Zahl für einen Buchstaben des Alphabets. Der Buchstabe A steht für die Ziffer 1, B steht für 2 und so weiter", er hatte den Zettel mit den Zahlenreihen selbstverständlich dabei und legte ihn in die Mitte des Tisches, „wobei ich mich frage, ob bei der Zahl Dreizehn zum Beispiel der erste und dritte Buchstabe oder der dreizehnte gemeint ist."

Annette nahm den Zettel und betrachtete eingehend die Zahlenreihen. Dann legte sie ihn wieder zurück.

513959807
63327854

„Also dieses Problem stellt sich hier nicht. Die Fünf in der ersten Reihe steht alleine, es gibt keinen 51. Buchstaben."

Annette notierte ein „E" unterhalb der Reihen.

„Der nächste Buchstabe wird der dreizehnte sein, „EA" am Anfang eines Wortes ist unwahrscheinlich", Heinrich schrieb den Buchstaben „M" daneben, „95 gibt es ebenfalls nicht, also ein … „I", weiter geht es …"

„Eben nicht", unterbrach Heinrich sie, „es müsste wieder ein „E", danach wieder ein „I" kommen und danach? Was bedeutet die Null?"

Er schüttelte den Kopf.

„Wir liegen falsch. Es gibt noch die Varianten, dass Buchstaben oder Zahlen um eine oder mehrere Stellen versetzt sind, C für die 1 steht, D für die 2 und so fort. Ich denke, da suchen wir ewig."

Ein freundlicher Kellner servierte eine Flasche Tafelwasser. Annette bedankte sich beiläufig, ihre Augen fixierten weiterhin die Zahlen.

„Ewig würde ich es nicht nennen. Die Null beweist, dass die Zahlen verschoben sind. Was bedeutet, dass es neun mal zwei Möglichkeiten der Interpretation gibt, die Null fällt in beiden Richtungen weg."

„Falls der Code gleichermaßen für alle Ziffern der Zahl gilt. Welche Chance haben wir, wenn die Abweichungen variieren?"

„Welche Chance haben wir, wenn wir aufgeben?"

27

Beseelt lächelnd tänzelte Camel geradezu in die Redaktionsräume. Den linken Arm hoch erhoben, wedelte er wild mit einem Zettel herum, während der angewinkelte rechte Arm neben der Hüfte eine Säge imitierte. Ein Fremder hätte der Vermutung unterliegen können, der Reporter habe im Drogenmilieu recherchiert und dazu in einem aufopferungsvollen Selbstversuch die im Betäubungsmittelgesetz aufgeführten Substanzen durchprobiert. Die anwesenden Kollegen allerdings schüttelten nur müde den Kopf oder beschäftigten sich ungerührt weiter mit dem Layout auf ihren Monitoren. Dies hatte Trixie auch vor, wurde allerdings durch den hyperaktiv zappelnden Arm und die Hand mit dem Zettel vor ihrem Gesicht davon abgehalten.

„Der Durchbruch! Ich bin allen einen Schritt voraus, allen! Die Schlagzeile morgen wird einigen in dieser schönen Stadt die Blässe ins Gesicht treiben. Es ist mir gelungen, an diesen …"

Er hatte Sennheiser nicht kommen hören. Sein Chef stand hinter ihm und studierte den Zettel, den er Camel soeben aus den Fingern gezogen hatte.

BERT

„Wer ist Bert?"

„Das weiß ich noch nicht, aber ich bekomme es heraus, Chef."

„Das finde ich wirklich sehr nett von Ihnen, Herr Walther."

Sennheiser klang übertrieben freundlich. Camel wusste, was das bedeutete.

„Ich bin an einer ganz großen Sache dran. Morgen", er sah auf die Uhr, zwei Stunden bis zur Redaktionskonferenz, „bringe ich den Hammerbericht."

„Das will ich stark hoffen. Und auch, dass kein Angler darin vorkommt."

„Ja, Chef. Ich meine, nein, Chef."

Er sah Sennheiser noch einige Sekunden in einer Bandscheiben belastenden Haltung hinterher. Dann schnellte Camel herum und klatschte mit einem erwartungsvollen Blick auf Trixie in die Hände.

„Auf geht's."

Trixies tatenlose Haltung verunsicherte den Redakteur.

„Hast du nicht zugehört? Wir müssen möglichst schnell herausbekommen, wer dieser Bert ist."

„Wir?"

Trixie würde sich vermutlich nie an die Umgangsformen ihres Kollegen gewöhnen können.

„In zwei Stunden ist Redaktionsschluss, bis dahin möchte ich die Sonntagsbeilage fertig haben."

In der Beilage wurden keine topaktuellen Themen behandelt, daher konnte Trixie ihre Arbeit am Freitag erledigen und den Samstag zu Hause bleiben.

„Kommste halt morgen ein paar Stündchen. Das hier", er winkte abermals mit dem Zettel in der Hand, „ist der Knaller, das muss in die morgige Ausgabe."

Trixie führte den Zeigefinger an die Stirn, während ihr Kollege sich das örtliche Telefonbuch schnappte und mit dem Zeigefinger die einzelnen Spalten durchwanderte. Eine halbe Stunde später schmiss er das Verzeichnis wütend auf die Fensterbank.

„Es gibt keinen einzigen Bert in Wesel", stellte er leicht verwundert fest.

„Klar", antwortete Trixie gelangweilt, „es dürfte auch keinen einzigen Camel in Wesel geben, obwohl ich einen kenne."

„Du meinst, es handelt sich um einen Spitznamen, eine Abkürzung für Berthold oder Bertram?"

Trixie sah ihn mitleidig an.

„War nicht von einem Code die Rede, Camelchen?"

Der Reporter nickte.

„Ein Code ist eine verschlüsselte Botschaft. Als Kinder haben wir immer Buchstaben für Zahlen eingesetzt, eine simple Geheimsprache."

„Natürlich, das ist es", jubelte Camel und schnappte sich das Telefon. Die Buchstaben auf den Zifferntasten mussten es sein. Er nahm sich einen Kugelschreiber und notierte die Zahlen 2378. Nachdem er die Zahl eine Minute mit gekräuselter Stirn angesehen hatte, tippte er sie ins Telefon.

„Großholtfurth, guten Tag."

Leise drang die brüchige Stimme einer älteren Dame durch den Hörer.

„Konrad Walther vom Rheinischen Boten, guten Tag. Mit wem spreche ich bitte?"

„Karl-Heinz, hier ist Oma Wilma, das ist aber nett, dass du mich mal anrufen tust. Wie geht es denn der Mutti?"

„Nein. Hallo. Hier ist Konrad Walther vom Rheinischen Boten", Trixie hielt sich demonstrativ die Ohren zu, „kennen Sie einen Franz Josef von Wertherkamp?"

„Der Rheinische Bote? Was macht die Mutti denn da? Geht es ihr nicht gut?"

Camel legte den Hörer auf. Bert, Bert, Bert – jetzt verstand er. „B", der zweite Buchstabe des Alphabets, „E" der fünfte ... 2 5 18 20, die Zahl kam ihm seltsam vertraut vor. Camel schüttelte den Gedanken beiseite und hackte die Nummer ins Telefon. Zeitgleich mit dem Freizeichen vernahm er aus dem Hintergrund Klingeln aus dem Büro am Ende des Flures.

„Sennheiser", tönte es genervt aus dem kleinen Lautsprecher. Camel schluckte.

28

„Hast du nicht behauptet, dieser Grimm würde die Spur sofort aufnehmen?“

Sie hatte die langen schwarzen Haare hochgesteckt. Nur mit einem blutroten, hautengen Mieder und einer Netzstrumpfhose bekleidet, saß sie vor dem Spiegel und zog mit dem Kajalstift den Lidstrich nach. Im Spiegel sah er ihren strengen Ausdruck. Der Anblick machte ihn rasend.

„Wird er auch noch“, antwortete er.

Sie stand auf, trat ganz dicht vor ihn.

„Ich hoffe bald. Der Countdown läuft. Vergiss das nicht, Chéri.“

Während der Nachhall ihrer rauchzarten Stimme wie eine Versuchung durch seinen Verstand kroch, glitten ihre gespreizten Finger seine nackte Brust hinunter. Seine Augen streiften ihre Schultern, wanderten zum Spiegel hinter ihr, blieben gierig an den glänzenden Halbkugeln zwischen Mieder und Strumpfhose haften. Eine Sekunde dachte er daran, sie in das noch warme und zerwühlte Bett hinter sich zu ziehen, als sie sich mit einem Ruck von ihm löste.

Sie nahm eine schwarze Bluse aus dem Kleiderschrank, zog sie über und knöpfte sie sittsam bis oben zu. Anschließend zog sie eine anthrazitfarbene Hose an.

„Was hast du vor?“

„Im Gegensatz zu dir warte ich nicht ruhig ab, bis irgendwas passiert. Ich werde die Angelegenheit ein wenig anschubsen.“

Er spürte, wie ihm heiß wurde, und das lag ausnahmsweise nicht an ihr.

„Das ist zu gefährlich!“

„Ach ja?“, ihre Stimme klang provozierend. „Dein ganzer Plan ist gefährlich, das ist das Problem. Ein anonymer Anruf bei den Bullen und alles wäre längst klar gewesen.“

Er wurde wütend. Er hasste es, kritisiert zu werden. Er wollte ihr nicht die Kontrolle überlassen.

„Wie oft soll ich es dir noch erklären? Bei diesem Streit mit tödlichem Ausgang gibt es einen Täter und ein Opfer, vielleicht auch Zeugen, aber keinen anonymen Zeugen. Kein dritter Mitspieler, der die Polizei lange ermitteln lässt, sondern ein eindeutiger Fall, das ist es, was wir brauchen. Sobald du oder ich mit hineingezogen werden, ist der Plan tot, tot, tot. Wann kapierst du das endlich?"

Er schlug sich währenddessen mehrfach die flache Hand so heftig gegen die Stirn, dass es schmerzte.

„Und sobald dein Meisterdetektiv als Außenstehender darauf stößt, geht dein Plan auf, schon klar. Das Problem ist nur: Dein Spürhund muss zur Jagd getragen werden. Und diese Aufgabe, Chéri, werde ich übernehmen. Oder möchtest du das machen?"

Er konnte sie nicht aufhalten, das wusste er. Der Gedanke an ihr Vorhaben trieb ihm kalten Schweiß auf die Stirn. Sie hatte Recht, wenn sie sagte, dass ihnen nicht sehr viel Zeit blieb. Aber was, wenn Grimm sie durchschaute? Bislang hatte er ihn überschätzt, das war der einzige Fehler.

29

Am gestrigen Abend hatten sie zwei Stunden lang alle möglichen Kombinationen durchprobiert, bei keiner war eine sinnvolle Buchstabenfolge, geschweige denn ein Wort, herausgekommen. Denn Namen von Personen oder Orten, die mit den Buchstaben „FB“ oder GC“ beginnen, dürfte es, zumindest in Deutschland, nicht geben.

Annette war direkt nach dem Frühstück in die Stadt gefahren, um Schuhe zu kaufen. Sie hatte ihn gar nicht erst gefragt, ob er sie begleiten mochte. Heinrich gab an, einen Spaziergang machen zu wollen, dass dieser ihn am Schwarzen Wasser vorbeiführen sollte, hatte er verschwiegen. Er hatte bereits die Laufschuhe angezogen, als sich seine Türklingel meldete. Obwohl er sofort hinuntereilte, hatte seine Mutter die Tür bereits geöffnet. Vor ihnen stand eine schlanke, dunkelhaarige Dame in einem edlen anthrazitfarbenen Anzug. Am Straßenrand vor dem Haus bemerkte Heinrich ein schwarzes Sportcoupé der gehobeneren Preisklasse. Sie räusperte sich kurz.

„Jasmin Wagner, guten Tag. Ich möchte zur Detektei Grimm und Sohn, falls dies an einem Samstag möglich ist.“

Es hatte den Anschein, als habe die attraktive Dame vor ihnen die Zeit angehalten wie einen Film, den man mittels Pausentaste einfriert, um sich ein Getränk zu holen. Jedenfalls konnte Heinrich sich nicht erinnern, wann er seine Mutter zuletzt sprachlos gesehen hatte. Erst als die Besucherin sich räusperte, reagierte die Gastgeberin.

„Tja, ähem, Frau Wagner, dann kommen Sie doch bitte in die Küche, unser Büro wird derzeit renoviert.“

Heinrich wunderte sich. Am heutigen Morgen waren die Presseartikel zur Eröffnung der Detektei erschienen und bereits wenige Stunden später hatte seine Mutter die erste Klientin.

„Es ist eine sehr delikate Angelegenheit, ich darf doch mit Ihrer Diskretion rechnen?“

„Selbstverständlich, Frau Wagner. Sie können uns absolut vertrauen.“

Jasmin Wagner fingerte nervös an ihrem Schlüsselbund, zögerte ihr Anliegen einige Sekunden hinaus.

„Ich habe seit vier Monaten ein außereheliches Verhältnis.“ Heinrich entging nicht, wie sie den Blick senkte, und fühlte sich in seiner Vermutung über die zu erwartenden Aufträge bestätigt. Einen Augenblick spielte er mit dem Gedanken, den geplanten Spaziergang zum Schwarzen Wasser anzutreten, verwarf diesen aber, um nicht unhöflich zu erscheinen.

„Sein Name ist Tobias Schwarz. Wir waren für vorgestern Abend verabredet, er kam nicht. Gestern am Nachmittag wollten wir uns in der Stadt treffen, er erschien wieder nicht. Sein Handy ist seit zwei Tagen abgeschaltet, das hat er noch nie gemacht. Es muss irgendwas passiert sein. Ich mache mir solche Sorgen.“

Sie rieb sich das rechte Auge, als wolle sie eine Träne entfernen. Heinrich kam der Verdacht, dass er sich von ihr trennen wollte und bisher nicht den Mut aufgebracht hatte, es ihr zu sagen.

„Vielleicht musste er beruflich fort oder seine Frau ist hinter das Verhältnis gekommen. Ist Herr Schwarz überhaupt verheiratet?“

Vermutlich, um professioneller zu wirken, schrieb Frau Grimm jedes Wort auf ihrem Einkaufsblock mit.

„Nein, er ist Junggeselle. Tobias sollte bis zum Wochenende geschäftlich in München bleiben, aber er konnte drei Tage früher zurückkommen. Vom Flughafen aus hatte er mich noch angerufen und gesagt, wie sehr er sich auf mich freut. Aber … da ist noch etwas.“

Sie schloss die Augen und atmete hörbar aus.

„Mein Mann weiß seit einer Woche von dem Verhältnis. Er hat gedroht, Tobias umzubringen.“

„Haben Sie das der Polizei gemeldet?“, mischte Heinrich sich ein.

„Die Polizei“, kam seine Mutter der Besucherin entgegen, „als wenn die was unternimmt. Sie haben richtig gehandelt. Bei uns ist Ihr Anliegen in den besten Händen. Wir nehmen Sie ernst.“

Zum Trost nahm die Seniorin Frau Wagners Hand und drückte diese vertrauensvoll. Heinrich schüttelte den Kopf.

„Haben Sie vielleicht ein Bild Ihres Freundes dabei, Frau Wagner?“

„Ja, warten Sie“, sie durchwühlte hastig ihre Handtasche und reichte Frau Grimm kurz darauf ein postkartengroßes Farbfoto. Heinrich warf einen kurzen Blick darauf. Ein fröhlich lachendes Gesicht, leichte Sommerbräune, mandelbraune Augen, schwarzes Haar. Er kannte den Mann nicht.

Nachdem Frau Wagner noch ihre Anschrift, die Adresse des Vermissten, Autokennzeichen und Handynummer aufgeschrieben hatte, wollte sie sich verabschieden. Heinrich sah seine Mutter schon mit dem Foto in der Hand Wesels Fußgängerzone auf und ab marschieren. Zumindest war sie von nun an beschäftigt, dürfte keine Zeit mehr finden, sich in Angelegenheiten der Polizei einzumischen, dachte er zufrieden. Womöglich stellte sich am Ende heraus, dass der Vermisste mehr als eine Freundin hatte. Heinrich musste grinsen.

„Da ist noch etwas Merkwürdiges“, bemerkte Frau Wagner beim Abschied, „Ich weiß allerdings nicht, ob es von Bedeutung ist.“

„Bitte erzählen Sie, jedes Detail kann wichtig sein“, Frau Grimm legte die Stirn in Falten, um ihren Worten besondere Bedeutung zu verleihen.

„Bei unserem letzten Telefonat sagte Tobias, dass ihm die Armbanduhr gestohlen wurde. Er hing sehr an der Uhr. Es war ein besonders teures Stück. Tobias ist passionierter Taucher, er sagte, die Uhr sei bis dreihundert Meter Wassertiefe geeignet. Ich habe nicht viel Ahnung davon. Aber gefallen hat sie mir schon.“

Heinrich wollte die Tür zum Flur öffnen, stoppte mitten in der Bewegung. „Kennen Sie das Fabrikat?“

Er verdrängte das Absurde und erwartete eine unbedeutende Antwort.

„Nicht genau. Es war eine Uhr von Omega. Der Name … keine Ahnung, irgendwas mit Master Professional oder Oceanmaster oder …“

„Seamaster Professional“, half Heinrich ihr mit leiser, monoton klingender Stimme.

„Ja, das kann auch sein. Wie gesagt, ich bin mir nicht sicher. Ich habe leider keine Ahnung von Uhren. Vermutlich ist es auch völlig unwichtig.“

„Vielleicht auch nicht, ich bin gleich wieder da.“

Heinrich rannte nach oben und kam eine knappe Minute später mit Joschis Uhr in der Hand zurück.

„War es eine solche Uhr?“

Frau Wagner strich eine Strähne ihrer schulterlangen Haare aus dem Gesicht und nahm die Uhr in die Hand. Sie betrachtete das Stück eingehend, drehte sie um, betastete das Armband und reichte sie schließlich erstaunt zurück.

„Was für ein Zufall. Es ist die gleiche Uhr. Es ist das erste Mal, dass ich sie außerhalb von Tobias' Armgelenk sehe.“

Jetzt erst fiel ihr das Foto in Heinrich Grimms anderen Hand auf. Er zeigte ihr das Bild von Joschi.

„Kennen Sie diesen Mann, Frau Wagner?“

Ihre Augen streiften das Bild nur einen kurzen Moment, dann schüttelte sie den Kopf.

„Nein, wer ist das?“

„Ein Obdachloser. Er hat mir kurz vor seinem Tod diese Uhr geschenkt.“

„Ein Obdachloser? Diese Uhr? Herr Grimm, diese Uhr kostet über dreitausend Euro. Sie meinen, er hat sie meinem Freund gestohlen? Um sie Ihnen zu schenken?“

Heinrich antwortete nicht. Ihre Frage unterstrich nur die Rätselhaftigkeit. Die Unruhe seiner Mutter blieb ihm nicht verborgen. Offensichtlich behagte es ihr nicht, ihrem Sohn das Feld vollends zu überlassen. Selbstverständlich dürfte von diesem Uhrmodell mehr als eines hergestellt worden sein. Aber es roch förmlich nach einer Verbindung, auch wenn diese nicht einmal ansatzweise sichtbar war. Heinrich kramte den Zettel mit den Zahlenreihen aus der Brieftasche und fragte sie danach. Frau Wagner hielt das Blatt in der Hand und überlegte sehr lange. Dann gab sie ihn kopfschüttelnd zurück.

„Wir werden Ihren Freund finden, Frau Wagner."

„Und? Bist du dabei?", der kumpelhafte Ton wollte nicht zu ihr passen. Heinrich stand noch im Türrahmen und sah der ersten Klientin seiner Mutter nachdenklich hinterher. Sie gingen in die Küche und setzten sich einander gegenüber. Der Gedanke, gemeinsam mit seiner Mutter eine Detektei zu betreiben, lag ihm wie ein Kloß im Hals. Die Alternative war kaum erfreulicher. Immerhin ging es vielleicht um Mord. Heinrich blieb keine Wahl.

„In Ordnung, aber nur für diesen einen Auftrag, damit das klar ist."

Die Freude darüber war ihr anzusehen. Sie sprang hoch und brachte ihrem Sohn ein mehrseitiges Formular.

„Das musst du ausfüllen und damit am Montag ins Rathaus zu Herrn Bergerfurth gehen. Ist wegen der Anmeldung."

Heinrich blätterte ungläubig in dem Antrag.

„Du hast das Gewerbe noch gar nicht angemeldet?"

„Ist einfacher, wenn du das erledigst. Da wir jetzt zusammenarbeiten, sollten wir auch die Ermittlungsergebnisse austauschen. Zeig mir doch mal bitte den Zettel mit den Zahlenreihen aus der Uhr."

Heinrich konnte es kaum fassen, mit welcher Geschwindigkeit sie ihn überrumpelte. Er wollte protestieren, wusste aber genau, wie aussichtslos dies wäre. Andererseits gefiel ihm der Gedanke, seine Mutter mit dem scheinbar unlösbaren Zahlenrätsel vorerst aus dem Verkehr zu ziehen. Es würde ihm möglicherweise Zeit geben, Annette von den notwendigen Ermittlungen zu überzeugen und seine Mutter von gefährlichen Situationen fernzuhalten. Langsam schob er den gefalteten Zettel über den Küchentisch.

„Bitte, darauf dürften wohl die Antworten auf unsere Fragen stehen. Leider habe ich nicht die geringste Ahnung, was diese Zahlen bedeuten. Annette und ich haben uns den ganzen Abend damit beschäftigt, erfolglos. Wir geben auf."

Hastig faltete Frau Grimm den Zettel auseinander. Eine Mischung aus unbändiger Neugierde und Ehrgeiz hatte sie befallen. Der Plan war aufgegangen, stellte Heinrich zufrieden fest.

30

„Das gefällt mir überhaupt nicht.“

Nervös wie ein Tiger im Käfig lief Annette im Wohnzimmer ihres Freundes auf und ab. Heinrich hatte ihr von der seltsamen Klientin berichtet.

„Wer ist dieser Tobias Schwarz?“

„Selbstständiger Programmierer. Entwickelt spezielle Software für Schweißroboter. Wohnhaft in Mülheim. Ledig, kinderlos. Die beiden haben seit etwa vier Monaten ein Verhältnis.“

Annette hatte wieder auf dem Sofa Platz genommen.

„Von dem Uhrtyp wurden übrigens fünftausend Stück hergestellt, es könnte sich tatsächlich um einen unglaublichen Zufall handeln“, wiegelte Heinrich ab. Annette schüttelte den Kopf.

„Morgens berichten die Zeitungen von der Eröffnung der Detektei und einige Stunden später steht Frau Wagner auf der Matte und stößt dich mit dem Gesicht auf die gestohlene Uhr. Welche Rolle sollte schon eine gestohlene Armbanduhr in einer Vermisstensache spielen? Ich habe nicht die geringste Ahnung, was das bedeutet. Aber eines ist sicher: Es muss einen Zusammenhang zum Todesfall am Schwarzen Wasser geben.“

Heinrich fiel auf, dass seine Freundin es weiterhin vermied, von einem Verbrechen zu sprechen.

„Bleibt die zentrale Frage: Weshalb ist dein Freund exakt seit dem Tag spurlos verschwunden, an dem die Leiche gefunden wurde?“

Heinrich nickte leicht. Es gab Fälle in der Kriminalgeschichte, in denen Mörder nach ihrer Tat in die Rolle ihrer Opfer geschlüpft waren oder ihren eigenen Tod vortäuschten, um Gläubigern zu entkommen, oder über Umwege Versicherungsprämien kassieren wollten. Aber welches Motiv konnte es geben, einen Obdachlosen zu ermorden?

„Nehmen wir mal an, Joschi stammt aus ganz normalen bürgerlichen Verhältnissen. Irgendwas ließ sein Leben aus der Bahn geraten. Er war in höchster Gefahr, weiß keinen anderen Ausweg mehr und taucht ab. Das würde auch die teure Uhr erklären."

„Dann würde ich die Uhr und alles andere zu Bargeld machen und ins Ausland flüchten. Wenn er tatsächlich aus einem bürgerlichen Leben ausbrechen muss, würde er wohl kaum das Obdachlosenmilieu wählen."

Wieder einmal drehten sie sich im Kreis. Gab es einen Zusammenhang zwischen Joschis plötzlichem Verschwinden und dem Auftreten Frau Wagners? Vieles hing nun vom Ergebnis der rechtsmedizinischen Untersuchung ab. Dieser Gedanke bedrückte Heinrich. Sollte es sich tatsächlich um ein Gewaltverbrechen handeln, würde Joschi automatisch zum Kreis der Verdächtigen zählen.

31

Am Sonntag schliefen Annette und Heinrich regelmäßig aus. Es war bereits nach neun Uhr, als sie mit dem Frühstück begannen. Als Heinrich die Kaffeekanne von der Küchenzeile holte, klopfte seine Mutter flüchtig an, trat durch die Wohnungstür und kam mit einem beiläufigen „Morgen" auf den Lippen an den Tisch.

„Guten Morgen, Mutter, nett, dass du uns besuchst. Möchtest du vielleicht mitfrühstücken? Vielleicht ziehst du erst mal den Mantel aus", sagte Heinrich zynisch.

Annette holte ihr Teller, Tasse und Besteck. Mutter Grimm ging nicht auf die Bemerkung ihres Sohnes ein.

„Keine Zeit, wir müssen uns beeilen. Ich sage nur: Gefahr in Verzug!"

„Aha. Welche Gefahr steht denn einem gemütlichen Sonntagsfrühstück mit Mutti im Wege?"

„Tobias Schwarz. Ich habe ihn gefunden, aber er öffnet nicht und ich bekomme die Tür nicht auf, laufend kommt jemand vorbei und sieht mich blöd an."

Heinrich hatte seine Mutter selten so hektisch erlebt. Annette legte die Hand beruhigend auf ihren Oberarm.

„Jetzt der Reihe nach, Gertrud. Wo befindet sich Herr Schwarz?"

„Er hat ein Mobilheim auf dem Campingplatz Grav Insel. Dort muss er sein. Dass er nicht öffnet, bedeutet nichts Gutes, ich ahne das."

„Mutter, wie kommst du darauf?"

„Wie ich darauf komme? Meine Güte, du hast mir doch den Zettel mit der Adresse gegeben."

Heinrich hatte nicht die geringste Ahnung, wovon seine Mutter sprach. Woher hätte er gestern Nachmittag die Adresse von Tobias Schwarz haben sollen?

„Was für einen Zettel? Hast du schlecht geträumt?"

„Also ..."

Sie stand auf und wühlte zutiefst beleidigt in ihren Manteltaschen. Nachdem sie einen Schraubendreher, einen seltsam gebogenen Draht, der entfernte Ähnlichkeit mit einem Schlüssel aufwies, und eine kleine Eisenfeile auf den Tisch neben ihre Tasse gelegt hatte, hielt sie ihrem Sohn triumphierend den Zettel hin. Heinrich faltete ihn auseinander und erkannte die Zahlenreihen aus der Uhr. Mit gerunzelter Stirn sah er sie an. Sie holte tief Luft und verdrehte genervt die Augen.

„Da habe ich mir ja einen tollen Partner ausgesucht."

„Du hast tatsächlich herausbekommen, was diese Zahlen bedeuten?"

„War ja nicht besonders schwer."

Heinrich schoss erstaunt hoch. Wie hatte sie das Rätsel lösen können, noch dazu in der Kürze der Zeit?

„Zahlen gehören zum Fachgebiet der Mathematik, nicht wahr? Ich habe Werner Lachmann, Brunhildes Schwager, besucht. Der Werner unterrichtet doch Mathematik am Andreas-Versalius-Gymnasium. Der wusste auch sofort, was die Zahlen bedeuten. Viele seiner Schüler betreiben in ihrer Freizeit „Geocaching". Das ist ein Spiel – eine Art moderne Schnitzeljagd. Die Mitspieler geben Koordinaten in einen GPS-Empfänger ein und suchen auf diese Art einen Schatz."

Sie zog einen weiteren Zettel aus der Manteltasche und las ab.

„Bei den Zahlen handelt es sich um Geodaten. Es fehlen lediglich die Unterscheidungszeichen."

Sie bemerkte die ratlosen Blicke von Annette und Heinrich.

„Ganz einfach: 513959807 bedeutet 51 Grad, 39 Minuten und 59,807 Sekunden. Es handelt sich dabei um den Breitengrad. Die andere Zahl bestimmt den Längengrad. Die Position im Schnittpunkt deutet auf ein Gebiet mit einem Durchmesser von zwanzig Metern auf dem Campingplatz Grav Insel."

Zufrieden steckte sie den Zettel wieder ein.

„Und von dort komme ich gerade. Es kamen drei Mobilheime infrage, eines davon gehört Tobias Schwarz."

Joschi hatte das gewusst, schoss es Heinrich durch den Kopf. Er wollte, dass ich dieses Mobilheim finde. Seine Mutter hielt nichts mehr, sie machte Anstalten, aufzubrechen.

Annette reichte es.

„Gertrud, wie stellst du dir das vor? Sollen wir etwa dorthin fahren und das Mobilheim des Herrn Schwarz aufbrechen? Er ist noch nicht einmal offiziell vermisst gemeldet!"

„Er wird aber vermisst", antwortete Frau Grimm trotzig.

„Von seiner Geliebten, na und? Jetzt frühstücken wir erst mal und morgen früh wird die Weseler Polizei nach dem Rechten sehen."

„Tut mir leid, ICH kann mir keine Untätigkeit erlauben."

Sie lief ohne Gruß aus der Wohnung und schlug die Tür hinter sich zu.

„Wir müssen sie aufhalten. Wenn sie dort auf eigene Faust reingeht, kann ich nichts mehr für deine Mutter tun."

„Und wie? Soll ich sie vielleicht anbinden?"

„Es ist deine Mutter. Du musst sie zur Vernunft bringen!"

Heinrich kam sich vor, als sei er zwischen zwei Stühle geraten, die langsam auseinandergezogen wurden.

„Ganz Unrecht hat sie nicht. Spätestens jetzt dürfte klar sein, dass die Fälle miteinander verbunden sind. Oder hältst du das alles für Zufall?"

„Ich gebe zu, es ist dubios. Aber rechtlich haben wir keine Handhabe. Wir müssen das Obduktionsergebnis abwarten. Danach erscheint möglicherweise alles in einem anderen Licht."

Heinrich blieb keine andere Wahl, als sich damit zufriedenzugeben. Er fragte sich, welche Rolle Jasmin Wagner spielte. War sie tatsächlich die nichts ahnende Freundin? Oder fungierte sie als Lockvogel?

Zehn Minuten später hielt ein Taxi vor dem Haus.

32

Der hagere ältere Mann rang Hilfe suchend nach Worten, die es ihm ermöglichen würden, der älteren Dame auf der anderen Seite der Theke das Festhalten an elementaren Vorschriften begreiflich zu machen.

„Frau …"

„Schwarz, Heidelinde Schwarz."

„Frau Schwarz, ich verstehe ja, dass Sie sich Sorgen um Ihren Sohn machen. Aber deshalb ist es mir nicht gestattet, sein Mobilheim aufzubrechen und nach dem Rechten zu sehen. Vielleicht ist er in die Stadt gefahren, um einzukaufen."

„Er geht seit heute Morgen nicht mehr ans Telefon. Außerdem ist er schwer krank, ich sollte ihm seine Tabletten bringen, aber er macht nicht auf."

Sie kramte in ihrer Handtasche, in der Hoffnung, irgendein Medikament zu finden. Und tatsächlich wurde sie in den entlegensten Tiefen der Tasche fündig.

„Er hat oft epileptische Anfälle, zuckt dann am ganzen Körper, wissen Sie? Apropos, Zucker hat er auch, jede Menge, ganz schlimm. Da helfen nur diese Tabletten."

Sie hielt ihm die kleine blaue Packung vors Gesicht und steckte sie wieder weg, bevor ihr Gesprächspartner erkennen konnte, dass es sich um ein Mittel gegen Analvenentrombosen handelte. Unvermittelt schluchzte die Seniorin herzergreifend los.

„Aber was haben Sie denn, geht es Ihnen nicht gut?"

„Doch, doch. Ich habe nur solche Angst, dass mein Sohn, mein Fleisch und Blut, dort alleine in seinem kleinen Wohnmobil liegt und um sein Leben kämpft!"

„Ähem, also … so schlimm wird es schon nicht sein. Wir können ja mal nachsehen und danach entscheiden, was zu tun ist, in Ordnung?"

Geht doch, dachte Frau Grimm.

Fünf Minuten später befanden sie sich vor dem Mobilheim. Herr Gretz von der Verwaltung des Campingplatzes Grav Insel beäugte misstrauisch das Türschloss. Die Blende war abgeschraubt, ein abgebrochenes Stück Draht steckte im Schloss.

„Ich glaube, da war jemand vor uns hier", bemerkte Gretz misstrauisch, während er vehement an die Tür klopfte. Der Verwalter drehte vorsichtig den Rest Draht im Türschloss.

„Das funktioniert nicht", entfuhr es der Seniorin, „habe ich an meiner Kellertür auch schon mal so ähnlich probiert", schob sie rasch hinterher.

„Hm ...", er richtete sich wieder auf, kratzte nachdenklich das spärlich vorhandene Haupthaar, „normalerweise müsste ich die Polizei einschalten. Das sieht nach einem Einbruchversuch aus."

„Polizei? Ich denke, das ist nicht nötig. Mein Sohn verbummelt dauernd seine Schlüssel. Er wird die Tür, ähem ... alternativ geöffnet haben."

„Den Tobi habe ich schon seit Mittwoch nicht mehr gesehen, Willi", hinter ihnen parkte ein Mittfünfziger in verwaschenem Jogginganzug eine Schubkarre voller Grünschnitt mitten auf dem Gänsepfad. In seinem grauen Kinnbart hingen Reste einer Buchsbaumhecke.

„Heute früh war 'ne Oma hier und hat an dem Schloss herumgefummelt, Moment", Frau Grimm senkte verstohlen das Gesicht, „das ist sie doch."

Zwei Augenpaare musterten sie grimmig. Ein junges Pärchen schlenderte Händchen haltend über die Lange Reihe, einen der Hauptwege, die quer über den Platz vom Altrhein zum Deich führten. Die Männer grüßten sie beiläufig. Die Seniorin nutzte die Ablenkung.

„Es tut mir leid, ich mache mir solche Sorgen", mit einem Taschentuch wischte sie imaginäre Tränen aus den Augenwinkeln. Zur Unterstützung legte sie den Kopf an die Schulter von Herrn Gretz und schluchzte. Der Campingplatzangestellte räusperte sich verlegen.

„Warum sind Sie nicht direkt zu uns gekommen? Nun ja, unter diesen Umständen ist es vielleicht besser, die Polizei sieht Sie nicht direkt hier. Sie können drüben im Deichhaus einen Kaffee trinken und ich lasse Sie holen, sobald die Luft rein ist“, dabei kramte er zwinkernd ein Handy aus der Gürteltasche.

Mich abschieben, wenn's spannend wird, das könnte dir so passen, dachte Frau Grimm.

„Wenn Sie meinen ..., aber falls er meine Hilfe braucht ...“

„Lasse ich Sie sofort holen. Wir haben auch Autos hier. Sie können völlig unbesorgt sein.“

Er legte die Hand um ihre Schultern und führte sie zur Langen Reihe. Sie tippelte extra langsam, um ihre Begleiter nervös zu machen.

„Gehen Sie ruhig vor, ich finde schon zurecht.“

Kurz darauf bogen die Männer in den Hasensprung ab. Frau Grimm wunderte sich über die seltsamen Namen der Wege. Unauffällig schlenderte sie einige Minuten weiter über den Hauptweg. Als sie sich unbeobachtet fühlte, ging sie schnellen Schrittes die Himmelsleiter hinauf bis zum Deichweg, um wenig später wieder in den Gänsepfad einzubiegen. Zwischen dem benachbarten Mobilheim und der mannshohen Hecke befand sich ein schmaler Durchgang. Frau Grimm zog ihren Rock hoch, blickte sich noch einmal vorsichtig um und stieg über das kleine Türchen. Viel lieber hätte sie sich auf der anderen Seite des kiesbedeckten Weges versteckt. Leider war das Grundstück zu leicht einsehbar. Außerdem würde die Hundefigur auf der Hecke unnötige Blicke anziehen. Dafür nahm sie den mangelnden Fluchtweg in Kauf.

33

Camel gelangte, nachdem er eine Viertelstunde lang die verzweigte Kastanienallee nach der richtigen Hausnummer abgesucht hatte, zu der Annahme, halb Diersfordt würde an dieser Straße liegen. Immerhin befand sich das gesuchte Fahrzeug auf der Garagenauffahrt. Er parkte einige Meter versetzt auf der anderen Straßenseite. Der angerostete und stark verschmutzte Mustang wirkte in dieser gepflegten Wohngegend so unauffällig wie eine Vogelscheuche auf dem Golfplatz.

Der Beschattungsauftrag von Frau Grimm war seine letzte Hoffnung. Nach den Flops der letzten Tage war der Vertrauensvorschuss bei Sennheiser aufgebraucht. Sein Image hatte ebenfalls beträchtlichen Schaden erlitten. Kaum war die Schlagzeile vom Angler am Schwarzen Wasser vergessen, hatte er mit Franz Josef von Wertherkamp und der überaus witzig gemeinten Zahlenkombination dieses Floskamp zwei kapitale Nieten gezogen. Die beiden Obdachlosen hatten sich zudem mitsamt den Spesen aus dem Staub gemacht. Vor allem aber zehrte der Hohn der Kollegen an seinem Selbstbewusstsein. Friedel Kasper hatte das Layout für die morgige Ausgabe kurzfristig abgeändert und die Schlagzeile:

Meisterdetektiv entdeckt Telefonnummer vom Chef eingefügt. Diese Ignoranten werden sich wundern, dachte er.

Nach einer halben Stunde Wartezeit fuhr Frau Wagner vom Hof. Camel wartete eine Minute, bis er die Verfolgung aufnahm. Beinahe hätte er sie verloren. Im letzten Augenblick konnte er das Lenkrad herumreißen. Sie hatte ihren Verfolger wohl bemerkt, steigerte das Tempo. Die Rosenallee schien mit zunehmender Geschwindigkeit stetig schmaler zu werden. Mit einhundertfünfzig Stundenkilometern hämmerte er durch den Wald bei Diersfordt. Dabei hoffte er inständig, dass die aus einem Seitenweg einbiegenden Fahrradfahrer ihrerseits nicht auf seine Milde hoffen würden.

Einen knappen Kilometer vor sich sah er Bremslichter. Kurz darauf bog er links auf die Bislicher Straße und sah – nichts mehr. Nach einem Blick in den Rückspiegel schlug Camel wütend aufs Lenkrad. Die Bislicher Straße führte weiter durch Flüren und endet oben an der B8. Nach Wesel ein Riesenumweg und auch nach Flüren wäre es über die Bundesstraße wesentlich schneller und kürzer gewesen. Wohin konnte sie wollen?, grübelte Camel, während er das Tempo drosselte. Sekunden später kannte er die Antwort. Vom Campingplatz Grav Insel kommend, schoss das Sportcoupé Richtung Hauptstraße, bog links ab und kam ihm entgegen. Camel beobachtete den rasch kleiner werdenden Wagen im Rückspiegel und verabschiedete sich von dem Gedanken an eine weitere Verfolgung. Nach kurzen Überlegungen setzte er den Blinker. Was wollte die Frau auf Grav Insel? Sie dürfte dort kaum einen Wohnwagen stehen haben. Von weitem erkannte Camel zwei Streifenwagen, die den Zugang zum Gelände der Anlage absperrten. Der Redakteur kurbelte das Seitenfenster herunter und rollte langsam an die Absperrung heran.

„Konrad Walther, Rheinischer Bote", rief er und winkte mit dem Presseausweis.

„Keine Chance, Herr Walther, der Tatort ist noch nicht freigegeben. Alles Weitere bei der PK."

Dabei machte der Beamte unmissverständliche Andeutungen, er möge umkehren. Camel fluchte leise und wendete schließlich. Tatort? Was hatte das zu bedeuten?

Bis zur Pressekonferenz warten, um abgestandene Infos in Empfang zu nehmen, kam nicht in Frage. Auf der anderen Seite war Grav Insel wirklich eine Insel. Fast, eine Landverbindung gab es. Aber dies bedeutete zwei Kilometer Fußweg durch Wiesen mit kniehohem Gras. Kein besonders verlockender Gedanke. Was hat Frau Wagner hier gewollt?

Camel parkte den Mustang am Rande der Bislicher Straße, nahm die Fototasche aus dem Kofferraum und wanderte los.

„Wenn du mich nicht verrätst, bekommst du einen Euro für ein Eis“, flüsterte sie und gab dem kleinen Mädchen das Geldstück. Staunend nahm die Kleine den Euro, hob ihren Ball auf und rannte zurück. Die Seniorin atmete erleichtert auf. Vor einer Minute waren Manuela und Adriano eingetroffen. Ihre Kollegen der Schutzpolizei hatten sich nicht zu der Entscheidung durchringen können, die Tür gewaltsam zu öffnen. Wenige Meter vor sich hörte sie Manuela mit Annette telefonieren.

„Mama, da vorne sitzt eine Oma, die hat mir einen Euro für ein Eis gegeben. Soll ich fragen, ob Benjamin auch eins darf?“

Frau Grimm schluckte. Warum konnten die Kinder heutzutage nicht mit dem zufrieden sein, was es gab?

„Da sitzt doch keine Oma“, vernahm sie eine Männerstimme.

„Doch“, wieder das Mädchen, „komm, Papi, ich zeige dir die Oma.“

Zwischen einem Mobilheim und der mannshohen Hecke gekauert, gab es nur zwei mögliche Auswege. Frau Grimm entschied sich für die Flucht nach vorne. Manuela steckte das Handy weg und gab ihren Leuten das Zeichen, die Tür zu öffnen. In diesem Augenblick trat Frau Grimm durch das Gebüsch, richtete sich auf und stand nun zwischen den erstaunten Ermittlern der Weseler Kripo.

„Frau Schwarz, da sind Sie ja, ich habe Sie schon gesucht“, Herr Gretz löste sich aus einer Traube Schaulustiger und kam mit ausgestreckten Armen auf sie zu.

„Kommen Sie, Sie dürfen hier nicht bleiben, solange die Herrschaften von der Polizei noch beschäftigt sind.“

Dankbar kam Gertrud Grimm der Aufforderung nach und folgte ihm den Gänsepfad hinauf bis zur Kreuzung Lange Reihe, an der die anderen Interessierten hinter dem Rücken eines gelangweilten Schutzpolizisten die ersten Gerüchte austauschten.

„Was war das denn?“

Manuela sah Frau Grimm hinterher. Adriano hob die Schultern.

Ein Kriminaltechniker hatte den Draht aus dem Schloss entfernt und winkte. Manuela warf dem neben ihr stehenden Kollegen des Schutzbereichs einen fragenden Blick zu.

„Wurde hier eingebrochen?“

„Die Mutter des Eigentümers machte sich Sorgen. Frau Schwarz, sie steht dort drüben irgendwo.“

„Danke, ich kenne die Dame.“

Die Ermittler zogen sich Einweghandschuhe über und schlossen auf. Die Scheiben waren verhangen, Manuela ließ sich eine Taschenlampe geben und betrat das Mobilheim als Erste. Ein übler Geruch stieg ihr in die Nase, den sie nicht näher hätte beschreiben können. Sie befand sich im Wohnraum, Adriano folgte ihr. Die Einrichtung war zweckmäßig und doch eine Spur extravagant. Ein Flachbildschirm und eine Stereoanlage der Marke Bang & Olufsen fielen ihr auf. An der Wand neben dem Fernseher stand eine Anrichte aus grünlich schimmerndem Glas, welches an den Seiten in verchromtes Metall eingefasst war. Auf dem Beistelltisch befand sich ein Tablett aus Kristallglas, auf dem eine Flasche Cognac der Marke Davidoff Classic sowie zwei benutzte Gläser standen. Manuela wähnte sich in einem schicken Apartment in der Innenstadt, das gesamte Ambiente wirkte deplatziert. Die geschmackliche Verwirrung komplettierte der Laminatfußboden in Terrakottaoptik. Neben einem Zweiersofa befand sich eine bis auf einen kleinen Spalt geschlossene Lamellentür. Ihre Blicke trafen sich eine Sekunde, dann betraten die Ermittler, Manuela voran, den angrenzenden Raum. Im gleichen Augenblick erstarrte Manuela bei dem Anblick, der sich ihr bot. Ein schlanker Mann, nicht viel älter als vierzig Jahre, lag blutüberströmt auf dem Bett. Hose und Unterhose waren bis auf die Knie heruntergezogen. Manuelas erster Gedanke galt einem perversen Sexualmord. Auf dem Teppichboden an der Seite des Bettes befand sich ein Blutfleck von der Größe eines Kuchentellers. An einem Rand wies er eine Aussparung auf, als habe etwas darauf gestanden. Die dunkle, fast schwarze Farbgebung des Blutes ließ darauf schließen, dass die Tat länger als vierundzwanzig Stunden her war. Ein Umstand, der die Ermittlungen nicht leichter machen würde, dachte Manuela. Die Polizisten verließen den Raum und verständigten die Spurensicherung.

Frau Grimm hatte derweil der stetig wachsenden Schar der Interessierten, die mittlerweile durch ein Absperrband weiträumig vom Tatort getrennt wurden, ihren provisorischen Detektivausweis gezeigt und mit der Zeugenbefragung begonnen. Manuela winkte sie zu sich.

„Guten Tag, Frau Grimm. Ich erspare mir die Frage, weshalb Sie hier sind. Mich interessiert zunächst der momentane Stand Ihrer Ermittlungen."

Der bedrohliche Unterton in ihrer Stimme blieb der Seniorin verborgen.

„Also", sie stellte sich kerzengerade und sah über den Rand ihrer Hornbrille auf den Notizblock mit dem Aufdruck einer Supermarktkette, „nach den bisherigen Erkenntnissen handelt es sich bei dem Vermissten um den Softwareentwickler Tobias Schwarz. Herr Schwarz wurde am Mittwochnachmittag zum letzten Mal gesehen. Und zwar auf dem Rasen seiner Parzelle. Seitdem ist er spurlos verschwunden."

Frau Grimm stellte sich immer wieder auf die Zehenspitzen, um das Geschehen hinter Manuela im Auge zu behalten. Als sie die in weiße Schutzanzüge gehüllten Spurenermittler in das Mobilheim gehen sah, wurde sie unruhig.

„Meine Güte! Ist er etwa …?"

„Ja. Und jetzt ist Schluss mit den Detektivspielchen."

Mit einem Ruck zog Manuela ihr den Block aus der Hand.

„Ab sofort sind wir zuständig. Und zwar exklusiv. Haben wir uns verstanden, Frau Grimm?"

„Ja … aber …"
„Herr Blohm."
Kurz darauf erschien ein Kollege in Uniform.
„Seien Sie bitte so nett und fahren Sie Frau Grimm nach Hause."
Gertrud Grimm stemmte die Arme in die Hüfte, ihr Gesicht verdunkelte sich.
„Ich bin hier noch nicht fertig!"
Manuela reichte es.
„Der Kollege bringt Sie jetzt nach Hause, ob Sie hier fertig sind oder nicht, interessiert mich nicht!"
„Das ist der Gipfel! Ich bin ein freier Mensch", schrie die Seniorin zurück.
„Was sich nach Einbruchversuch in Tateinheit mit Sachbeschädigung durchaus ändern könnte, Frau Grimm. Sie haben die Wahl: nach Hause oder U-Haft?"
Der Platzwart hatte Manuela von Frau Grimms Versuchen, das Schloss zu öffnen, berichtet. Nach einem letzten strafenden Blick drehte die Seniorin sich wortlos um und verließ den Ort des Geschehens strammen Schrittes. Adriano schüttelte die Hand, als habe er sich verbrannt.
„War das nicht ein bisschen übertrieben?"
„Natürlich, aber jemand muss die Frau mal ausbremsen."

Die Suche nach Zeugen war ein einziger Misserfolg. Gleich mehrere Bewohner des Campingplatzes konnten zwar bestätigen, das Opfer noch vor wenigen Tagen auf seiner Parzelle gesehen zu haben, mehr aber auch nicht. Niemand hatte seinen letzten Besucher gesehen. Ebenso wenig konnte man ihnen seitens der Verwaltung weiterhelfen. Jeder Gast musste sich in dem Flachbau am Eingangsbereich anmelden und auch Eintritt bezahlen, die Personalien wurden aber nirgendwo erfasst. Inzwischen war Dr. Klein vom rechtsmedizinischen Institut aus Walsum-Aldenrade eingetroffen. Wegen der Auffindesituation hatte Manuela den Rechtsmediziner gebeten, die Leichenschau persönlich vorzunehmen. Er hatte zehn Minuten vor dem Grundstück warten müssen, bis die Spurenermittlung den Tatort freigab. Dr. Klein sprach erste Erkenntnisse in ein Diktiergerät. Anschließend drückte er mit Daumen und Zeigefinger in mehrere Stellen des Körpers. Manuela wurde übel, sie wartete draußen.

Die Kriminaltechniker räumten ihre Sachen zusammen. Herr Gretz dirigierte einen Leichenwagen durch den engen Weg. An der Absperrung in Richtung Deichweg bemerkte Manuela den Journalisten Konrad Walther, der gestenreich mit einem Kollegen diskutierte. Adriano unterhielt sich mit einer jungen Kollegin der Spurensicherung. Manuela stand allein auf dem schmalen Weg. Sie hatte das Gefühl, beobachtet zu werden. Endlich kam Dr. Klein aus dem Mobilheim. Er winkte die beiden Bestatter im Vorübergehen hinein. Manuela fragte sich, ob sie mit dem Zinksarg durch die Tür zum Schlafraum passen würden.

„Fragen Sie mich aus, aber erwarten Sie nicht viel, Frau Kommissarin“, eröffnete Dr. Klein. In seinen Worten schwang eine, wie Manuela fand, erleichternde Fröhlichkeit mit.

„Mich interessieren im Moment nur Todesursache und Todeszeitpunkt, den Mörder suchen wir uns dann schon.“

„Dachte ich mir. Sind immer dieselben Wünsche. Zum Tod geführt haben könnten vier Stichverletzungen im Brustbereich, genau kann ich das aber erst nach der Obduktion sagen. Bei der Feststellung des Todeszeitpunktes wird es schwieriger. Sicher kann ich sagen, dass dieser mindestens vier bis sechs Stunden zurückliegt, da die Totenstarre eingetreten ist. Allerdings bin ich der Meinung“, er schwenkte die Hand im Kreis, „dass diese im Abklingen ist. Dies wiederum bedeutet, dass der Tod vor zwei bis vier Tagen eingetreten ist. Wann genau, das finde ich auf dem Seziertisch heraus.“

Manuela presste resigniert die Lippen aufeinander und hielt ihm die Hand hin. Dr. Klein zögerte eine Sekunde.

„Es ist vielleicht der falsche Zeitpunkt, aber dürfte ich Sie für morgen Abend zum Essen einladen, Frau Warnke? Vielleicht um zwanzig Uhr? Bis dahin müsste ich mit dem Kunden hier fertig sein."

Manuela stockte der Atem. Sie spürte das Zittern ihrer Knie, suchte nach Worten. Es war wirklich der denkbar falscheste Zeitpunkt, zwischen Leichenschau und Obduktion. Sie stellte sich vor, wie er ein Steak fachgerecht sezierte und gleichzeitig erste Mutmaßungen über den Todeszeitpunkt des Rindes anstellte.

„Ja, in Ordnung", hörte sie sich unerwartet antworten.

„Prima, ich hole Sie gegen acht ab."

Manuela nickte wortlos und sah dem enteilenden Mediziner zweifelnd hinterher. Plötzlich ging ein Ruck durch ihren Körper.

„Nein, ich meine, das geht doch nicht", rief sie und sah den winkenden Dr. Klein um die Ecke verschwinden.

35

Das Knallen der Haustür war im gesamten Haus deutlich vernehmbar. Fast im selben Moment hörte Heinrich seine Mutter schreien.

„Heinrich!"

Der Gerufene fragte sich, was sie dermaßen aus der Fassung gebracht hatte, da schallte ihre schrille Stimme erneut durch das Haus an der Jülicher Straße.

„Arbeit!"

Während er die Treppe herunterging, verschwand seine Mutter im Keller. Mit einer Tapetenrolle, Isolierband und Schere in den Händen kam sie wieder hoch und dirigierte ihren Sohn ins neu eingerichtete Büro der Detektei Grimm & Sohn. Mit dem Muster voran klebte sie ein ungefähr einen Meter langes Stück Tapete an die Wand. Dann begann sie, ein Häuschen und ein paar Wege daraufzumalen.

„Kannst du mir verraten, was das soll?"

Mit einem Schwung fuhr sie herum.

„Ja. Wir haben einen zweiten Mord aufzuklären. Und zwar hat sich dieser genau hier ereignet."

Elanvoll beschrieb ihr rechter Arm einen weitläufigen Halbkreis, am Ende landete der Filzstift in ihrer Hand zielsicher auf dem schrägen Häuschen und umrandete dieses grob.

„Aha."

„Was aha? Mehr fällt dir nicht dazu ein?"

„Mehr hast du mir noch nicht mitgeteilt."

„Dies ist das Mobilheim von Tobias Schwarz."

Seine Mutter klopfte mehrmals kräftig mit dem Zeigefinger auf das schräge Gebilde.

„Und dieser Tobias Schwarz, der Mann, nach dem wir suchen sollen, ist ermordet worden. Was sagst du dazu?"

Heinrich glaubte, ihm würde der Boden unter den Füßen weggezogen. Der erste klare Gedanke sagte ihm, dass Joschi tief in die Sache verstrickt war. Er sträubte sich dagegen, suchte fieberhaft nach einer anderen Erklärung. Noch etwas wurde ihm klar. Seine Mutter schwebte in höchster Gefahr. Er musste sich zusammenreißen, durfte sich nichts anmerken lassen. Es fiel Heinrich schwer.

„Glückwunsch. Du hast deinen ersten Auftrag erledigt."

Sie wirkte ungläubig, völlig ratlos.

„Wie, was? Auftrag erledigt?"

„Die Vermisstensache Schwarz. Wir sollten Tobias Schwarz finden. Das ist dir offensichtlich gelungen. Somit ist der Auftrag erledigt. Liegt noch was an? Ich würde ansonsten gerne das Abendbrot für Annette und mich vorbereiten."

Das war eindeutig nicht ihr Tag. Wütend schnappte sie nach Luft.

„Du bist auch nicht besser als deine Nachfolgerin, diese eingebildete Zimtzicke."

„Was hast du denn auf einmal gegen Frau Warnke?"

„Das kann ich dir sagen. Erst stiehlt sie mir wichtige Ermittlungsunterlagen und dann schmeißt sie mich raus, ich meine, lässt mich mit einem Streifenwagen nach Hause fahren."

Sie betonte das Wort „Streifenwagen", als handele es sich bei dieser Form der Beförderung um eine Verletzung der Menschenrechte. Manuela hatte die einzig richtige Entscheidung getroffen, wusste Heinrich.

„Sie wird ihre Gründe gehabt haben."

36

Fast eine Stunde musste Camel sich mit der schmerzhaften Tatsache abfinden, dass er das Geschehen lediglich als Zaungast verfolgen konnte. Er nutzte die missliche Lage, um sich unter den Bewohnern und Gästen des Campingplatzes umzuhören. Tobias Schwarz besaß dieses Mobilheim bereits seit mehr als zwanzig Jahren. Die Camper beschrieben ihn als zurückhaltend, höflich und sehr freundlich. Die für ihn wichtigste Frage blieb unbeantwortet. Niemand kannte Jasmin Wagner. Es ärgerte ihn, dass er kein Foto von der Frau hatte. Die Polizei Wesel wollte am morgigen Montag zur Pressekonferenz laden. Es dürfte nicht mehr lange dauern, bis die ersten Kollegen der anderen Medien eintreffen würden. Er musste den Vorsprung nutzen. Camel beschloss, in die Offensive zu gehen. Er fuhr erneut zur Kastanienallee nach Diersfordt.

Von den Nachbarn des Ermordeten hatte der Redakteur sehr viel über dessen Vita erfahren. Schwarz hatte Mathematik und Informatik studiert. Camel kam die Idee, sich als ehemaliger Kommilitone auszugeben. Unterwegs über die Rosenallee warf er einen zweifelnden Blick in den Innenspiegel. Der ungleichmäßig verteilte Bartwuchs könnte abschrecken, dachte er und hielt gegenüber einer Lichtung an. Im riesigen Handschuhfach fand er hinter etlichen leeren Zigarettenschachteln, einigen zerknüllten Getränkedosen und einem auf beachtliche Größe gewachsenen, ehemaligen Käsebrötchen einen angerosteten Einwegrasierer. Laut fluchend kratzte er überflüssige Barthaare von Wangen- und Kinnregion. Im Fußraum des Beifahrersitzes entdeckte Camel die alte Haarbürste. Flüchtig fuhr er damit durch das schulterlange Haar. Mit einem zufriedenen Blick in den Spiegel startete er den Wagen.

Er hatte den Mustang eine Stichstraße entfernt geparkt. Neben dem Einfamilienhaus parkte das schwarze Sportcoupé auf der Seiteneinfahrt. Frau Wagner öffnete überraschend schnell, sie schien Besuch zu erwarten. Misstrauisch musterte sie Camel.

„Sebastian Walterscheidt, schönen guten Tag, Frau Wagner, nehme ich an."

„Ja. Was wünschen Sie?"

Der raue Ton verunsicherte Camel eine Sekunde. Er zupfte verlegen an der Brille mit den kleinen, runden Gläsern aus Fensterglas, die er für verdeckte Recherchen stets bei sich trug.

„Ich bin auf der Suche nach einem ehemaligen Kommilitonen, Tobias Schwarz. Könnten Sie mir eventuell weiterhelfen?"

Ihre Mimik gefror. Ihre Augen wanderten suchend die Straße entlang. Camel fiel auf, dass es keine sehr gute Idee war, dass er dem Anschein nach zu Fuß in dieses kleine Dorf gekommen war.

„Wie kommen Sie ausgerechnet auf mich?"

Da Camel nicht die geringste Ahnung hatte, in welchem Verhältnis das Mordopfer und Frau Wagner standen, war die passende Antwort darauf der schwierigste Part. Aber eben das wollte der Reporter herausfinden.

„Eine gute Bekannte hat mir erzählt, dass Sie sich kennen."

„Wer hat Ihnen das erzählt?", fragte sie scharf.

Camel spürte Schweiß auf der Stirn. Wollte er glaubwürdig sein, musste er den Verlust seiner besten Informantin riskieren.

„Das darf ich leider nicht sagen."

Ohne Zögern trat Frau Wagner einen halben Schritt zurück und wollte die Tür schließen.

„Frau Grimm", entfuhr es Camel.

Sie schloss für einen Moment die Augen und richtete das Gesicht zur Decke. Dann bat sie ihren Besucher mit einer Handbewegung ins Haus.

„Ich dachte, Detektive unterliegen einer Art moralischer Verpflichtung zur Verschwiegenheit. Offensichtlich habe ich mich getäuscht."

Sie saßen an einem großen Esstisch in einem abgetrennten Bereich des Wohnzimmers.

„Nein, nein. Ich bin ein langjähriger Freund der Familie Grimm. Sie dürfen der Detektei nach wie vor Ihr grenzenloses Vertrauen entgegenbringen“, beschwichtigte er die Gastgeberin. Ihr war anzusehen, für wie naiv sie diesen Versuch hielt.

„Was hat Frau Grimm Ihnen über uns erzählt, Herr ...“

„Walther. Kon...“, Camel biss sich auf die Lippen, „Scheidt, Sebastian Walterscheidt.“

Was könnte Frau Grimm erzählt haben?, überlegte Camel fieberhaft. Sie sagte uns. Das kann nur eins bedeuten.

„Nicht sehr viel. Frau Grimm ist eigentlich sehr verschwiegen. Sie deutete an, dass sie sich, nun ja, sehr nahestanden.“

Jasmin Wagner seufzte und bedachte ihren Gesprächspartner mit einem vertrauensvollen Augenaufschlag. Camel lehnte sich beruhigt zurück.

„Das stimmt. Ich darf doch mit Ihrer Diskretion rechnen?“

„Selbstverständlich“, antwortete Camel leicht entrüstet, als wäre der diskrete Umgang mit delikaten Themen sein Spezialgebiet.

„Ich habe seit einigen Monaten ein Verhältnis mit Herrn Schwarz. Am letzten Donnerstag waren wir verabredet. Er war nicht erschienen. Seitdem wird er vermisst. Daher habe ich mich an die Detektei Grimm gewendet.“

Beinahe jeder Zweite, den er auf dem Campingplatz Grav Insel gefragt hatte, kannte Tobias Schwarz. Niemandem war eine Freundin bekannt. Sie wäre sofort aufgefallen, konnte ihn also nicht besucht haben. Aus welchem Grund war sie heute Morgen dort?

„Wo waren Sie verabredet?“

„Im Café Fehr in der Stadt.“

„Weshalb nicht auf dem Campingplatz?“

„Was – wieso auf dem Campingplatz?“

Der kleine Ruck war Camel nicht verborgen geblieben. Endlich drang das Gespräch in die nötige Tiefe vor, stellte er zufrieden fest. Aus dem Flur war das Öffnen der Haustür vernehmbar. Frau Wagner stand sofort auf, reichte dem Reporter die Hand.

„Hallo, Jasmin. Du hast Besuch?"

„Herr Walterscheidt vom Amt für Abfallentsorgung. Wir bekommen eine größere Biotonne. Ja dann, Herr Walterscheidt", sie bat ihn mit einem eleganten Ausfallschritt an sich vorbei.

Verärgert lief Camel zum Auto zurück. Er hatte wieder einmal das untrügliche Gefühl, einer richtig großen Story auf der Spur zu sein. Es kam ihm vor, als habe ihm jemand, kurz bevor er einen Blick darauf werfen konnte, die Tür vor der Nase zugeknallt.

37

Die Ereignisse im Kommissariat 11 an der Reeser Landstraße überschlugen sich an diesem Montagmorgen. Manuela verzichtete auf den gewohnten Tee und ließ sich von Adriano eine große Tasse Kaffee bringen. Gegen 23 Uhr hatte sie gestern Abend das Büro verlassen, seit halb sieben war sie bereits wieder im Dienst. Die Umfeldermittlung hatte nur einen ernst zu nehmenden Hinweis gebracht. Über sechzig Bewohner hatte sie mit Adriano bis in die Abendstunden befragt. Einige hatten zwar von einem seltsamen Besucher gesprochen, aber nur zwei diesen wirklich gesehen. Laut ihrer übereinstimmenden Aussage handelte es sich um einen circa vierzig bis fünfundvierzig Jahre alten Mann mit schwarzen Haaren und sportlicher Figur. Bei der Frage nach weiteren Details verwiesen sie auf seinen Nachbarn Klaus Winterkorn. Manuela hatte diesen heute Morgen an seinem Arbeitsplatz, der Straßenmeisterei Duisburg, erreichen können. Sie verabredete sich mit Winterkorn für 16 Uhr an dessen Parzelle auf dem Campingplatz.

Auffällig war in Manuelas Augen die Tatsache, dass niemand Angaben über das soziale Umfeld des Opfers machen konnte. Sie mussten dringend die Angehörigen verständigen, aber keiner konnte ihnen Auskünfte hierzu erteilen. Wenn Tobias Schwarz, meist an den Wochenenden, auf dem Platz war, dann alleine. Keiner der Camper kannte Freunde oder Freundinnen des Toten. Er schien eine Art Doppelleben zu führen. Die Durchsuchungsanordnung für sein Apartment in Mülheim lag bereits vor, Manuela wollte im Anschluss an die Pressekonferenz dorthin fahren. Den Obduktionsbericht hatte sie noch nicht. Sie mussten dringend den Todeszeitpunkt in Erfahrung bringen. Manuela griff zum Telefon, wählte die Nummer der Pathologie. Kaum hörte sie das Freizeichen, wurde sie plötzlich unruhig. Sie hatte ihr Date mit Dr. Klein bis dahin erfolgreich verdrängt. Sie meldete sich dienstlich und fragte direkt nach dem Obduktionsergebnis.

„Guten Morgen, Frau Warnke. Die Berichte für Ihre Behörde stapeln sich bereits. Welcher darf es zuerst sein?“

Manuela zögerte. Dann fiel ihr der Fall Olischek ein.

„Das war eine harte Nuss. Das Herz war unversehrt, ein Infarkt auszuschließen. Überhaupt gab es zunächst nicht den geringsten Hinweis auf die mögliche Todesursache. Und genau das machte mich stutzig. Ich habe die Hautoberfläche genau untersucht und dabei eine Einstichstelle entdeckt. Somit lag der Verdacht auf eine letale Intoxikation nahe.“

„Eine was?“, unterbrach Manuela.

„Eine Vergiftung. In der Leber haben wir Reste von unzersetztem Parathion gefunden. Todesursächlich war schließlich Atemlähmung, welche im weiteren Verlauf zum Herzstillstand geführt hat.“

„Er ist also vergiftet worden?“

„Sagte ich das nicht?“

Wahrscheinlich, dachte Manuela.

„Um was für ein Gift handelte es sich noch gleich?“

„Parathion, auch unter dem Namen E605 bekannt. Wenn Sie mögen, erzähle ich Ihnen heute Abend beim Essen mehr davon.“

Manuela, die während seiner Antwort einen Schluck Kaffee getrunken hatte, musste husten. Dieser Dr. Klein hatte einen merkwürdigen Sinn für Romantik.

„Nein, das geht leider nicht. Ich ... meine Mutter besucht mich heute Abend. Das hatte ich völlig vergessen.“

„Oh, schade. Wie wäre es mit morgen Abend?“

„Ähem ... mal sehen, ich melde mich.“

„Gut. Wären wir bei der zweiten Leiche. Todesursache waren wie vermutet die Stichverletzungen. Es handelt sich um insgesamt sieben Einstiche, einer davon in die linke Herzkammer. Todeszeitpunkt dürfte der Mittwochabend zwischen etwa 20 Uhr und Mitternacht gewesen sein. In einer Stunde haben Sie den Bericht.“

Manuela bedankte sich und legte nachdenklich den Hörer auf. Zwei Morde und ein Verehrer, die Woche begann viel versprechend. Sie stützte die Ellenbogen auf dem Schreibtisch ab und rieb die Augen. Adriano reizte seine Frühstückspause wieder bis zum Limit aus, dachte sie mit einem Blick auf den verwaisten Stuhl gegenüber. In dem Augenblick ging die Tür auf. Aber nicht ihr Partner kam herein, sondern Mareike Verstappen. Sie gehörte ebenso wie Josef Wolters der gestern gegründeten SoKo „Grav Insel“ an. Mareike setzte sich auf Manuelas Schreibtischkante und legte ihr eine fingerdicke Akte hin.

„Der Bericht der KTU. Hat die Rufbereitschaft abgeholt. Kollege Schmeink hat mir das meiste schon am Telefon gesagt. Ist alles sonderbar.“

Manuela ließ den Stapel durch Daumen und Zeigefinger gleiten.

„Die Kurzfassung bitte.“

„Der Täter hat seinen Ausweis liegen gelassen.“

„WAS?“

„Das war die Kurzfassung. Mit Ausweis meine ich exzellente Fußabdrücke, Haare, einen abgerissenen Fingernagel.“

„Sieht nach einem schnellen Abschluss aus.“

„Ich weiß nicht“, Mareike zauderte, „im gesamten Mobilheim hat die KT keine fremden Fingerabdrücke sicherstellen können.“

„Der Täter war halt nicht nur blöd.“

„Das passt nicht, Manuela. Er präsentiert uns jede Menge Spuren, wischt aber die Fingerabdrücke an seinem Glas fein säuberlich ab? Laut Bericht wurde dem Opfer mindestens eine Stichverletzung neben dem Bett stehend zugefügt. Darauf deuten Blutspuren an der Kleidung des Toten und auf dem Fußboden.“

Manuela blätterte geistesabwesend in dem Bericht.

„Für mich sieht das Ganze nach einer Eifersuchtstat aus. Der Täter hatte zunächst seine Tat genau geplant. Irgendwas geht schief. Das Opfer erkennt die Situation nicht, verhöhnt ihn. Der Täter gerät in Rage, seine Wut steigert sich ins Unermessliche. Er sticht blindlings auf sein Opfer ein.“

Inzwischen hatte Adriano die Frühstückspause beendet. Nach

einem kurzen Blick auf die Akte der KTU nahm er hinter seinem Schreibtisch Platz. Manuela teilte ihm in knappen Sätzen den Ermittlungsstand mit.

„Klares Motiv, reich gedeckter Spurentisch. Polizistenherz, was willst du mehr?"

Mareike und Manuela warfen ihm mitleidige Blicke zu.

„Adriano, nehmen wir mal an, du hast einen Nebenbuhler. Du suchst ihn auf, zwecks Aussprache. Ihr trinkt etwas und beschließt, die hitziger werdende Unterredung im Schlafzimmer fortzuführen? Warum?"

„Quatsch."

„Mareike hat Recht. Weshalb hätte der Täter Tobias Schwarz im Schlafzimmer umbringen sollen, wenn der Streit wahrscheinlich im Wohnraum stattgefunden hat?"

„Der Ehemann hat seinen Nebenbuhler im Schlaf überrascht und getötet, klassisches Thema, aber immer wieder aktuell." Für Adriano gab es keinen Zweifel.

„Und hinterher mit seinem Opfer einen leckeren Cognac getrunken? Ein Glas enthält die Abdrücke von Schwarz, beim anderen wurden die mit Sicherheit vorhandenen Fingerabdrücke fein säuberlich abgewischt."

Manuela überlegte, was das zu bedeuten hatte. Möglicherweise konnte der Täter nicht unerkannt verschwinden, weil sich Zeugen auf dem Weg vor der Parzelle befanden. Er hatte ein Glas zur Beruhigung getrunken oder wollte den Einbruch der Dunkelheit zur Flucht nutzen. Es konnte durchaus plausible Erklärungen geben. Gäbe es nicht einen zweiten Mordfall. Sie berichtete Mareike und Adriano von dem Obduktionsergebnis im Fall Olischek.

„Glaubst du an einen Zusammenhang?", Mareike klang besorgt.

„Es gibt eine Verbindung. Der Zettel, den Herr Grimm in der Uhr gefunden hat, hat uns zum Tatort geführt. Wenn es auch seine Mutter war, die offensichtlich den merkwürdigen Zahlencode geknackt hat. Allerdings stammt dieser nicht von Olischek."

„Das nicht, aber Olischek sah diesem Joschi immerhin so ähnlich, dass Heinrich die beiden verwechselt hat. Die Frage muss lauten, aus welchem Grund Heinrich diesen Hinweis erhielt."

„Und von wem", vervollständigte Manuela Adrianos Ansatz. Der Mörder dürfte kaum ein Interesse daran haben. Plötzlich fiel ihr etwas auf. Sie griff zum Telefon.

Zehn Minuten später saß Heinrich Grimm ihr gegenüber. Während Manuela darüber nachdachte, inwieweit sie ihren Vorgänger einweihen sollte, zog dieser ein Foto aus der Innentasche seiner Weste und legte es vor sie hin.

„Ist er das?"

Manuelas Augen lösten sich nur zögerlich vom Foto des Mordopfers.

„Woher haben Sie das, Herr Grimm?"

„Von unserer", er räusperte sich, „von der ersten Klientin meiner Mutter. Sie hätten mich übrigens nicht vorladen müssen. Ich war lange genug Polizist, wäre ohnehin hierhergekommen."

„In Ordnung. Wer ist die Klientin?"

„Jasmin Wagner, die Geliebte des Opfers. Sie gab an, Tobias Schwarz seit drei Tagen zu vermissen."

„War sie in dem Mobilheim?"

„Das ist merkwürdig. Sie hat den Campingplatz nicht erwähnt. Gibt es Hinweise zur Tat oder auf den Täter?"

„Sieht nach einem Tötungsdelikt aus Eifersucht aus."

Die Antwort kam gequält. Heinrich hatte den Eindruck, dass er seine Nachfolgerin in eine peinliche Situation gebracht hatte.

„Meine Mutter erfährt nichts von unserer Unterhaltung. Was Ihren Disput betrifft, verdienen Sie meinen höchsten Respekt. Ich habe es leider nie geschafft, sie in ihre Schranken zu weisen. Ich fürchte, es wird mir auch nicht mehr gelingen."

Heinrich machte einen resignierten Eindruck. Aus heiterem Himmel musste Manuela lautstark lachen. Adriano sah verlegen aus dem Fenster.

„Dann bin ich beruhigt. Es würde mir mit meiner Mutter wohl ähnlich gehen."

Nachdem das geklärt war, gab Heinrich ihr einen Zettel mit der Anschrift der Familie Wagner.

„Laut der Aussage Frau Wagners wusste ihr Mann seit einer Woche von dem Verhältnis und hat gedroht, Schwarz umzubringen."

Adriano klatschte unvermittelt in die Hände, Manuela und Heinrich erschraken.

„Da haben wir es. Sag ich doch."

„Im Prinzip schon", antwortete Heinrich, „aber wer sollte ein Interesse daran gehabt haben, mich zum Tatort zu locken und noch dazu so umständlich?"

„Jemand, der wusste, dass Tobias Schwarz in Lebensgefahr ist, und nicht wollte, dass er stirbt. Frau Wagner beispielsweise."

Heinrich spürte einen Kloß im Hals. Lag Manuela richtig mit ihrer Vermutung? War das der Grund? Sollte ihm die Uhr zugespielt worden sein, um Tobias Schwarz zu retten? Kleine Schweißperlen sammelten sich auf der Stirn des Pensionärs. War Schwarz deshalb tot, weil er die Zusammenhänge nicht schnell genug erkannt hatte? Grimm atmete schneller. Manuela berührte seinen Arm.

„Ihre Schuld ist es mit Sicherheit nicht. Frau Wagner hätte sich an uns wenden müssen."

„Und wozu? Was wäre geschehen? Hätte Tobias Schwarz Personenschutz bekommen?"

Manuela senkte den Kopf. Sie konnte dem Exkommissar nichts vormachen.

„Frau Wagner war bei Ihnen. Falls sie Ihnen wirklich über einen Obdachlosen eine Uhr mit kryptischem Inhalt überreicht hat, in der Hoffnung, dadurch das Leben ihres Geliebten zu retten, wäre dies reichlich naiv. Warum hat sie Sie dann nicht vor einer Woche besucht?"

„Weil ich sie sofort an die Polizei verwiesen hätte. Ich bin kein

Detektiv und möchte auch keiner sein. Ich möchte Klarheit darüber, was passiert ist. Immerhin hänge ich mit drin, ob ich will oder nicht."

Manuela ersparte sich die Frage, woher Jasmin Wagner wissen konnte, dass der Plan aufgehen würde. Kannte sie Heinrich Grimm?

„Das Merkwürdigste: Frau Wagner behauptet, eine Uhr dieser Marke sei Tobias Schwarz gestohlen worden. Seltsamer Zufall."

Heinrich war deutlich anzuhören, dass er nicht daran glaubte.

38

Manuela verschob die geplante Durchsuchung der Mülheimer Wohnung von Tobias Schwarz. Die Aussage ihres Vorgängers führte sie nach Diersfordt. Zuvor setzte sie Adriano auf Grav Insel ab. Sie bat ihn, weitere Zeugen, insbesondere im Hinblick auf die Freundin des Opfers und die ominöse Uhr, aufzutreiben.

Frau Wagner trug ein schwarzes Oberteil und eine mattschwarze Hose. Ihr Gesicht war ungeschminkt und blass. Von dem Tod ihres Liebhabers hatte sie bereits durch Frau Grimm erfahren. Ihr Ehemann, ein Architekt, sei zurzeit auf einer Großbaustelle in Dinslaken und würde vermutlich gegen siebzehn Uhr eintreffen, gab die Gastgeberin mit leiser Stimme an. Manuela notierte die Adresse der Baustelle, ihre Augen glitten über eine Reihe Koffer und Taschen, die entlang des Flures auf dem Boden standen.

„Ich ziehe vorübergehend zu einer Freundin. Ich will keine Minute mehr mit diesem Kerl verbringen."

„Ihr Mann hatte gedroht, Tobias Schwarz zu töten?"

„Ja."

„Wann war das?"

„Vor einer Woche."

„Warum haben Sie das nicht der Polizei gemeldet?"

Sie atmete tief ein.

„Würde Tobi dann noch leben?"

Manuela verzichtete auf eine Antwort.

„Wann haben Sie Tobias Schwarz zuletzt gesehen?"

„Letzten Sonntag", sie antwortete ohne Zögern, „mein Mann wollte zum Hafen, wir haben uns im Café getroffen. Montag und Dienstag haben wir miteinander telefoniert. Seitdem …"

„Wissen Sie, wo Ihr Mann am vergangenen Mittwochabend gewesen ist?"

„Ist er an diesem Abend …?"

Manuela nickte. Frau Wagner wischte sich eine Träne weg.

„Mittwochs ist er immer im Jachtklub in Wesel. Wir haben dort im Hafen ein Boot liegen."

Irgendwas ließ Manuela zweifeln. Sie fühlte die Unstimmigkeit wie eine leichte Brise, ohne danach greifen zu können.

„Haben Sie sich mit Herrn Schwarz auf dem Campingplatz Grav Insel getroffen?"

Sie wartete mit der Antwort, als könne sie ihr ausweichen. Manuela kam die Verlegenheit unnatürlich vor.

„Ja. Zweimal. Tobi hatte Angst vor dem Gerede, ich musste mich nach Einbruch der Dunkelheit auf den Platz schleichen wie eine …", sie schluckte das letzte Wort herunter.

„Sie beauftragen eine Detektei mit der Suche nach Ihrem Freund und verschweigen, dass er ein Mobilheim auf einem Campingplatz in unmittelbarer Nähe besitzt?"

Ihr Gegenüber wurde sichtlich nervös. Sie schien nicht damit gerechnet zu haben, dass die Polizei jedes Detail kannte.

„Wie ich bereits sagte, war es Tobi, ich meine Herrn Schwarz, peinlich. Außerdem habe ich dort selbstverständlich selber nachgesehen."

„Wann?"

„Bitte?"

„Wann haben Sie dort nachgesehen?"

„Am Freitag."

„Haben Sie einen Schlüssel von dem Mobilheim?"

„Nein. Ich meinte auch, ich habe angeklopft, gerufen, aber es hat niemand geöffnet."

„Können Sie sich daran erinnern, um welche Uhrzeit das war?"

„Es war am Vormittag, gegen elf Uhr. War er da … ich meine …?"

Manuela nickte stumm. Frau Wagner sprang heulend auf und rannte hinaus. Wenige Minuten später kam sie zurück. Ihre Tränen schienen getrocknet.

„Entschuldigung. Das … mein Magen."

„Wusste Ihr Mann ebenfalls von dem Mobilheim?"

Sie hob die Schultern.

„Ich hatte einmal den Eindruck, dass mich jemand verfolgt. Vielleicht war er das, ich weiß es nicht."

Manuela glaubte ihr nicht. Ihrer Ansicht nach lenkte sie den Verdacht bewusst auf ihren Mann.

„Haben Sie sich auch in der Mülheimer Wohnung von Herrn Schwarz getroffen?"

„Nein, dort war ich nie. Er sagte, sie bestünde quasi nur aus Büro und Bett, wäre unromantisch."

„Wo haben Sie sich sonst getroffen? Ich nehme an, Ihre Beziehung war weitreichender als diese beiden Treffen in dem Mobilheim."

„Wir haben uns gelegentlich in der Stadt getroffen, im Café Fehr. Mein Mann geht dort nicht hin. Und hin und wieder im Welcome Hotel am Hafen."

Ihr Mann war trotz aller Versteckspielerei dahintergekommen. Manuela sparte sich die Frage nach dem Wie. Sie wollte mehr über die Gastgeberin erfahren. Das Haus, Interieur, der Sportwagen ließen auf gehobenen Standard schließen.

„Was machen Sie beruflich, Frau Wagner?"

„Ich bin freie Modejournalistin. Allerdings schreibe ich seit zwei Jahren ausschließlich für die Zeitschrift Vogue."

„Das hört sich an, als würden Sie Ihr Leben sehr gut alleine gestalten können."

Sie stieß einen langen Seufzer aus. Die Inkonsequenz ihres Handelns lag anscheinend wie ein lästiges Geschwür auf der Seele der selbstbewussten Frau.

„Ich bin beruflich sehr eingespannt, konnte bisher nicht über alles nachdenken. Ich habe seine …", sie suchte nach dem passenden Wort, „Leichtigkeit einfach genossen. Tobi war, wie Christian vor zwanzig Jahren gewesen ist. Voller Ideen und Träume."

„Und heute? Was hat sich geändert?"

„Alles. Nach dem Architekturstudium wollte er die Welt verändern, seine Kreativität ausleben, einen Baustil jenseits der grauen Betonwüste kreieren. Und heute? Baut er für einen Megakonzern

Kohlekraftwerke, schneidet fünfmal im Jahr die Hecke und putzt jeden Samstag das Auto. Ich berichte über Mode, lebe in einer sich ständig verändernden, pulsierenden Welt zwischen Mailand und Paris, das hat sich geändert."

„Das verstehe ich. Aber warum ziehen Sie dann keinen Schlussstrich und trennen sich?"

„Christian liebt mich. Ich habe es einmal angesprochen, da ist er ausgerastet. Wir haben uns sehr viel gemeinsam aufgebaut, aber das sieht er anders. Ich hätte einen Rosenkrieg vor der Brust. Dazu fehlen mir die Nerven. Außerdem habe ich Angst. Christian kann unberechenbar werden."

Manuela versuchte, sie einzuschätzen. Es fiel ihr schwer. Dass ihr Mann einem schwerwiegenden Verdacht ausgesetzt war, machte ihr nicht viel aus. Diese Tatsache könnte sie selbst verdächtig machen, wenngleich die Ermittlerin eine derartige Perfidität für unwahrscheinlich hielt.

„Frau Wagner, ich muss Sie das fragen. Wo waren Sie am letzten Mittwoch zwischen achtzehn und zweiundzwanzig Uhr?"

„Zu Hause", es klang leicht brüskiert, „ich habe auf seinen Anruf gewartet, wir wollten uns treffen."

„Waren Sie alleine?"

„Ja. Denken Sie, ich …"

„Reine Routine", wiegelte Manuela ab. Zum Abschied ließ sich die Ermittlerin Frau Wagners neue Adresse geben und ein aktuelles Foto ihres Mannes. Sie gab an, dieses für eine Zeugenaussage zu benötigen.

Auf der Fahrt nach Mülheim holte sie ihren Kollegen ab. Adriano unterhielt sich neben der Schranke stehend mit Herrn Gretz. Als er Manuela bemerkte, verabschiedete er sich mit einem kumpelhaften Schulterklopfer bei dem Platzangestellten.

Manuela berichtete ihm knapp über das Gespräch mit Frau Wagner.

„Auf dem Platz kennt niemand eine Frau Wagner. Vielleicht

wäre ein Foto hilfreich gewesen, ich konnte sie noch nicht einmal beschreiben, ganz schön peinlich."

„Entschuldige, es war ein Versuch."

Er bedachte sie mit einem beleidigten Blick.

„Über die Uhr konnte ich auch nichts herausbekommen. Aber dafür hat mir Herr Gretz eben eine sehr interessante Mitteilung gemacht."

„Echt?"

Sie sah ihn mit gespielter Begeisterung an. Adriano verzog die Mundwinkel.

„Ist ja schon gut. Olischek war hier. Ist um das Mobilheim von Schwarz herumgeschlichen. Der Nachbar gegenüber behauptet sogar, er sei drin gewesen."

Manuela trat auf die Bremse, blieb auf dem kleinen Deich zwischen den Altrheinarmen stehen.

„Woher weißt du das?"

Begleitet von einem überlegenen Grinsen zog ihr Partner die Aufnahme aus der forensischen Pathologie in Walsum-Aldenrade aus der Innentasche seines Blousons.

„Manchmal denkt dein Kollege mit. Gretz hat ihn einwandfrei erkannt."

„Wird Joschi gewesen sein", Manuela fuhr wieder an, „dann dürfte zumindest klar sein, wie er an die Uhr gekommen ist."

„Nein, es war Olischek. Der hat sich hochoffiziell mit Namen bei der Verwaltung angemeldet und angegeben, Schwarz besuchen zu wollen. Die zwei Euro Eintritt hat er auch bezahlt."

„Was bedeutet das?", murmelte Manuela.

„Entweder kannten sich Olischek und Joschi und Joschi kam über Olischek an die Uhr, oder …"

„… Joschi und Olischek sind ein und dieselbe Person und Herr Grimm hat sich geirrt", beendete Manuela seinen Satz.

„Hälst du das für möglich? Warum sollte Olischek Joschi die Uhr überlassen haben? Und andererseits: Könnte Heinrich sich so irren?"

Manuela wiegte den Kopf. Die beiden mussten sich sehr ähnlich sehen. Das wäre nicht verborgen geblieben. Es gab eine weitere Unstimmigkeit.

„Wer hat dann den Zettel in die Uhr gelegt?"

Adriano lehnte sich grübelnd zurück. Beide dachten angestrengt nach. Sie befanden sich schon auf der A3, passierten den Emscherschnellweg, da hob Adriano den Zeigefinger zum Zeichen einer Eingebung.

„Was, wenn Schwarz den Zettel selbst angefertigt und in die Uhr gelegt hat? Falls sie verloren geht. Wäre bei einer 3000-Euro-Uhr denkbar, oder? Eine Anschrift passt nicht drauf, also wählt er Koordinaten."

Manuela stülpte die Lippen vor und nickte leicht.

„Klar. Dafür zerstört er das teure Stück."

„Wieso zerstören? Wenn er nicht vorhat, damit zu tauchen, wäre es doch schnurz, ob das Ding wasserdicht ist oder nicht."

Manuela schüttelte nur den Kopf. Adriano sank wieder in den Sitz zurück und sah den Rest der Fahrt aus dem Seitenfenster.

39

Das Apartment von Tobias Schwarz lag in einer verkehrsberuhigten Seitenstraße nahe der Mülheimer City. Zwei Kollegen aus Essen, der für Mülheim zuständigen Polizeidienststelle, warteten mit einem jungen Mann in rotem Overall. Manuela hatte unterwegs die ungefähre Ankunftszeit durchgegeben und wunderte sich, dass bereits alle auf sie warteten. Sie hatten am Tatort keinerlei Schlüssel gefunden, was bedeutete, dass der Täter die Tür von außen verschlossen hatte.

Der Mitarbeiter des Schlüsseldienstes kramte ein Spezialwerkzeug aus dem kleinen Werkzeugkasten und bückte sich vor das Schloss. Auf dem Rücken befand sich ein Aufnäher mit dem Spruch: *Schlüssel Sperrlich – Wir machen auch Hausbesuche.*

Er benötigte weniger als eine Minute, um die Wohnungstür im zweiten Stock zu öffnen. Mit einem freundlichen Gruß ließ er die Polizisten zurück. Der jüngere der beiden, der sich mit dem Namen Fabian Lehmann vorgestellt hatte, ließ Manuela und Adriano den Vortritt.

Auf den ersten Blick wirkte das Apartment, als wäre es von einem Designer eingerichtet worden. Bei näherem Hinsehen offenbarte sich aber auch hier die eine oder andere geschmackliche Verirrung. Die modernen Schwarz-Weiß-Tapeten wollten ebenso wenig zur Schlingenware auf dem Fußboden passen wie der Kunstdruck des impressionistischen Claude Monet direkt neben Dalís surrealistischem *Beständigkeit der Erinnerung.* Manuela kannte das Bild, als gerahmtes Kalenderblatt hing es in ihrem Duisburger Büro. Ihr Exfreund fand den Titel passend für eine Dienststelle der Kripo. Manuela fiel die Ordnung auf. Nirgendwo lagen Dinge unaufgeräumt herum. In einer Schublade unter dem Breitbildfernseher fand sie eine Programmzeitung sowie drei Fernbedienungen. Diese waren schräg in eine Art Besteckkasten eingelegt. Alle im selben Winkel. In den beiden anderen Schubladen befanden sich Zeitschriften, ein langstieliges Feuerzeug, Korkenzieher und weitere Kleinigkeiten.

Manuela ging in den angrenzenden Raum. Es handelte sich offenbar um Schwarz' Arbeitszimmer. Auf einer zwei Meter langen Arbeitsfläche standen ein Desktopcomputer und zwei Flachbildmonitore. Davor lagen Dutzende loser Zettel, die mit Buchstaben- und Ziffernfolgen bekritzelt waren, deren tiefere Bedeutung sich Manuela verschloss. Sie nahm an, dass es sich um Programmcodes handelte. Die Regale an den Wänden bogen sich unter der Last der Fachliteratur in der Mitte leicht durch. Auf einigen der Bücher war als Autor der Name Tobias Schwarz auf dem Buchrücken vermerkt. In Schränken und Schubladen sah es aus wie im Lager eines Computershops. Sie gingen durch das Wohnzimmer zurück in den Flur, von dort in einen geräumigen Schlafraum. Das französische Bett war mit einer Decke in Leopardenfelloptik bedeckt. Auf einem kleinen Glastisch an der linken Seite des Bettes befanden sich ein Notizblock mit Kugelschreiber, ein Funkwecker, der Roman *Hundejahre* von Günter Grass und ein gerahmtes Foto. Manuela nahm es an sich. Es zeigte Tobias Schwarz mit einem dunkelblonden, blauäugigen Mann um die dreißig. Adriano sah über ihre Schulter. Manuela ging zum Schrank, wollte ihn öffnen, als sie aus dem Flur Stimmen vernahm.

„Mist“, fluchte sie leise, „können die sich nicht einmal Zeit lassen?“

Im gleichen Augenblick betraten drei Männer der Spurensicherung das Apartment. Sie erkannte Hans-Gerd Schmeink und schenkte ihm einen freundlichen Gruß. Eigentlich waren die Essener Kollegen zuständig. Die Ermittlungsarbeit unter Beteiligung unterschiedlicher Kommissariate an einem Fall brachte in der Regel Zeitverlust und unnötigen Verwaltungsaufwand mit sich. Sie kannte die Kollegen der Duisburger KTU noch aus ihrer Dienstzeit im dortigen KK11 und schätzte den unkomplizierten Umgang. Ein nicht zu verachtendes Argument war natürlich, dass sie die DNS des Wohnungsinhabers bereits vorliegen hatten. Dennoch hatte es sie unterwegs drei Telefonate gekostet, um von dem zuständigen Essener Kollegen zumindest die hoffnungsvolle Antwort „*Wollen mal sehen, was wir für Sie machen können*" zu erhalten.

Schmeink bat die vier Polizisten höflich, vor der Tür zu warten, sie hätten die Wohnung schon mit genug Fremdspuren verseucht. Manuela entschloss sich kurzerhand, das Ergebnis telefonisch abzufragen, und bedankte sich noch einmal bei den Essener Uniformierten.

Im Auto zog sie den Bilderrahmen vom Beistelltisch aus der Jacke und reichte ihn dem staunenden Adriano.

„It's your turn."

„Wie bitte?"

„Ich will wissen, wer der andere Mann auf dem Foto ist. Hör dich doch mal hier im Viertel um. Wir benötigen dringend Namen und Adressen von Angehörigen, vielleicht findest du was raus."

In dem Augenblick, da Adriano ausgestiegen war, startete Manuela den Motor.

„Wie komme ich zurück?"

„Mit Bus und Bahn", rief sie dem konsternierten Kollegen im Anfahren durchs Seitenfenster zu.

40

Auf der A3 Höhe Oberhausen meldete sich ihr Handy. Schmeink fragte, ob sie noch in der Nähe seien. Sie verwies ihn an Adriano. Die zunehmende Hektik beunruhigte die Ermittlerin. Ihre Gedanken flogen zum zweiten Mord. Es galt, schnellstmöglich einen plausiblen Zusammenhang herzustellen. Sie benötigten dringend mehr Personal, es war unmöglich mit vier Kräften machbar. Sie nahm sich vor, Engels am Nachmittag darum zu bitten.

Vierzig Minuten später erreichte Manuela den Campingplatz. Klaus Winterkorn wartete vor seiner Parzelle, unterhielt sich angeregt mit einem Nachbarn. Als er die Hauptkommissarin bemerkte, beendete er das Gespräch und kam ihr entgegen. Sie gaben sich die Hand. Winterkorn hatte sich anscheinend in kürzester Zeit umgezogen. Er trug einen dunkelblauen Jogginganzug mit weißen Längsstreifen, dazu hellgraue Laufschuhe. Der voluminöse Bauch und die Rosenschere in der linken Hand widersprachen dem Bild des Freizeitsportlers. Er führte sie in ein helles Vorzelt, in dem sich mittig eine ausladende Sitzgarnitur aus klobigen Balken befand. Winterkorn bot ihr einen Sitzplatz an und verschwand gleich darauf im Wohnwagen. Mit zwei Gläsern und einer Flasche Bier bewaffnet, kehrte er zurück.

„Auch ein Feierabendbierchen, Frau Kommissarin?“

„Nein danke, ich bin noch im Dienst.“

„Oh, das hatte ich vergessen. Das tut mir jetzt aber leid. Ich habe meine Frau vor einer halben Stunde losgeschickt, Wasser kaufen, aber“, er sah demonstrativ auf die Uhr, „sie ist immer noch nicht zurück. Ich sag ja immer, wenn man nicht alles selber macht, nicht wahr?“

„Herr Winterkorn, Sie haben eine Beobachtung gemacht?“

Manuela mochte ihn nicht. Sie bemühte sich um einen neutralen Tonfall.

„Wie meinen Sie? Ja genau. Ein Mann um die vierzig, vielleicht auch fünfundvierzig. Meint meine Frau. Also wenn Sie mich fragen, war der älter, aber egal. Schwarze Haare, obwohl ich eher braun sagen würde, na ja. Können auch gefärbt sein. Und die Größe … also wenn wir mal den Mittelwert nehmen von meinen eins fünfundachtzig und meiner Frau ihren …"

„War das dieser Mann?"

Manuela hatte zwischenzeitlich das Bild, welches sie von Jasmin Wagner bekommen hatte, hervorgeholt und hielt es ihm hin. Umständlich kramte er eine kleine Lesebrille aus der Seitentasche der Joggingjacke und setzte sie auf.

„Ja. Das ist er. Kein Zweifel. Ist er das?"

„Wie meinen Sie?"

„Na, der Mörder. Haben wir am Ende den Mörder gesehen?"

„Das wissen wir nicht, Herr Winterkorn. Wann haben Sie diesen Mann hier gesehen?"

„Zweimal. Also zusammen. Meine Frau einmal und einmal wir beide. Aber meine Frau kann sich auch täuschen. Sie hat so ein schlechtes Personengedächtnis, wissen Sie?"

„Ja, Herr Winterkorn, wann war das denn?"

„Letzte Woche Dienstag. Es hat einen Riesenkrach gegeben. Sie haben sich angeschrien, meine Frau wollte schon vorne Bescheid geben. Ja und dann war es auch schon vorbei. Der Mann da", Winterkorn deutete auf das Foto in Manuelas Hand, „ist wütend rausgerannt und hat noch gerufen: Noch einmal, dann bist du dran!"

Manuela hörte eine Autotür zufallen.

„Danach haben Sie den Mann nicht mehr hier gesehen?"

„Nä."

„Haben Sie andere Besucher bemerkt?"

Winterkorn kratzte grübelnd die Haare.

„Ein Obdachloser war mal hier. Ist aber auch schon bald zwei Wochen her. Meine Frau meinte, der hätte sogar in Tobis Mobilheim übernachtet. Die sind ja kackfrech heutzutage."

Eine mollige Frau betrat das Grundstück. Sie trug in jeder Hand einen Kasten Mineralwasser, unter ihrer rechten Armbeuge klemmte eine Plastiktüte. Ihr Atem rasselte. Klaus Winterkorn trat einen Schritt zur Seite, um sie durchzulassen.

„Wo bleibst du denn? Egal, bringst du bitte gleich eine Flasche mit raus für die Frau Kommissarin."

Manuela schüttelte den Kopf.

„Nein danke. Ich denke, das war's auch schon. Vielen Dank, Herr Winterkorn."

Frau Winterkorn bestätigte die Aussagen ihres Mannes. Lediglich in Details wichen sie voneinander ab. Als die Diskussionen darüber ausuferten, verabschiedete sich die Ermittlerin. Im Gehen drehte sie sich noch einmal um.

„Eine Frage noch, Herr Winterkorn. Waren Sie oder Ihre Frau am Freitag gegen elf Uhr hier?"

„Nein, wir kamen erst am Nachmittag."

Unterwegs zum Parkplatz fragte sie sich, wie wohl Dr. Klein in einem Jogginganzug aussehen würde.

Als sie den Motor starten wollte, fiel ihr Adriano ein. Sie wählte die Nummer ihres Kollegen.

„Steilmann", krächzte es aus dem Lautsprecher.

„Hast du was herausbekommen?"

„Über Schwarz nicht viel, dafür etwas in seiner Wohnung. Ich musste hin und her rennen. Erzähle ich dir, wenn du mich in, Moment, achtzehn Minuten vom Bahnhof abholst."

Adriano hatte aufgelegt. Manuela war versucht, die Nummer erneut anzuwählen. Sie hasste Geheimniskrämereien während einer Mordermittlung.

41

Pünktlich um zwölf stellte sie mit ernster Miene den Bohneneintopf auf den Untersetzer in der Tischmitte. Anschließend platzierte sie einen Teller mit Bauchfleisch und Mettwürsten daneben.

„Wo warst du denn so lange?“

„Im Kommissariat.“

„Und? Gibt es etwas Neues zu dem Doppelmord?“

Heinrich nahm sich eine große Portion Eintopf und eine Mettwurst. Bevor er die Gabel zum Mund führte, murmelte er ein gelangweiltes „Nein“. Seine Mutter beobachtete ihn mit strenger Miene. Heinrich aß unbeeindruckt weiter.

„Ach. Und was wolltest du bei der Polizei?“

„Ich habe eine Aussage gemacht.“

Frau Grimm klopfte langsam mit dem Messer auf die Tischplatte. Heinrich wusste, dass es wenig Sinn hatte, sie würde keine Ruhe geben.

„Ich habe ihnen mitgeteilt, was wir über Frau Wagner wissen.“

„Alles?“, rief sie entsetzt.

„Alles, was sie uns gesagt hat.“

Mit einer ungeahnten Agilität sprang sie hoch und stemmte die Arme in die Hüfte.

„Verräter!“

Heinrich musste lachen.

„Das ist nicht witzig“, zeterte sie voller Wut, „du hast mein Vertrauen missbraucht. Du hast die gebotene Schweigepflicht gebrochen und die Diskra … Diskre …“

„Diskretion?“

„Jedenfalls hast du das Vertrauen unserer Kundin schamlos missbraucht. Normalerweise müsste ich dich achtkantig aus der Firma schmeißen. Du hast Glück, dass ich deine Mutter bin.“

„Und dass du den Gewerbeschein in diesem Fall nicht bekommen würdest“, antwortete Heinrich lapidar. Leicht verlegen setzte sie sich wieder. Das schien ihr völlig entgangen zu sein. Sie hatte Bergerfurth versprochen, dass ihr Sohn am heutigen Montag kommen würde.

„Möchtest du noch ein Würstchen, mein Junge?"

Die weiße Fahne in Form einer roten Mettwurst. Überlegen lächelnd nahm er das Angebot an. Sicherheitshalber servierte sie ihm noch einen Schokoladenpudding mit Vanillesoße und kochte Kaffee.

„Gehst du gleich zum Amt?"

„Nur, weil ich es versprochen habe."

Die Erleichterung war ihr anzumerken. Heinrich war immer noch davon überzeugt, dass seine Mutter demnächst mit der Aufklärung von Ladendiebstählen beschäftigt sein würde.

Seine Gedanken sprangen zu Jasmin Wagner. Was für eine Rolle spielte sie?

„Diese Frau Wagner hat Dreck am Stecken", ergänzte Frau Grimm seine Gedanken unvermittelt.

„Wie kommst du darauf, Mutter?"

„Sie hat vorhin angerufen und um die Rechnung gebeten."

„Ja sicher. Warum nicht?"

„Mitten in einem Mordfall aussteigen findest du wohl normal, was?"

„Also, Mutter. Dass in einer Vermisstensache eine Detektei konsultiert wird, ist gängige Praxis. Solche Fälle wirst du wohl auch in Zukunft bekommen. Aber Mord? Das ist nun wirklich die Angelegenheit der Polizei."

„Vielleicht hat sie einen triftigen Grund dafür. Immerhin hat sie uns praktisch zum Tatort geführt. Weshalb hat sie uns nichts von der Wohnung ihres Freundes auf dem Campingplatz erzählt?"

„Ich weiß es nicht. Das wird die Polizei herausfinden."

Ich auch, dachte Frau Grimm.

42

Die Bahn hatte es geschafft, einen ihrer Züge pünktlich eintreffen zu lassen. Vom Campingplatz war es nur eine Viertelstunde und so erwartete sie ihren Kollegen bei einem Milchkaffee vor dem Schalter eines Burgerrestaurants. Als sie ihn sah, trank Manuela hastig den letzten Schluck und ging mit ihm zum Auto. Sie hatte das Fahrzeug ordnungsgemäß auf einem der Kurzzeitparkplätze abgestellt.

„Und?", fragte sie ohne Umschweife.

„Zuerst die schlechten Nachrichten. Den Mann auf dem Foto hat niemand mit Schwarz zusammen gesehen. Die Besitzerin des kleinen Straßencafés wusste zumindest, dass Herr Schwarz in einem Waisenheim in Oberhausen aufgewachsen ist und einen Bruder hat. Wie der heißt und wo er lebt, wusste die Frau allerdings nicht."

„Mager, und was gibt's an guten Nachrichten?"

„Mein kriminalistischer Sachverstand hat sich mal wieder auf beeindruckende Weise bestätigt, in aller Bescheidenheit natürlich."

Manuela verdrehte die Augen.

„Schwarz hat den Zettel in der Uhr wahrscheinlich selbst angefertigt. Muss noch alles kriminaltechnisch untersucht werden, aber Schmeink und seine Leute haben den Rest des Zettels hinter seinem PC gefunden. Ein fein säuberlich eingeschweißtes Blatt, welchem in der Mitte ein winziges Quadrat fehlt. War zwar stark zerschnippelt, ließ sich aber ohne Probleme rekonstruieren. Was sagst du nun?"

Manuela hatte inzwischen den Parkplatz der Polizeidienststelle an der Reeser Landstraße erreicht. Sie konnte es kaum glauben.

„Weshalb sollte er das getan haben?"

„Ich denke, es war ein Hilferuf. Er hat die Uhr Olischek gegeben mit dem Auftrag, sie Heinrich zu bringen."

„Aber warum, Adriano? Nehmen wir an, Herr Grimm hätte den Code einige Tage vorher entschlüsselt und wäre dorthin gefahren. Was wäre dann? Hätten Schwarz und Grimm ein Pläuschchen gehalten? Schwarz hätte von der Drohung erzählt und Herr Grimm ihn an uns verwiesen. Und weshalb musste Olischek sterben? Nein, das ergibt alles keinen Sinn."

„Okay, Olischek passt nicht, aber..."

„Der Rest auch nicht", fuhr Manuela energisch dazwischen. Ein Blick auf die Uhr verriet ihr, dass noch zwanzig Minuten bis zur Pressekonferenz blieben. Auf dem Gang zum Büro begegnete ihr die Staatsanwältin. Ihr Gesicht war bleich, sie machte einen kränklichen Eindruck.

„Geht schon", antwortete Annette Gerland auf die Frage nach ihrem Befinden, „zwei Obduktionen an einem Morgen waren ein bisschen viel."

„Zwei Morde auch", antwortete Manuela und bat sie ins Büro. Noch bevor sie sich setzten, meldete sich ihr Telefon. Es war die Bereitschaft, sie hatten Christian Wagner gebracht. Manuela hatte auf dem Rückweg darum gebeten, Jasmin Wagners Ehemann zur Vernehmung abzuholen.

„Bringt ihn zum Erkennungsdienst: Speicheltest, Fingerabdrücke, das volle Programm. Danach ins Vernehmungszimmer, ich komme gleich."

„Herr Wagner", erkannte Adriano folgerichtig.

„Ja. Die PK muss ausnahmsweise ohne mich stattfinden."

Adriano verzog das Gesicht. Niemand von ihnen nahm gerne an einer Pressekonferenz teil. Es musste jederzeit mit einer bloßstellenden Frage gerechnet werden. Jedes Wort konnte ihnen im Mund umgedreht werden. Die Informationen mussten peinlich genau dosiert sein.

„Reicht es für einen Haftbefehl?"

Annette Gerland hätte der Meute gerne einen kräftigen Erfolgshappen hingeworfen, Manuelas zögernde Gestik kühlte die Hoffnung der Staatsanwältin.

„Im Augenblick kaum. Aber Herr Wagner wird sich was einfallen lassen müssen. Zur Sicherheit brauchen wir eine Durchsuchungsanordnung für Wagners Büro, falls er eins hat, und die Privaträume."

„Kümmere ich mich gleich drum. Und wie kommen Sie im Fall Olischek voran? Gibt es da schon erste Ergebnisse?"

Manuela schnaubte die Luft durch die Nase.

„Wie denn, wir arbeiten den ganzen Tag. Mit dieser Minimalbesetzung schaffen wir das nicht. Außerdem haben wir zumindest den Mord an Olischek erst seit heute Morgen offiziell vorliegen."

„Ich werde für Unterstützung sorgen. Sehen Sie einen Zusammenhang zwischen den beiden Taten, Frau Warnke?"

Manuela beugte sich vor. Diese Frage beschäftigte sie den ganzen Tag.

„Ein Zusammenhang besteht zweifellos. Olischek ist am Mobilheim von Tobias Schwarz gesehen worden. Was er dort wollte, ob er zum Beispiel tatsächlich an die Uhr mit dem ominösen Zettel gelangte, ist unklar. Ebenso ist im Augenblick unklar, woher die beiden sich kannten."

„Moment. Die Mordopfer kannten sich?"

Manuela nickte. Adriano hörte andächtig zu.

„Olischek hatte sich in der Verwaltung angemeldet und behauptet, Tobias Schwarz besuchen zu wollen."

„Es handelt sich also um einen Fall", resümierte Annette Gerland. Manuela wiegelte ab.

„Möglich. Ansonsten passt allerdings nichts. Der Mord an Schwarz zum Beispiel sieht nach einer klassischen Eifersuchtstat aus. Für den Mord an Olischek fehlt bislang jedes Motiv. Welchen Grund kann es geben, einen Nebenbuhler und einen Obdachlosen zu töten? Unter welchen Hut passen diese Fälle?"

„Gut", Adriano lehnte sich entspannt zurück, „suchen wir den mal. Folgende These: Olischek wusste von dem Verhältnis zwischen Jasmin Wagner und Tobias Schwarz, erpresst die beiden. Einer von beiden tötet Olischek. Damit können wir das Motiv

Eifersucht für den zweiten Mord aufrecht halten. Wobei der Täter nebenan sitzen dürfte."

Woher sollte der Obdachlose Olischek davon wissen?, dachte Manuela. Obwohl nicht völlig auszuschließen, hielt sie Adrianos These für sehr konstruiert. Christian Wagner hatte die erkennungsdienstlichen Untersuchungen hinter sich und wartete im Vernehmungszimmer.

Staatsanwältin Gerland ließ sich für die Pressekonferenz entschuldigen. Sie zog es vor, die Vernehmung aus dem Nebenraum zu verfolgen.

„Endlich", begrüßte Wagner die Hauptkommissarin, „können Sie mir bitte sagen, was das soll? Man behandelt mich hier wie einen Schwerverbrecher."

Statt einer Antwort schaltete Manuela die Videokamera ein und richtete sie aus. Währenddessen klärte sie ihn über seine Rechte auf. Danach setzte sie sich auf den Stuhl gegenüber und schaute ihn zunächst eine halbe Minute stumm an.

„Was bitte schön habe ich denn verbrochen?", brach Wagner das Schweigen.

„Sie werden des Mordes an Herrn Tobias Schwarz verdächtigt."

Wagner war völlig konsterniert. Er rang nach Worten, schüttelte vehement den Kopf und sprang schließlich mit einem Satz hoch.

„Bitte setzen Sie sich, Herr Wagner."

„Hat *sie* Ihnen das eingeredet?"

Er saß jetzt aufrecht auf dem Stuhl, die Atmung war immer noch hektisch.

„Wo waren Sie letzten Mittwoch zwischen achtzehn und zweiundzwanzig Uhr?"

Wagner wirkte gedankenverloren. Sein Blick endete irgendwo im Nichts.

„Herr Wagner?"

Ein kleiner Ruck durchfuhr ihn.

„Bis ungefähr neun Uhr war ich im Jachtklub, anschließend war ich zu Hause. Alleine. Meine Frau Gemahlin hatte mich anscheinend nicht so früh erwartet."

„Sie haben von dem Verhältnis Ihrer Frau gewusst, waren rasend vor Eifersucht. Sie fuhren zum Campingplatz, wollten Tobias Schwarz zur Rede stellen. Es kam zum Streit, Sie sind völlig ausgerastet und haben ihn getötet. War es so, Herr Wagner?"

Manuela wurde lauter. Wagner schüttelte nur den Kopf.

„Sie haben ihn zweimal besucht, auf ihn eingeredet, er solle das Verhältnis beenden. Sie haben ihm gedroht und diese Drohung wahr gemacht."

„Nein! Nein, das stimmt nicht. Ich war bei ihm, ja. Aber nicht letzten Mittwoch. Ich habe von dem Verhältnis gewusst, ja. Aber ich habe ihn nicht umgebracht."

Abrupt machte Manuela eine Pause. Wagner saß nun wie ein angeschossenes Tier in der Falle. In einer solchen Situation half Schweigen erfahrungsgemäß mehr als weitere Anschuldigungen. Irgendwann blockt jeder Beschuldigte ab, macht dicht, sagt nichts mehr oder verlangt einen Anwalt. Kurz davor galt es, ihm einen Moment der Besinnung zu geben.

„Das Schlimmste waren die Lügen. Tobias und ich kennen uns schon seit ein paar Jahren. Ich habe ihn für einen Freund gehalten. Mir ins Gesicht lügen, das ist das Letzte. Ich habe deine Frau nie angefasst, das hat er mir geschworen. Wie kann man sich so in einem Menschen täuschen?"

„Wie konnten Sie sicher sein, dass er gelogen hat?"

Manuela klang sanft, fast einfühlsam.

„Ich habe einen Zettel mit der Campingplatzadresse in Jasmins Blazer gefunden. Sie hat das Verhältnis sofort zugegeben. Wenigstens sie war ehrlich."

„Sie durchsuchen die Kleidung Ihrer Frau?"

Wagner schloss die Augen und ballte die Hände.

„Ja, ich durchsuche die Kleidung meiner Frau. Und ja, ich bin sehr, sehr eifersüchtig. Aber das macht mich noch lange nicht zum Mörder!"

Völlig unerwartet knallte seine flache Hand auf den Tisch, Manuela hatte mit einem Gefühlsausbruch gerechnet, erschrak dennoch.

„Stimmt. Es entlastet Sie aber auch nicht."

Manuela schaltete das Aufnahmegerät ab. Christian Wagner stand auf, wollte gehen.

„Es tut mir leid, Herr Wagner, wir müssen Sie hierbehalten."

„Bitte? Das geht nicht. Ich bin für eine Großbaustelle verantwortlich."

„Die muss bis zur endgültigen Klärung ohne Sie auskommen. Sie haben gedroht, Herrn Schwarz zu töten, Sie verfügen über kein Alibi für die Tatzeit und Sie haben ein ausreichendes Motiv. Das sind genügend Indizien für eine Untersuchungshaft."

Adriano stopfte die Thermoskanne in die zerkratzte Aktentasche. Manuela runzelte die Stirn.

„Gleich fünf. Der Feierabend lockt schon fast eine Stunde."

„Tja dann: fröhlichen Feierabend."

Manuela setzte sich hinter ihren Schreibtisch und rieb sich die Augen. Ihr Kopf dröhnte. Eine innere Stimme warnte sie vor der Verlockung, in Christian Wagner den Mörder zu sehen.

„Die PK war übrigens relativ stressfrei, danke der Nachfrage."

„Schön für dich."

„Was hast du denn?"

„Zwei Morde, verdammt!"

Adriano seufzte. Halb gebückt blieb er ratlos stehen.

„Was hältst du von Wagner? War er es?"

Manuela hob die Schultern. Ihr Blick fiel auf den Obduktionsbericht auf ihrem Ablagestapel. Sie überflog ihn noch einmal.

„Wird E605 überhaupt noch verkauft? Da war doch mal was …"

„Keine Ahnung. Aber solange es noch Ratten gibt, warum nicht?"

„Wäre nett, wenn du das herausfinden könntest."

„Jetzt?“

„Bis Ende nächsten Monat dürfte reichen, solange wird Olischek noch tot sein.“

Adrianos Gesicht lief dunkel an.

„Kannst du deine Scheißlaune mal an jemand anderem auslassen?“

„Schon gut, morgen reicht. Entschuldige.“

Adriano war längst gegangen, Manuela hatte eine Aspirin genommen. Sie wollte irgendwas unternehmen, aber ihre Gedanken bewegten sich im Kreis, schwirrten wie ein Bienenschwarm durch ihren Verstand. Jeder Ansatz einer Theorie scheiterte bei diesen Fällen. Irgendwo musste es einen roten Faden geben. Manuela war so sehr in ihre Gedanken vertieft, dass sie einen heftigen Schrecken bekam, als es an der Tür klopfte. Es war achtzehn Uhr, sie wähnte sich alleine auf der Etage. Leise betrat Mareike das Büro.

„Na, kannst du auch nicht schlafen?“, begrüßte sie Manuela. Es klang nicht besonders frisch. Mareike war ebenfalls seit dem frühen Morgen im Einsatz.

„Setz dich, du dumme Kuh.“

„Oh, das erste Kompliment des Tages.“

„Ist der Männerwelt deine Anmut heute etwa entgangen?“

Die beiden Singles fanden mittlerweile Gefallen an den Späßchen. Seit dem Tag, an dem Manuela in die Weseler Dienststelle kam, verstanden sie sich ausgezeichnet. Mittlerweile waren sie befreundet, unternahmen in ihrer Freizeit vieles gemeinsam.

„Die Männerwelt hat eine Art Immunität gegen mich entwickelt. Dabei sind meine Ansprüche äußerst bescheiden. Er muss einfach nur überwältigend aussehen, ein gewisses Niveau besitzen, einer gut bezahlten Arbeit nachgehen und mich auf Händen tragen.“

„Wie bescheiden du bist. Den hast du noch nicht gefunden? Das ist kaum zu glauben.“

„Ja“, Mareike seufzte theatralisch, „und wie sieht es bei dir aus? Hat sich der Traumprinz heute gemeldet?“

„Nein“, Manuela dachte plötzlich an Dr. Klein, „wenn man mal von einem Date mit unserem Leichenfledderer absieht.“

„Was? Du meinst … unser Clooney hat dich, das ist ja…“, staunte Mareike. „Wow. Wann?“

„Eigentlich heute Abend, aber ich habe abgesagt.“

„Bitte?“

Manuela erzählte ihr von der Einladung zwischen Leichenfund und Obduktion.

„Ach so, verstehe … Das ist natürlich der völlig falsche Rahmen. Anstatt dich ein halbes Jahr zu beschatten, um dir rein zufällig bei einem Spaziergang im roten Licht der untergehenden Sommersonne irgendwo am Strand …“

„Mareike, bitte. Ich hab’s auf morgen Abend verschoben.“

Mareike fasste sich ans Herz und tat erleichtert.

„Und ich habe mir schon Sorgen um dich gemacht. Dann kann ich ja jetzt dienstlich werden. Wir haben die Bankauskünfte von Tobias Schwarz’ Konten vorliegen. Der Kerl war ’ne richtig gute Partie. Summa summarum hat er um die 1,2 Millionen in Form von Wertpapieren, Anteilsscheinen usw. auf seinen Konten und in seinem Schließfach. Er hat spezielle Software zur Steuerung von Industrierobotern entwickelt und Patente darauf.“

Manuela nickte. Frau Wagners Interesse dürfte kaum den Finanzen ihres Freundes gegolten haben. Sie berichtete Mareike von dem Gespräch mit Jasmin Wagner und schilderte dabei auch ihre persönlichen Eindrücke.

„Glaubst du, sie steckt mit drin?“

„Ich habe ein mulmiges Gefühl bei der Sache. Ich glaube, sie hat mir etwas vorgespielt. Eine Frau wie sie hat keine Hemmungen, die Scheidung einzureichen. Sie macht auch alles andere als den Eindruck einer wehrlosen, unterdrückten Ehefrau, die Angst vor dem Herrn Gemahl hat. Nein, das passt alles nicht.“

Manuela sah mit einem breiten Gähnen auf die Uhr an der Wand gegenüber.

„Die Hausdurchsuchung steht noch aus. Spielst du mit?“

„Ja, aber heute nicht mehr. Du bist völlig fertig. Christian Wagner nächtigt bei uns und seine Frau hatte bereits alle Zeit der Welt, falls sie irgendwas vertuschen wollte. Morgen früh reicht also völlig. Außerdem möchtest du deinem Traumprinzen morgen Abend doch nicht mit Ringen unter den Augen gegenübersitzen, oder? Was hältst du von einem Rieseneisbecher zum Feierabend?“

Zwanzig Minuten später saßen sie bei Valentino inmitten der Fußgängerzone und vereinbarten, dass diejenige, die das erste dienstliche Wort aussprechen würde, die Rechnung zahlen müsse.

43

„Du musst dich geirrt haben."

„Nein. Das glaube ich nicht."

„Es gibt auch Ohrclips. Dass er kein Ohrloch hat, muss nichts heißen. Und auf die Tätowierungen hast du einfach nicht geachtet, erst neulich, in der Pathologie …"

Annette hatte ihm von den Zeugen berichtet, die Olischek auf Grav Insel gesehen hatten. Jetzt sprach sie von dem Fund in der Wohnung des Opfers:

„Laut KTU steht einwandfrei fest, dass daraus der Schnipsel gefertigt wurde, den du in der Uhr gefunden hast. Die Uhr ist Tobias Schwarz entweder aus dem Mobilheim gestohlen worden oder er hat sie Olischek gegeben."

Heinrich spürte die bleischwere Logik, sie drohte, alle Zweifel zu ersticken. Hätte sie nicht diesen einen Makel.

„Nenne mir den Grund und ich glaube dir."

Annette schwieg. Heinrich war alles noch einmal durchgegangen. Aus seiner Sicht fehlte ein Glied in der Kette. Dieses konnte nur Joschi sein. Heinrich musste sich eingestehen, dass ihn auch das dem Motiv nicht näher brachte. Frustriert registrierte er, dass ihm Annette und seine ehemaligen Kollegen nicht mehr glaubten. Hielten sie ihn für einen senilen Rentner?

„Joschi muss zur Fahndung ausgeschrieben werden. Ihr könnt das Bild von Olischek nehmen. Dann wird sich sehr schnell zeigen, wer Recht hat."

Annette führte den Zeigefinger der rechten Hand zur Stirn.

„Ich setze doch keinen Toten auf die Fahndungsliste!"

„Das brauchst du auch gar nicht, Annette."

Sie hatten nicht bemerkt, dass Mutter Grimm die Tür leise geöffnet hatte. Überrascht sahen sie Frau Grimm an, die verlegen mit dem Staubwedel herumfuchtelte.

„Ich habe die Bilderrahmen im Treppenhaus abgestaubt. Muss auch mal sein. Macht ja sonst niemand. Da habe ich euch zufällig gehört."

Wieder einmal nutzte sie die kurzzeitige Verwirrung und saß schneller am Tisch, als ihr Sohn reagieren konnte.

„Wo ich dich gerade sehe, mein Junge, die Rechnung für Frau Wagner muss ganz dringend raus. Du kennst dich doch mit so was aus."

„Nein, kenne ich nicht!"

„Kommst du denn mit deiner Rente nicht mehr aus?", wollte Annette wissen.

„Selbstverständlich komme ich damit aus. Aber wenn Frau Wagner erst mal im Gefängnis sitzt, bekomme ich gar nichts mehr. Das geht nicht. Außerdem bekommt mein Partner die Hälfte ab, nicht wahr?"

Sie streichelte Heinrichs Arm und zwinkerte ihm freundlich zu.

„Moment", Heinrich schüttelte ihre Hand mit einem Ruck ab, „weshalb sollte Frau Wagner ins Gefängnis müssen?"

„Weil sie eine zweifache Mörderin ist, deshalb! Während mein Herr Sohn den Tag vertrödelt, war Herr Walther so freundlich, einzuspringen. Wir haben heute in Diersfordt ermittelt. Die Wagners haben einen Ehevertrag und strikte Gütertrennung."

Sie betonte die letzten Worte, als sei es äußerst unanständig.

„Frau Wagner bekommt nur selten Aufträge, meint ihre Nachbarin. Außerdem lebt sie weit über ihre Verhältnisse. Kurz und gut: Ihr gehört nichts, ihrem Mann alles. Bis zu seinem Tod, danach ist es umgekehrt", flüsterte die Seniorin verschwörerisch.

„Schön, das könnte ein Motiv sein, ihren Mann zu töten. Allerdings befindet Herr Wagner sich in Untersuchungshaft und erfreut sich bester Gesundheit."

„Tja – so blöd ist Frau Wagner nicht", in ihren Augen zeichnete sich überlegenes Blinzeln ab, „darauf wäre selbst die Weseler Polizei schnell gekommen. Nein – sie macht es wie die schwarze

Witwe. Schnappt sich einen Liebhaber und tötet ihn nach dem Liebesakt. Dann noch einige persönliche Dinge des Gatten am Tatort hinterlegen und schon wird der eifersüchtige Ehemann von der Weseler Polizei ins Gefängnis gesteckt."

„Aha. Zufällig kommt der obdachlose Olischek des Weges, geht direkt in das Mobilheim von Schwarz und beobachtet den Mord", Heinrichs süffisanter Unterton brachte Zornesfalten auf die Stirn seiner Mutter.

„Nein. Olischek wurde von der Mörderin bewusst ausgesucht. Sie konnte den Mord schlecht selber anzeigen, diesen Part solltest du übernehmen. Nachdem Olischek dich auf die Fährte angesetzt hatte, musste er sterben. Er wusste zu viel."

Für eine Minute herrschte Stille. Annette und Heinrich schienen den Fehler in dieser These zu suchen. Schließlich war es die Staatsanwältin, die das Schweigen brach.

„Ich halte das nicht für völlig abwegig."

Heinrich drehte sich auf dem Stuhl halb herum und sah seine Mutter eindringlich an.

„Du glaubst auch, ich habe mir Joschi nur eingebildet?"

„Eingebildet … ähem … möglicherweise war es der Schock. Sei ehrlich: Joschi könnte ein Spitzname von Olischek sein, oder?"

Heinrich nickte. Er sah Joschi vor sich, rief sich Olischek ins Bewusstsein. Die Bilder wechselten, zuerst langsam, dann immer schneller. Mehr und mehr glichen sie sich an. Aber auch jetzt sah er noch die kleinen Unterschiede. Leider sah sie niemand sonst. Heinrich fühlte sich einsam.

44

Um 7.30 Uhr wurde Frau Wagner von einem halben Dutzend Polizisten überrascht. Manuela überreichte ihr die Durchschrift der Durchsuchungsanordnung.

„Muss das sein?"

Die Hauptkommissarin nickte stumm. In Windeseile verteilten sich die Polizisten auf die drei Etagen des Hauses. Manuela blieb bei Frau Wagner.

„Sie haben meinen Mann festgenommen, wie ich hörte?"

Jasmin Wagner sprach den Satz ohne die geringste Gefühlsregung. Vermutlich war es dieselbe Tonlage, in der sie sich nach dem Wetter erkundigen würde. Manuela fragte sich, was passieren musste, dass eine Liebe bis unter den Gefrierpunkt abkühlen konnte. Hatte er sie betrogen, geschlagen, gedemütigt? Beim Anblick der selbstbewussten Frau hielt sie all dies für abwegig.

„Das ist meine Schuld. Ich hätte mich nicht in Tobias verlieben dürfen. Ich habe alles zerstört."

Manuela wollte sie beruhigen, überlegte es sich anders. Sie war nicht der Typ Mensch, der mit erhobenem Zeigefinger auf Verfehlungen anderer deutete. Aber sie konnte es nicht ausstehen, wenn jemand um Mitleid bettelte. Im Übrigen entsprach ihr Statement ihrer Ansicht nach der rauen Wirklichkeit.

„Wie war Ihr Verhältnis? Ging es über eine Affäre hinaus? Ich meine, war er derjenige, mit dem Sie ein neues Leben beginnen wollten?"

„Das spielt doch jetzt keine Rolle mehr."

Wieder lag ungewöhnliche Sachlichkeit in ihrer Stimme. Die Kälte der Gastgeberin war unerträglich. Weder fragte sie nach dem Befinden ihres Ehemannes noch nach dem Beerdigungstermin. Stattdessen reagierte sie mit Selbstmitleid. Manuela durfte sich mit dieser Antwort nicht zufriedengeben. Das Motiv für Christian Wagner erschien ihr oberflächlich. Das „Gesicht" des

Tatortes, die Tatumstände, die Ausübung der Tat, all dies passte nicht zusammen.

Noch einmal, dann bist du dran.

Manuela drang der Satz des Campers ins Bewusstsein. Wagner war laut Winterkorns Aussage am Dienstag bei Schwarz gewesen. Er war derart in Rage, dass ihr Streit bis zum Nachbarn hinübergedrungen war. Am Ende drohte er seinem Nebenbuhler. Frau Wagner gab an, ihren Freund am Dienstag zuletzt gesprochen zu haben. Trotzdem fuhr ihr Mann einen Tag nach dem lautstarken Auftritt dorthin und tötete Schwarz? Was konnte ihn in der Zwischenzeit derart in Rage gebracht haben? Die Tat sprach deutlich gegen einen eiskalt geplanten Mord. Die zahlreichen, am Tatort verteilten Spuren, sieben Stichwunden – vieles deutete auf eine Tat im Affekt. Der Mord an Olischek eine Woche zuvor passte ebenfalls nicht in dieses Muster. Es würde bedeuten, dass es zwei verschiedene Täter geben musste, dagegen sprachen wiederum die eindeutigen Zusammenhänge. Die naheliegende Erklärung jagte der Kommissarin einen Schauer über den Rücken. Konnte jemand brutal und gefühlskalt genug sein, einen unschuldigen Menschen für seine Ziele zu opfern? Während Manuela nach einer möglichst unverfänglichen, aber zielgerichteten Frage suchte, wurde sie von einem Kollegen gerufen. Sie folgte ihm über die Terrasse in den Garten. Er deutete auf die Asche in einem gemauerten Grill am Gartenrand. Ein Stofffetzen lugte unversehrt hervor. Es handelte sich um den Rest eines Hemdärmels. Auf dem blassgrünen Karomuster erkannte sie einen kleinen Fleck.

„Ich denke, wir sind hier richtig. Tommy hat in der Papiermülltonne ein blank geputztes Messer gefunden."

Manuela legte den Spurenbeutel mit dem Hemdrest vor ihr auf den Tisch.

„Das haben wir in Ihrem Grill gefunden. Haben Sie eine Erklärung dafür?"

Sie warf einen flüchtigen Blick darauf und schluckte.

„Das ist … war ein Hemd meines Mannes. Was bedeutet das?"
„Ich dachte, das erfahre ich von Ihnen."

Sie schürzte wortlos die Lippen. Manuela hielt ihr den Spurenbeutel mit dem Messer hin. Es handelte sich um ein Steakmesser des Herstellers *Château Laguiole.* Jasmin Wagner durchfuhr ein Schreck bei dem Anblick. Manuela kannte das Phänomen. Ein herkömmliches Messer konnte Furcht erregend aussehen, nur weil es sich in einem Spurenbeutel befand. In diesem Fall gab es einen anderen Grund.

„Kennen Sie dieses Messer?"

„Es ist das bevorzugte Steakmesser meines Mannes. Seine Eltern haben ihm einen Satz davon zum bestandenen Diplom geschenkt."

Nach einer Stunde gaben ihr die Kollegen ein Zeichen.

„Wir müssen uns nur noch den Geländewagen vornehmen. Ich hörte, der steht bei euch auf dem Parkplatz?"

Manuela nickte. Auf Wagners Wunsch hatte ein Kollege dessen Fahrzeug mit nach Wesel gebracht. Sie verabschiedete sich mit einem unguten Gefühl.

45

Manuela ließ Adriano alleine in die Kantine der Kreisverwaltung gehen, nahm ihr Frühstück im Büro ein. Ihre Vermutung hatte sich durch seine Recherchen bestätigt. E605 war im Jahre 2002 aus dem Handel genommen worden. Über die Beschaffung konnten sie also kaum noch an den Täter gelangen.

Um halb zehn brachte ein Bote die Post. Gleich mehrere der internen Umlaufmappen kamen von der KTU aus Duisburg. Manuela las zuerst den Bericht des Erkennungsdienstes mit dem Titel „Mobilheim Schwarz". Zu ihrer Überraschung befand sich das Ergebnis des DNA-Vergleichs darunter. Sie musste sich erst daran gewöhnen, dass sie keine ganze Woche mehr auf eine solche Untersuchung warten musste. Gespannt überflog sie die zwei Dutzend Seiten. Zu ihrer Verwunderung fiel er klarer und belastender aus, als sie erwartet hatte. Die Beweise gegen Christian Wagner waren geradezu erdrückend. Die Haare im Bett des Opfers stammten ebenso einwandfrei von ihm wie der abgebrochene Fingernagel. Darüber hinaus hatte Dr. Klein unter einem der Fingernägel des Opfers Fremdblut gefunden, das zweifelsfrei von Wagner stammte. Allein dieser Bericht, war die Ermittlerin sicher, würde dem Haftrichter ausreichen. Die sichergestellten Beweise aus der Hausdurchsuchung dürften ihn weiter belasten.

Manuela ließ sich im Sessel zurückfallen. Sie sah aus dem Fenster, ihre Augen flogen über die Rheinauen, ohne diese wahrzunehmen. Alles klar, dachte sie. Zu klar. Zweifel, die sie nicht beschreiben konnte, quälten sie.

Ausnahmsweise pünktlich kam Adriano zurück. Manuela erklärte ihm mit leicht gedrückter Stimme die Aktenlage. Die Aussicht auf einen schnellen Abschluss und zukünftig pünktlichen Feierabend besserte seine Laune erwartungsgemäß.

„Jetzt müssen wir ihm nur noch den Mord an Olischek nachweisen und aus die Maus."

Manuela verdrehte die Augen. Sie mochte die Stadt, ihr gefiel das Betriebsklima, sie hatte in Mareike eine sehr gute Freundin gefunden. Die Zusammenarbeit mit Adriano war anscheinend der Preis dafür.

„Sie bluffen, darauf falle ich nicht herein. Dürfen Sie das überhaupt?"

Christian Wagner bedachte sie mit einem provozierenden Blick. Soeben hatte sie seine Aussagen mithilfe der aktuellen Beweislage Punkt für Punkt widerlegt.

„Meine Aufgabe ist es, die Wahrheit zu finden. Sie können mir gerne behilflich sein. Erklären Sie mir, wie Ihr Blut unter einen Fingernagel des Toten gekommen ist."

Wagner sprang auf und rannte wütend in dem kleinen Verhörzimmer umher. Manuela ließ ihn gewähren.

„So ein hirnverbrannter Blödsinn! Ich bringe doch niemanden um, weil er meine Frau vögelt. So ein Schwachsinn!"

„Einen Tag vor seinem Tod gab es Streit zwischen Ihnen. Sie sind sehr laut geworden, haben ihm gedroht. Noch einmal, dann bist du dran. Was haben Sie damit gemeint, Herr Wagner?"

Schnaubend vor Wut beugte er sich über den Tisch.

„Ich habe ihm Prügel angedroht, das habe ich damit gemeint, Frau Hauptkommissarin."

„Was ist vorgefallen, weshalb sind Sie am nächsten Tag wieder dorthin gefahren?"

„Ich war am nächsten Tag nicht dort, verdammt noch mal. Ich war letzten Dienstag dort. Es kam zum Streit. Aber als ich ging, war Tobias noch quicklebendig."

Manuela beobachtete ihn ganz genau. Irgendwas stimmte nicht. Es entglitt ihr, bevor sie danach greifen konnte. Eine unscheinbare Kleinigkeit.

„Kann ich nun endlich gehen? Ich kann es mir nicht leisten, meine Arbeit zu verlieren."

Manuela schreckte aus ihren Gedanken. Für einen Moment

fehlten ihr die Worte. Sie hatte seine Unschuldsbeteuerungen vor wenigen Minuten mit einer Beweisdecke überzogen, die alleine für eine mehrmonatige Untersuchungshaft ausreichen würde, und dann diese geradezu kindlich-naive Frage. Sie bereitete Manuela Sorgen, untermauerte das Gefühl der Unsicherheit, das sie wie ein Schatten umgab. Während Christian Wagner abgeführt wurde, schrie er nach seinem Anwalt.

In ihrem Büro wurde Manuela von Mareike erwartet. Adriano stand mit dem Autoschlüssel in der Hand neben dem Schreibtisch.

„Ich habe Tobias Schwarz' Bruder ausfindig gemacht", begann Mareike sofort. „War eine ewig lange Telefoniererei von einem Kinderheim in Oberhausen über diverse Schulen und die Uni bis zu einem Reiseveranstalter, für den Florian Schwarz heute als Manager arbeitet. Er wohnt in Marienthal."

46

Das kleine Dorf in der Nähe von Brünen war überschaubar, sie fanden das Einfamilienhaus an der Feldstraße sofort. Adriano war nicht besonders traurig, dass Mareike Manuela begleitete. Sie wohnte in Hamminkeln und kannte sich in der Gegend sehr gut aus. Das war der offizielle Grund, den Manuela ihrem Kollegen nannte. Tatsächlich hielt sie Mareike für einfühlsamer und engagierter. Unterwegs über entlegene Landstraßen quer durch die Hohe Mark hatte Mareike von dem idyllischen Dorf und dem alten Kloster geschwärmt. Schon der erste Eindruck gab ihr Recht, Manuela konnte ihre Freundin sehr gut verstehen.

Florian Schwarz erwartete sie bereits. Seit gestern hatte er Urlaub, am Freitag wollte er mit seiner Familie verreisen, sagte er Mareike am Telefon. Sie hatte ihm den Grund ihres Besuches nicht am Telefon mitteilen wollen. Der gertenschlanke Mann trug eine eng anliegende Jeans und ein kariertes Sommerhemd. Eine Strähne der langen blonden Haare fiel wie eine sanfte Welle über die Stirn. Die ausgelassene Herzlichkeit des Gastgebers bedrückte die Frauen. Florian Schwarz beschlich eine Ahnung. Im Wohnzimmer wurde er ernst.

„Ist was passiert? Dumme Frage, sonst wären Sie kaum hier."

„Wir sind wegen Ihrem Bruder hier."

„Tobias. Was ist mit ihm?"

Instinktiv griff er nach der Stuhllehne hinter sich, klammerte sich daran.

„Wir müssen Ihnen leider mitteilen, dass Ihr Bruder am letzten Mittwoch gestorben ist."

„Was? Nein. Das …", Florian Schwarz riss den Mund weit auf, schnappte nach Luft.

„Letzten Mittwoch … wieso …"

„Es tut uns schrecklich leid, wir haben erst heute Ihre Anschrift herausbekommen. Bitte setzen Sie sich."

Er rutschte langsam auf den Stuhl, den Mareike rasch in seine Richtung drehte. Er atmete nun in kurzen Zügen, Manuela sah die Tränen. Sie setzten sich wortlos an den Tisch, ließen ihm Zeit.

„Woran ist mein Bruder gestorben?"

Langsam hob er den Kopf, die leise Stimme war kaum hörbar. Seit der Abfahrt in Wesel fürchtete Manuela sich vor dieser Frage, obgleich sie wusste, dass sie unausweichlich gestellt werden würde.

„Ihr Bruder wurde ermordet."

Sie rechnete mit einem entsetzten Aufschrei, mit einem Weinkrampf, mit der sinnlosen Frage nach dem Grund. Stattdessen begegnete ihr ohnmächtige Stille und ein Ausdruck, der ihr in den folgenden Nächten den Schlaf rauben sollte.

„Herr Schwarz, wir haben einige Fragen an Sie. Möchten Sie, dass wir morgen wiederkommen?"

„Stellen Sie Ihre Fragen, wenn es sein muss."

„Wann hatten Sie das letzte Mal Kontakt zu Ihrem Bruder?"

Manuela und Mareike tauschten unbemerkt einen Blick.

„In der vorletzten Woche. Bei der Geburtstagsfeier unserer ältesten Tochter. Tobias ist ihr Patenonkel. Ansonsten haben wir zwei- bis dreimal im Monat miteinander telefoniert. Wir haben uns selten gesehen, dabei … haben wir nur uns."

Im ersten Augenblick hielt Manuela diesen Satz für eine Selbstverständlichkeit. Nach wenigen Sekunden traf sie die bittere Wahrheit wie ein Schlag. Kindern, die wie die Schwarz-Brüder in einem Waisenheim aufwachsen, fehlen nicht nur die Eltern. Sie haben beziehungsweise kennen in der Regel überhaupt keine Verwandten, sind völlig auf sich alleine gestellt. Umso tiefer dürfte die Bindung der Geschwister sein.

„Hat er Ihnen gegenüber die Namen Christian oder Jasmin Wagner erwähnt?"

„Herr Wagner ist ein Freund von Tobias. Jasmin Wagner kenne ich nicht. Ich nehme an, es ist seine Frau."

„Ja. Hat Ihr Bruder ihren Namen nie erwähnt?"

„Nein, ich glaube nicht. Warum sollte er?"

„Weil er nach unseren Erkenntnissen seit drei Monaten ein Verhältnis mit dieser Dame hatte."

Florian Schwarz' Augen weiteten sich. Er starrte die beiden Frauen abwechselnd an.

„Sind Sie ganz sicher, dass Sie wegen meines Bruders Tobias hier sind? Soll ich Ihnen ein Bild holen?"

Er wirkte völlig verwirrt. Manuela fand keine Erklärung für sein Verhalten. Plötzlich erschrak die Ermittlerin. Da weder Verwandte noch ein Lebenspartner erreichbar waren, hatten sie bislang auf die Identifizierung verzichten müssen. Das hatte auch niemand für nötig erachtet. Fotos in der Wohnung und dem Mobilheim des Opfers sowie die passenden Ausweispapiere, Verträge auf den Namen Tobias Schwarz, alles war so banal und eindeutig. Florian Schwarz kam mit einem Bild seines Bruders zurück und reichte es Manuela.

47

Annette war an diesem Morgen bereits um acht Uhr aus dem Haus gegangen. Wo sich seine Mutter aufhielt, wusste er nicht. Der Umstand, dass er, kurz nachdem sie das Haus verließ, ein Auto hatte wegfahren hören, stimmte Heinrich nachdenklich.

Er setzte sich an den alten Küchentisch im zum Büro umfunktionierten ehemaligen Bügelzimmer seiner Mutter und schaltete den PC ein. Die halbe Nacht über hatte er sich schlaflos im Bett hin und her gewälzt. Quälte sich mit der Frage, ob er sich geirrt hatte. Das ist der Anfang, so fühlt es sich an, das schleichend beginnende Alter, ging es ihm durch den Kopf. Es war zugleich der Punkt, der ihn mit einem Satz aufstehen ließ. Weder fühlte er sich alt noch senil. Dass er keine logische Erklärung fand, musste nicht heißen, dass es keine gab.

Das Betriebssystem begrüßte ihn mit einer blechern klingenden Melodie. Heinrich öffnete den Browser und gab die Adresse einer Zeitungssuchmaschine ein. In die nächste Suchmaske tippte er „Schwarzes Wasser+Leiche". Sekundenschnell füllte sich der Bildschirm mit Links auf Zeitungsartikel. Es handelte sich um dreizehn Berichte, die Heinrich der Reihe nach durchsuchte. Er brauchte nicht sehr viel Zeit, da es ihm einzig um Fotos von der Peripherie des Tatorts ging. Zwanzig Minuten später fuhr er den Rechner enttäuscht herunter. Er massierte die Schläfen, dachte angestrengt nach. Heinrich erinnerte sich an die aktive Zeit. Es hatte ihn damals immer wieder gewundert, dass Pressefotografen an Tatorten oder in Konferenzen Unmengen Bilder schossen. Minuten später fuhr Heinrich mit dem Fahrrad in die Stadt.

Als er die Weseler Geschäftsräume des Rheinischen Boten betrat, fühlte er sich unbehaglich. Was sollte er Camel sagen, wenn dieser ihm hier begegnen würde?

Auf dem Weg durch das Großraumbüro der Redakteure atmete er auf. Lediglich Trixie saß an ihrem Schreibtisch, sie grüßte ihn freundlich. Weil Heinrich sie nicht duzte, auf der anderen Seite nur ihren Spitznamen kannte, entgegnete er ein lapidares „Hallo". Es war ihm peinlich.

Heinrich klopfte an die offene Tür des Chefredakteurs. Sennheiser stand sofort auf und begrüßte ihn mit Handschlag. Sie kannten sich seit dreißig Jahren. Heinrich schätzte die besonnene Art des Journalisten. Seit der Ausrichtung eines Polizeifestes, das der Rheinische Bote unterstützt hatte, duzten sie sich. Ihre Meinung über Camel glich sich in vielen Punkten. Mit einer lockeren Bewegung aus dem Handgelenk bot er Heinrich an, sich an den Besuchertisch am Fenster zu setzen.

„Kaffee?"

Heinrich lehnte dankend ab.

„Was führt dich hierher, Heinrich? Hat Kollege Walther dich wieder geärgert?"

Heinrich lachte.

„Nee, aber der Tag ist noch nicht rum."

„Wie meinst du das?"

„Ich habe das dumme Gefühl, dass dein bester Mann mit meiner Mutter auf Ermittlungstour ist."

Jetzt musste Sennheiser lachen.

„Mein bester Mann sitzt im Kreistag und hört sich eine öffentliche Debatte zur Südumgehung an. Und Camel habe ich zu 'ner Projektwoche des Konrad-Duden-Gymnasiums beordert, da kann er nicht viel kaputt machen."

Heinrich bat Sennheiser um Diskretion, ein Wort, das er Camel gegenüber nicht einmal in den Mund nehmen würde. Bei dem Chefredakteur wusste er es gut aufgehoben.

„Deine Leute haben sicherlich eine Reihe mehr Fotos gemacht als die in der Zeitung abgebildeten."

„Garantiert. Worauf willst du hinaus?"

Heinrich wusste, wie gering die Chance sein würde. Joschi war an diesem Morgen nicht an dem üblichen Treffpunkt erschienen. Sollte sich seine Vermutung bewahrheiten und Joschi tatsächlich in den Fall verstrickt sein, wäre es möglich, dass er sich irgendwo dort aufgehalten hatte. Sennheiser wirkte nachdenklich.

„Du glaubst, der Mörder ist an den Tatort zurückgekehrt?"

„Möglich."

Nach einem längeren Telefonat nahm Sennheiser Heinrich mit in den Redaktionsraum. Mittlerweile layouteten zwei Kollegen Teile der morgigen Ausgabe.

„Herr Overman hat's nicht gerne, wenn jemand an seinen Rechner geht. Er war so gnädig, es seinem Chef zu erlauben."

Während Sennheiser sich hinter den riesigen Monitor setzte, kniff er Heinrich ein Auge zu. Heinrich wunderte sich, mit welcher Geschicklichkeit der Chefredakteur sich durch eine Reihe Menüs hangelte, deren Namen Heinrich in dieser Geschwindigkeit nicht lesen konnte. Innerhalb weniger Sekunden füllte sich der Bildschirm mit Hunderten kleiner Ordner.

„Overman ist Jäger und Sammler", schmunzelte Sennheiser, „er hebt jedes einzelne Bild auf. Zu jedem noch so uninteressanten oder alten Artikel. Seine Festplatte ist die größte von allen, aber er jammert ständig rum, dass er eine neue benötigt."

Langsam scrollte Sennheiser auf dem Bildschirm herunter, bis er endlich fündig wurde. Nachdem er die Datei „Toter Schwarzes Wasser" geöffnet hatte, tauchten blitzschnell unzählige Bildchen von der Größe eines Daumennagels auf. Sicherheitshalber schloss er den Ordner und fertigte eine Kopie an. Es dauerte über zwei Minuten, bis der Rechner die Fotos übertragen hatte. Sennheiser erhob sich.

„Voilà. Damit kannst du machen, was du willst. Falls du mich brauchst, ich bin am Ende des Ganges."

Heinrich überschlug die Summe der Aufnahmen und kam auf eine Zahl weit über dreihundert. Für eine sinnvolle Suche löschte er zunächst alle Tatortaufnahmen, die nicht in Frage kommen konnten. Er versuchte, sich in die Person des Täters hineinzuversetzen. Dieser hatte die Tat um jeden Preis verschleiern wollen. Ihm waren das Erscheinungsbild, der erste Eindruck wichtig. Für den Täter war also entscheidend, wie die Polizei reagieren würde. Er musste wissen, ob sie den Fundort als Tatort erkennen und somit kriminaltechnisch behandeln würden oder nicht. Also konnten auch alle Fotos, die vor Eintreffen der Polizei gemacht wurden, entfernt werden. Heinrich klickte auf ein Foto, um es bildschirmfüllend darzustellen. Er erkannte eine Reihe Journalisten, einige Mitarbeiter der biologischen Station und am linken Rand Manuela Warnke und Adriano. Ein Arzt war noch nicht dort, sie mussten also eben erst eingetroffen sein. Heinrich schaltete zur nächsten Aufnahme. Vier Uniformierte drängten die Medienvertreter weiträumig zurück, Manuela und Adriano befanden sich direkt neben der Leiche. Adriano beugte sich hinunter. Die Perspektive war leicht verändert. Im Hintergrund war das Seeufer fast bis zur anderen Seite einsehbar. Heinrich hatte bereits das nächste Bild eingeblendet, als ein Reflex ihn zurückschalten ließ. Er vergrößerte die Aufnahme und schob den Bildschieber an den linken Seitenrand. Die helle Stelle hinter einem der Bäume am Hauptweg hatte er im ersten Moment für ein Blatt gehalten. Die nächste Vergrößerungsstufe bestätigte seine Vermutung. Es handelte sich um eine Hand, die einen Ast umfasste. Leider war der Rest abgeschnitten. Bei den folgenden Bildern handelte es sich ausschließlich um Tatortaufnahmen. Sogar die Bestatter und der Zinksarg waren dem Fotografen einige Aufnahmen wert gewesen. Heinrichs Optimismus schwand von Bild zu Bild. Bis er feststellte, dass die Fotos nicht chronologisch gespeichert waren. Die nächste Aufnahme zeigte die Ermittler bei der Leiche. Auf einem der weiteren Bilder wurde der Arzt sichtbar. Der nächste Klick brachte die Ernüchterung: Keine weitere Dateien vorhanden, meldete ein kleines Fenster.

„Fündig geworden?“

Heinrich drehte sich erschrocken herum. Er hatte den Mann hinter ihm nicht bemerkt.

„Urs Overman, angenehm.“

Der Händedruck nötigte Heinrich eine umständliche Verrenkung ab. Overman trug einen ellenlangen Oberlippenbart, der an den Enden kunstvoll gekräuselt war. Die langen grau melierten Haare waren hinten zu einem Zopf gebunden. Er trug eine Brille, deren runde Gläser die Größe eines Zweieurostücks kaum überschritten.

„Nein", antwortete Heinrich wahrheitsgemäß, „obwohl ich einmal nah dran war."

Er zeigte Overman das Bild mit der Hand.

„Ich würde liebend gerne wissen, wem diese Hand gehört."

„Hm …", Overman zwirbelte gedankenversunken eine weitere Locke in seinen Oberlippenbart, „haben Sie schon im Papierkorb nachgesehen?"

Heinrichs Augen wanderten automatisch auf den Drahtkorb neben dem Schreibtisch. Overman schmunzelte. Er griff nach der Maus und öffnete den virtuellen Papierkorb. Wieder füllte sich der Monitor mit unzähligen Symbolen.

„Ich kann mich schlecht trennen", bemerkte der Fotograf achselzuckend. Nach einigen weiteren Klicks öffneten sich Fotos vom Tatort. Auf dem ersten war in der Horizontalen bis zur Hälfte eine verschwommene Hand erkennbar. Ich habe einfach weitergeschossen, während die Polizei uns zurückgedrängt hat", erklärte Overman. Die Pinselhaare seines Schnäuzers kitzelten Heinrichs Wange, während der Fotoreporter im Schnelldurchgang den virtuellen Abfalleimer durchwühlte. Mit höchster Konzentration verfolgte der pensionierte Hauptkommissar das Geschehen.

„Da", rief Overman und stoppte den Schnelldurchlauf abrupt. Erstaunt betrachtete Heinrich eine missglückte Aufnahme. Das Bild war um ungefähr dreißig Grad geneigt, rechts waren noch die Oberkörper der Polizisten abgelichtet, die linke Bildhälfte reichte bis unter die Baumkronen.

„Eine Wurzel, ich habe im Fallen abgedrückt", entschuldigte sich Overman. Heinrich sah stumm auf den sich verengenden Weg im Hintergrund. Auf sein Bitten vergrößerte Overman diesen Ausschnitt, was eine spürbare Verschlechterung der Bildqualität nach sich zog.

Die Stelle befand sich circa fünfzig Meter oberhalb des Tatortes und blieb dennoch völlig unbeobachtet. Die Person hatte sich halb umgedreht, wenige Sekunden später würde sie den Ort verlassen haben. Sie trug eine dunkle Hose, eine gräuliche Jacke, ein Tuch um den Hals, welches das halbe Kinn verdeckte, und – eine knallrote Baseballkappe. Heinrich stockte der Atem.

48

Zu seiner Verärgerung war Camel von Sennheiser dazu verdonnert worden, über eine Projektwoche der Schüler des Konrad-Duden-Gymnasiums zu berichten. Die Lehranstalt war bereits im 13. Jahrhundert gegründet worden und zählte damit zu den ältesten in Deutschland. Ihre Reputation machte sie für die Medien immer wieder interessant.

Die Müllsammelaktion am Auesee fand der Redakteur wenig originell. Mitten in ein Gespräch mit dem Direktor der Schule meldete sich sein Handy.

Es gibt eine heiße Spur. Können Sie mich abholen?

Das war alles, was die Kontaktperson seines Vertrauens geheimnisvoll in den Hörer flüsterte. Warum konnte die Oma nie eine klare Ansage machen?, ärgerte sich der Redakteur. Er musste sich entscheiden. Camel sah den Schuldirektor an. Dann zog er kurzerhand eine zerknitterte Visitenkarte aus der Tasche und überreichte sie ihm.

„Ich muss leider dringend weg. Sind Sie bitte so freundlich und mailen mir ein paar Bilder von der Aktion? Den Rest können wir heute Abend telefonisch machen."

Ohne eine Antwort abzuwarten ließ er den erstaunten Pädagogen stehen und machte sich auf den Weg zur Jülicher Straße.

„Sie warten hier auf mich!"

„Wie bitte?"

„Wir dürfen nicht auffallen."

Mit einem Augenzwinkern erstickte sie weitere Nachfragen. Camel sah ihr mit verkniffenem Gesichtsausdruck hinterher, bis die Seniorin in der kleinen Stichstraße verschwand.

„Bin ich dein Chauffeur, oder was?", machte der Redakteur seinem Ärger lautstark Luft. Erst dann fiel ihm auf, dass sie Recht hatte. Als Kommilitone Walterscheidt konnte er schlecht die Detektivin begleiten. Ihm blieb die naive Hoffnung, sie würde ihm bei der Rückfahrt umfangreich Bericht erstatten.

Verwundert bat Jasmin Wagner ihren Gast ins Haus. Sie war dabei, einen Salat zuzubereiten, und führte Frau Grimm in die Küche.

„Ich dachte, es sei alles erledigt?“, fragte die Gastgeberin misstrauisch.

„Eigentlich schon, bis auf eine Kleinigkeit.“

Die Seniorchefin der Detektei „Grimm & Sohn“ öffnete die Handtasche und zog einen Umschlag hervor.

„Die Rechnung, ich war gerade in der Nähe, da dachte ich …“

Sie hielt Frau Wagner den Umschlag fordernd hin. Diese schnappte mit einem beherzten Griff danach. Der Umschlag war nicht zugeklebt, sie entnahm ihm eine handschriftlich verfasste Rechnung. Frau Grimm schämte sich in dem Moment für die mangelnde Professionalität ihres Sohnes.

„897 Euro?“

Mit weit aufgerissenen Augen betrachtete sie die Summe erneut, als könnte sie sie dadurch verringern.

„Ja, Sie hatten Glück, sind gerade noch in unseren Eröffnungsspartarif gerutscht. Den Tagessatz zu 299 Euro, ist das nicht fantastisch? Das ist noch nicht alles. Bei sofortiger Barzahlung gibt’s noch einmal zwanzig Prozent Rabatt, das wären … Moment … ach, sagen wir 800, weil Sie es sind.“

Frau Wagner faltete die Rechnung und legte sie wortlos auf einen Stapel Prospekte und Zeitungen auf der Fensterbank.

„Seltsam“, eröffnete Gertrud Grimm zweideutig.

„Was meinen Sie?“

„Na, dass Sie uns ausgerechnet jetzt den Auftrag entzogen haben. Immerhin ist Ihr Freund ermordet worden. Interessiert es Sie nicht, wer ihn umgebracht hat?“

„Ich denke, das wird die Polizei herausfinden.“

„Die Polizei? Die Polizei hat Ihren Mann verhaftet. Und der kann es nun wirklich nicht gewesen sein.“

Jasmin Wagner stand auf, wandte ihrem Gast den Rücken zu und hantierte an der Kaffeemaschine.

„Schön wäre es. Ich mag mir gar nicht vorstellen, dass ich daran schuld bin … Aber wieso kann er es nicht gewesen sein?"

„Weil es einen weiteren Mord gab. Bei dem Opfer handelt es sich um einen gewissen Hans Joachim Olischek."

„Davon weiß ich nichts. Was hat das mit dem Mord an Thomas zu tun?"

„Durch meine exzellenten Kontakte zur Weseler Polizei weiß ich, dass beide Taten miteinander in Verbindung stehen. Nun frage ich Sie, weshalb sollte Ihr Mann Hans Joachim Olischek, einen Obdachlosen, getötet haben? Einen Tag nach dem Tod Ihres Liebhabers?"

„Das … ich …"

Frau Grimm blieb die stetig wachsende Nervosität der Gastgeberin nicht verborgen.

„Keine Ahnung. Wissen Sie, mein Mann und ich haben uns auseinandergelebt."

„Ich bin sicher, er wird bald entlassen. Es ist nie zu spät für einen Neuanfang. Wenn Sie beide erst mal frei sind."

Jasmin Wagner ließ sich langsam auf den Stuhl zurückgleiten. Ihr Gesicht wurde blass.

„Wieso beide?"

„Wenn Ihr Mann es nicht war, wird man Sie verdächtigen. Wie ich hörte, ermittelt die Polizei bereits gegen Sie. Aber machen Sie sich keine Sorgen, die Weseler Polizei leistet sich zwar gelegentlich einen Fehlschuss, aber letztendlich finden sie immer den wahren Täter. Bevor ich es vergesse: Wäre nett, wenn Sie den Betrag rasch überweisen, man kann nie wissen, wie lange sich die Untersuchungshaft hinzieht. Tja, ich muss dann mal wieder, Frau Wagner, viel Glück."

Camel fuhr erschrocken hoch, als sie die Beifahrertür aufriss.

„Ich habe das Netz der Spinne zerstört."

„Aha."

Camel hatte nicht die geringste Ahnung, was sie ihm sagen wollte.

„Und jetzt?", fragte er hilflos.

„Sie ist in Zugzwang. Wir müssen sie beschatten."

Frau Grimm drehte die Rückenlehne zurück und machte es sich gemütlich. Camel dachte an den nahenden Redaktionsschluss.

„Haben Sie alles dabei, Thermoskanne Kaffee, belegte Brote?"

„Wie bitte? Nein! Ich kann hier nicht stundenlang rumstehen. Ich muss den Artikel über die Projektwoche fertig machen."

„Was? Wir ermitteln hier in einem Doppelmord, sind der Mörderin auf der Spur, und Sie interessieren sich für eine Projektwoche? Bitte – fahren Sie."

Die Seniorin deutete pikiert auf das Lenkrad. Camel machte einen perplexen Eindruck.

„Herr Walther, ich muss sagen, ich habe Sie überschätzt. Ich habe geglaubt, bei Ihnen wäre der größte Kriminalfall in der Geschichte des Niederrheins in guten Händen. Sei's drum, setzen Sie mich bitte vor der Redaktion der Weseler Morgenpost ab, ich muss mich um Ersatz bemühen."

Frau Grimm drehte das Gesicht grinsend zum Seitenfenster. Man muss auch mal delegieren können, dachte Camel und wählte Trixies Nummer.

„Hallo, Trixie. Ich habe eine Superidee. Am Auesee findet doch die diesjährige Projektwoche des Konrad-Duden statt. Wir berichten mit einem Dreispälter inklusive Foto darüber, ich habe mir gedacht, das wäre doch mal was …"

„Nein!"

„… für dich", endete er zaghaft. „Trixilein, ich bin an einer Riesenstory dran, bitte nur dieses eine Mal. Die Handynummer vom Direktor liegt auf meinem Schreibtisch. Danke, Trixie, du hast was gut bei mir."

Ohne eine Antwort abzuwarten, beendete Camel das Gespräch. Zehn Minuten später schoss das schwarze Sportcoupé aus der Stichstraße.

49

Manuela besah sich das Foto nur flüchtig, Mareike betrachtete es genauer. Es gab nicht den geringsten Zweifel, bei dem Toten aus dem Wohnmobil handelte es sich um Tobias Schwarz.

„Was wollten Sie damit sagen, dass Ihr Bruder kein Verhältnis mit Jasmin Wagner haben konnte? Sie kennen die Dame doch gar nicht?"

„Das brauche ich nicht, ich kenne meinen Bruder, das reicht. „Mein Bruder ist …, er war schwul."

Rumms. Mit einem kurzen Satz kippte Florian Schwarz alle bisherigen Erkenntnisse. Manuelas Gedanken rasten. Fragen stürmten auf sie ein. Wusste Jasmin Wagner davon? … War sie die Eifersüchtige? … Was ist mit Olischek? …

„Können Sie Bisexualität ausschließen?", unterbrach Mareike die Überlegungen ihrer Kollegin.

„Ja, nein … also, na ja, wir haben das Thema nicht vertieft. Meine Güte, mein Bruder ist tot und Sie stellen mir Fragen über sein Sexualleben."

„Es tut mir leid, Herr Schwarz."

„Können Sie denn sagen", übernahm Manuela vorsichtig, „wie er damit umgegangen ist? Ich meine, hat er sich geoutet, stand er öffentlich dazu?"

Ihr Gastgeber legte den Kopf in den Nacken, massierte mit beiden Händen das Gesicht.

„Tobias hat mich darum gebeten, es niemandem zu erzählen. Er hatte auch nie einen Partner, außer flüchtigen Urlaubsbekanntschaften. Für meinen Bruder war Sex nicht wichtig. Nach dem Studium hat er ein Jahr in einem Kloster verbracht. Seitdem sprach er davon, diesen Weg eines Tages fortsetzen zu wollen."

„Die passten nicht zusammen, absolut nicht.“

Manuela bog am Hotel Voshövel links auf den Postweg Richtung Hünxe.

„Stimmt allerdings“, antwortete Mareike, „mit einem schwulen Mann könnte ich mir keine Affäre vorstellen, nicht mal mit einem bisexuellen Partner. Dann schon eher …“, sie sprach nicht weiter.

„Meinst du, er war das Bauernopfer, mit dem sie Christian Wagner für immer aus ihrem Leben verbannen wollte?“

„Seine Haare am Tatort, ein Hemdknopf, das verbrannte Hemd, von dem ausgerechnet der Blutfleck verschont blieb, nicht wirklich überzeugend. Das kann jeder manipuliert haben. Den abgerissenen Fingernagel könnte Jasmin Wagner im Haus gefunden haben.“

Mareike nickte stumm. Eine Weile waren nur das monotone Brummen des Motors und der Fahrtwind zu hören. Sie fuhren mittlerweile über die Schermbecker Landstraße. Das Navigationsgerät hatte die Strecke durch Brünen und später über die Bundesstraße 70 empfohlen. Mareike empfahl den schnelleren Weg über die B58. Vor ihnen fuhr ein Traktorgespann.

Manuela dachte an Christian Wagner. Die Körpersprache, die Wut über die Verhaftung, das Selbstverständnis, mit dem er seine Freilassung erwartete, all das wirkte echt. Aber was würde übrig bleiben, wenn Wagner unschuldig war?

„Das Problem ist, wir haben nicht das Geringste gegen Jasmin Wagner in der Hand. Zu allem Überfluss haben wir noch den Mord an Olischek. Er kann die beiden wohl kaum beim Liebesakt überrascht haben. Somit können wir Erpressung als Motiv für diesen Mord streichen.“

„Es gibt nur eine Möglichkeit: Wir müssen den Zusammenhang finden. Vielleicht sollten wir den Fokus mehr auf Olischek legen?“

Manuela wollte Gewissheit, bevor sie Jasmin Wagner aufsuchte. Sie parkte auf einem Seitenstreifen in der Nähe des Marienhospitals und ging mit Mareike ins Café Fehr. Erwartungsgemäß kannte niemand vom Personal Jasmin Wagner oder Tobias Schwarz. Ebenso verhielt es sich im Welcome Hotel. Sie machten sich die Mühe, einen Großteil des Servicepersonals zusätzlich zu befragen. Weder gab es in der jüngeren Vergangenheit Buchungen unter diesen Namen noch hatte sie irgendjemand dort gesehen.

Im Büro wurde Manuela von Hans Gerd Schmeink, dem Leiter der KTU Duisburg, begrüßt. Adrianos zufriedener Gesichtsausdruck machte die Ermittlerin skeptisch. Schmeink nahm eine Kladde vom Schreibtisch und hielt sie ihr entgegen.

„Schon gut, was gibt es Neues?"

Schmeink lächelte schwach.

„Der Untersuchungsbericht vom Mercedes GLK, Wagners Auto", sagte er. Manuela versprach sich davon nicht viel.

„Auf den ersten Blick war der Wagen absolut sauber. Kaum persönliche Dinge, außen und innen porentief rein. Das macht einen erfahrenen Kriminaltechniker natürlich stutzig. Wir haben uns die Karre daraufhin genauer angesehen. In der Mulde des Reserverades fanden wir einen benutzten Putzlappen neben einer Flasche Fensterreiniger. Sah völlig unschuldig aus, ich habe den Lappen trotzdem ins Labor gebracht. Und siehe da: Treffer. Es konnten geringe Mengen in Wasser aufgelöstes Parathion nachgewiesen werden. Der Volksmund nennt es E605. Man hat es früher als Rattengift in Pulverform ausgelegt. Eine Anwendung in flüssiger Form ist zwar effektiv, wie der Mord an Herrn Olischek beweist, aber durchaus unüblich. Wir haben daraufhin die Kleidung des Opfers untersucht und tatsächlich winzige Reste von dem Zeug im Gewebe des Hemdes entdeckt. Wie immer das Beste zum Schluss: Der Grad der Verdünnung ist absolut identisch, die Qualität des verwendeten Parathion ebenfalls. Ergo haben wir im Kofferraum, wenn Sie so wollen, die Tatwaffe, oder zumindest die Munition, gefunden."

Manuela war verwirrt.

„Damit dürfte sich auch der zweite Mord schnell aufklären lassen“, konstatierte Adriano gut gelaunt.

Schmeink verließ das Büro, Manuela las aufmerksam die Berichte.

„Dr. Klein hat angerufen und nach dir gefragt, er wollte dich nicht auf dem Handy anrufen, na ja. Auf jeden Fall ist die Tatwaffe unter den Messern aus Wagners Haus gewesen, ein Steakmesser Typ … Moment …“

„Schon gut, waren die Messer bei der KTU?“

„Ja. Der Bericht müsste auf deinem Schreibtisch liegen.“

Manuela fand ihn sofort. Es konnten keinerlei Spuren an den Messern gesichert werden, las sie. Der Laborbericht bezüglich des Hemdrestes lag ebenfalls vor. Die Blutreste im Gewebe stammten zweifelsfrei von Tobias Schwarz, ansonsten ebenfalls keinerlei weitere Spuren. Sie schob die Berichte zur Seite und schlug die Akte Olischek auf.

Der Todeszeitpunkt war nicht genau definiert. Gefunden wurde die Leiche um 7.45 Uhr. Davor hatten Vertreter der biologischen Station den Uferbereich kontrolliert. Manuela rief dort an. Ein freundlicher Mitarbeiter erklärte nach längerem Überlegen, dass er exakt mit Beginn der 6.30-Uhr-Nachrichten sein Fahrzeug bestiegen hatte und er gegen 6.45 Uhr am Schwarzen Wasser angekommen war.

Zehn Minuten später betrat Manuela die Untersuchungszelle. Christian Wagner rief bei ihrem Anblick sofort nach seinem Anwalt.

„Beruhigen Sie sich bitte, Herr Wagner. Meine Aufgabe ist es nicht in erster Linie, Sie ins Gefängnis zu bringen, sondern die Wahrheit herauszufinden. Es geht um Ihr Alibi im Mordfall Olischek.“

„Das wird immer toller.“

Wagner hechtete mit einem Satz von der Pritsche und stellte sich dicht vor Manuela.

„Was wollen Sie mir noch alles unterschieben? Ich kenne keinen Olischek."

„Prima. Dann sagen Sie mir einfach, wo Sie letzte Woche Donnerstag zwischen 6.25 Uhr und 7.45 Uhr gewesen sind."

„Ohne meinen Anwalt sage ich überhaupt nichts mehr!"

Manuela setzte sich an den kleinen Tisch. Mit einer Geste bedeutete sie Christian Wagner, dass er sich zu ihr setzen sollte.

„Herr Wagner, dies ist ein privates Gespräch zwischen uns. Ich verspreche Ihnen, keiner hört mit. Es hätte auch keinen juristischen Bestand, da Ihr Anwalt nicht dabei ist. Bitte glauben Sie mir, ich möchte einzig und alleine die Wahrheit finden."

Wagner beruhigte sich. Er lehnte sich auf dem Stuhl zurück und verschränkte abwehrend die Arme vor der Brust.

„Gut. Es gibt eine Reihe Indizien, die für Ihre Schuld sprechen."

Manuela erwähnte den aktuellen Bericht der KTU vorerst nicht. Es würde nur für neue Spannungen sorgen.

„Gegen Ihre Schuld spricht bislang lediglich das fehlende Geständnis. Ich bin trotz allem nicht von Ihrer Schuld überzeugt, möglicherweise irre ich mich. Aber ich werde alles unternehmen, das herauszufinden. Es wäre in dem Zusammenhang wirklich sehr hilfreich, wenn Sie meine Frage beantworten würden. Wo waren Sie an diesem Donnerstagmorgen, Herr Wagner?"

Wagner rollte die Augen und machte eine wegwerfende Handbewegung.

„Um halb sieben bin ich spätestens an der Baustelle. Als leitender Architekt beginne ich gerne zeitgleich mit den Ingenieuren. Das vereinfacht den Ablauf."

„Auch an diesem Tag?"

„Ich sagte spätestens. In der Regel bin ich um Viertel nach sechs im Baucontainer und trinke noch in Ruhe einen Kaffee, auch an diesem Tag, Frau Kommissarin."

Ein wenig freute Manuela sich. Obwohl er sich alle Mühe gab, war er ihr nicht unsympathisch.

„Mit welchem Fahrzeug waren Sie dort?“

„Mit dem Mercedes natürlich. Jasmin hat ihren eigenen Wagen. Außerdem musste sie an diesem Morgen beruflich nach München.“

„In Ordnung. Wir überprüfen das, aber ich denke, Sie haben sich und uns sehr geholfen.“

„Hat er den Mord an Olischek gestanden?“

Manuela fühlte sich alleine. Verstärkung würde frühestens Mittwoch kommen, hatte Engels ihr mitgeteilt, nachdem er einen herzerweichenden Vortrag über den aktuellen Personalnotstand vom Stapel gelassen hatte.

„Nein, Adriano, das wird er auch nicht. Er hat ein Alibi“, Manuela wählte währenddessen die Nummer der Dinslakener Polizei und bat die Kollegen, Wagners Angaben zu überprüfen.

50

„Mist! So ein elender verfluchter Mist!"

Sie war außer sich vor Wut. In schnellen Schritten stampfte sie durch den großen Raum.

„Beruhige dich. Es läuft alles nach Plan."

Sie fuhr herum und schrie ihn an: „Nach Plan? Ich sitze bald in Untersuchungshaft. War das dein Plan?"

Er saß im breiten Sessel aus schwarzem Leder und beobachtete sie entspannt. Während sie weiter unruhig umherlief, schenkte er sich Rotwein nach.

„Warum lässt du dich von einer alten Schachtel verrückt machen?"

„Weil sie Recht hat. Dein Plan ist unlogisch. Die Polizei kommt sehr bald darauf, dass mein Mann keinen Grund hatte, Olischek umzulegen. Überhaupt: Olischek. Wir hätten ihn kaufen sollen, wäre bei einem Penner kein Problem gewesen."

„Die Polizei wird sehr bald keine Wahl mehr haben. Erinnerst du dich, dass du vor zwei Wochen mit seinem Wagen hier warst? Was Olischek betrifft, die Sache ist zu wichtig, da musste eine dauerhafte Lösung her."

Er war mittlerweile aufgestanden und nahm sie in den Arm.

„Vertrau mir", flüsterte er ihr ins Ohr.

„Wie lange dauert es noch?"

Sie löste sich aus seiner Umarmung.

„Sobald sie den kompletten Bericht der KTU vorliegen haben, schließt sich der Kreis. Ihnen bleibt keine andere Wahl, als deinen Mann dem Haftrichter vorzuführen. Im Falle Olischek werden sie sich zwar den Kopf über das Motiv zerbrechen, aber nutzen wird es ihnen nichts. Die Indizienkette hält, auch vor Gericht. Glaub mir, ich habe mich lange genug mit so was beschäftigt. Danach tauche ich sicherheitshalber für eine Weile unter und dann beginnen wir ein neues Leben!"

51

Camel trat das Gaspedal bis zum Anschlag durch. Er raste in einem Irrsinnstempo über die Emmericher Straße Richtung Wesel. In einem waghalsigen Manöver überholte das Coupé wenige hundert Meter vor ihnen einen Lkw. Eine Sekunde später begegneten sie einem aufgeregten Taxifahrer, dessen Lichthupe immer noch energisch blinkte. Camel zog den Mustang einen halben Meter über die Mittellinie. Der starke Gegenverkehr ließ ihn wieder auf die Fahrbahnmitte schwenken. Fluchend schlug er aufs Lenkrad.

„Ruhig, sie fährt zum Campingplatz."

Frau Grimm, die sich mit beiden Händen an den ausgeleierten Gurt krallte, entwickelte erste Theorien. Der Lkw bog an der Kreuzung Bislicher Straße links Richtung Flürener Wasserwerk ab. Die Fahrbahn vor ihm war leer.

„Rechts", schrie die Seniorin.

Camel riss das Lenkrad herum, wütendes Hupen hinter ihm erinnerte an den vergessenen Blinker. Kurz vor dem Weseler Ortsteil Flüren sahen sie das Coupé wieder. Der schwarze Sportwagen schoss mit quietschenden Reifen durch den Kreisverkehr am Ortsrand. Eine halbe Minute später raste auch Camel schleudernd durch den Kreisel. Gertrud Grimm dachte an ihren Besuch bei Semmelstedt, der Taxifahrer war ebenfalls hier langgefahren. Das Coupé war zu schnell. Camel überschritt die zulässige Höchstgeschwindigkeit um das Doppelte. Am Flürener Weg bremste er scharf ab und nahm die Kurve mit abenteuerlicher Schieflage. Eine junge Frau konnte gerade noch zur Seite springen und ließ erschrocken die Einkaufstüten fallen. Wieder sahen sie nur die Bremslichter des abbiegenden Wagens, viel zu weit entfernt.

Seit zwanzig Minuten kurvte Camel durch die Siedlung, fuhr zum dritten Mal über Mars-, Venus-, Sonnen- und Sternstraße. Ohne Erfolg. Zum dritten Mal versuchte er, Frau Grimm davon zu überzeugen, die anscheinend sinnlose Suche auf weitere Teile Flürens auszudehnen.

„Nein, das ergibt keinen Sinn."

Frau Grimm hatte im Seitenfach der Tür eine alte Karte Wesels entdeckt und studierte diese.

„Über die Sternstraße fährt man nur, wenn man in diese Siedlung möchte."

„Vielleicht hat sie uns bemerkt", erwiderte Camel zögerlich.

„Möglich, auffällig genug waren Sie ja."

Camel hatte offensichtlich die Fitness seines altersschwachen Mustangs überschätzt. Das gelegentliche Quietschen beim Fahren wurde konstanter und nahm deutlich an Lautstärke zu. Er wollte dem Schwächling eine Pause gönnen und tuckerte im Schritttempo über die Jupiterstraße. Frau Grimms Aufschrei riss ihn aus dem Gedanken, ob Trixie den Artikel wirklich schreiben würde. Camel nahm im letzten Moment das auf der Marsstraße vorbeihuschende Sportcoupé wahr. Sofort trat er das Gaspedal durch. Das Quietschgeräusch steigerte sich zu einem letzten schrillen Ton. Fast zeitgleich leuchteten zwei rote Lämpchen auf. Frau Wagner fühlte sich sicher, wählte einen deutlich ruhigeren Fahrstil. Auf dem Flürener Weg bemerkte Frau Grimm die Warnlichter im Tachometer.

„Was bedeutet das?"

Camel winkte achtlos ab, murmelte ein „Ist was für Mädchen" und kümmerte sich um die Verfolgung. Ein drittes Mal hängst du mich nicht ab, dachte er. Sie fuhren durch den Ort, Richtung Bislich. Am rechten Fahrbahnrand parkte ein Lieferwagen, Frau Wagner wartete dahinter. Camel ließ eine Lücke von fünfzig Metern. Sie fuhr zunächst langsam am Lieferwagen vorbei, scherte ein und beschleunigte danach vehement.

„Mist, sie hat uns erkannt", Camel presste das Gaspedal aufs Bodenblech. Kurz hinter dem Ortsausgangsschild drangen Nebelschwaden aus der Motorhaube.

„Vielleicht bedeuten die Lampen doch etwas", bemerkte Frau Grimm. Camel kniff die Lippen zusammen.

Frau Wagner bremste ab, konnte ein Traktorgespann nicht überholen. Wie eine Schlange kroch das Sportcoupé über die kurvenreiche Landstraße, überquerte immer wieder hektisch die Mittellinie, um im selben Moment erschrocken gegenzulenken. Der Nebel wurde dichter, eine weitere rote Warnlampe bettelte um Beachtung. Camels Augen wanderten auf die kleine Temperaturanzeige. Die Nadel klebte am rechten Rand. Entnervt gab der Redakteur auf und steuerte den Mustang auf den Grünstreifen.

„Verdammter Bockmist", fluchte er, nachdem er die Motorhaube geöffnet und sich die Hand am heißen Kühlerdeckel verbrannt hatte, „und alles umsonst. So eine verdammte Scheiße!"

„Umsonst. Ich denke, wir sind ein Riesenstück vorangekommen."

Ungläubig hob der Journalist den Kopf.

„Sie flüchtet, nachdem ich sie aufgescheucht habe. Das ist fast wie ein Schuldeingeständnis. Herr Walther, uns ist soeben eine Doppelmörderin abgehauen."

Außerdem gibt es einen Komplizen, ich weiß auch schon, wie er aussieht, dachte die Seniorin, behielt diese Erkenntnis aber für sich.

„Mist", wiederholte Camel sich, dann wurde er nachdenklich. Doppelmörderin, schoss es durch seinen Kopf. Es klang nach Aufmacher, nach Sensation, nach Erfolg. Der Schaden an seinem Mustang geriet blitzschnell in Vergessenheit. Er musste sofort in die Redaktion.

52

„Herr Wagner war ab 6.15 Uhr bis zur Mittagspause um zwölf Uhr durchgehend auf der Baustelle. Das haben mehrere Zeugen zweifelsfrei bestätigt. Außerdem konnte er mit seinem Fahrzeug nicht weg, weil ab halb sieben zwei Schuttcontainer direkt hinter dem Pkw am Containerparkplatz abgestellt wurden. Die stehen immer dort, weil vor der Mittagspause niemand weg muss."

Manuela bedankte sich bei dem Dinslakener Kollegen. Adriano hatte das Gespräch entgegen genommen und den Lautsprecher eingeschaltet.

„Das gibt es nicht", staunte Adriano, „sogar sein Auto hat ein Alibi."

Manuela war nicht überrascht. Dass das Fahrzeug ebenfalls während der Tatzeit in Dinslaken gewesen war, konnte nur eins bedeuten.

„Jemand wollte Christian Wagner die Schuld in die Schuhe schieben. Weshalb? Ich meine, aus welchem Grund sollte Wagner einen Obdachlosen ermorden? Die Frage ist: Wer hat ein Motiv für diesen Mord?"

„Berechtigte Frage."

Manuela bekam plötzlich das Gefühl, genau an dieser Stelle habe der Täter einen entscheidenden Fehler gemacht. Sie fühlte ihn, sah ihn verschwommen vor sich, doch ihre Gedanken griffen immer wieder ins Leere. Sie musste sich behutsam herantasten.

„Jemand, der genau weiß, dass beide Taten in einem Zusammenhang stehen. Vielleicht jemand, der diese Verbindung hergestellt hat", murmelte die Ermittlerin leise, mehr für sich selbst.

„Nur mal ein blöder Gedanke", Adriano beugte sich über den Schreibtisch, „wäre es möglich, dass der geplante Mord an Tobias Schwarz das Motiv für den Mord an Olischek war?"

„Du meinst, Olischek wusste von dem Plan?"

„Vielleicht hat er unbeabsichtigt davon erfahren."

„Möglich", sinnierte Manuela, „das würde bedeuten, dass Christian Wagner in beiden Fällen unschuldig wäre."

Adriano legte die Stirn in Falten.

„Sieben Messerstiche und ein Tatort voller Spuren sprechen eine deutliche Sprache. Es war ein Eifersuchtsmord nach vorausgegangenem Streit oder sollte zumindest den Anschein erwecken. Das war kein Mord, der eine Woche vorher geplant war. Nicht von Christian Wagner."

„Bleibt seine Frau."

„Die werde ich mir jetzt vorknöpfen."

Sie benötigten keine zehn Minuten vom Kommissariat nach Diersfordt. Manuela wäre eine Vorladung zur Vernehmung lieber gewesen. Dazu fehlte ihnen die rechtliche Handhabe. Gegen Jasmin Wagner lag nichts vor.

Zum dritten Mal klingelte Adriano vergeblich. Sie standen bereits wieder am Auto, da schoss das schwarze Sportcoupé mit quietschenden Reifen in die kleine Stichstraße. Sekunden später parkte Frau Wagner ihr Fahrzeug auf der Garagenauffahrt. Für den Bruchteil einer Sekunde dachte Manuela, sie würde bei ihrem Anblick flüchten wollen.

„Was wollen Sie denn schon wieder?"

„Die Wahrheit erfahren."

„Das würde ich auch gerne", gab sie schnippisch zurück, während sie ihre Gäste ins Haus ließ.

„Sie scheinen es sehr eilig zu haben" eröffnete Adriano am Küchentisch. Genervt zog sie ihre Jacke aus und hängte sie lässig über die Lehne eines nicht benutzten Stuhls. Sie ging nicht auf die Frage ein.

„Frau Wagner", übernahm Manuela, „Sie sagten uns, dass Sie ein Verhältnis mit Tobias Schwarz hatten."

„Ja. Und?"

„Sie haben weiterhin angegeben, sich mit Herrn Schwarz des Öfteren im Café Fehr und im Welcome Hotel getroffen zu haben."

„Worauf wollen Sie hinaus?"

„Welcher Art war Ihr Verhältnis?"

„Meine Güte, das habe ich Ihnen alles erzählt. Wir haben uns geliebt, wollten ein gemeinsames Leben beginnen."

„Wussten Sie, dass Herr Schwarz homosexuell war?"

„Wie bitte?"

„Sie haben richtig gehört."

Ihr Gesicht blieb starr. Manuela spürte die Unsicherheit hinter der Fassade. Frau Wagner stand unerwartet auf und bot den Polizisten Getränke an. Ohne die Antwort abzuwarten, setzte sie sich wieder.

„Nein. Das kann nicht sein."

„Sein Bruder ist sich dessen absolut sicher."

Adriano wirkte ungewöhnlich ernst.

„Im Café Fehr kennt man weder Sie noch Herrn Schwarz, ebenso wenig im Welcome Hotel. Niemand hat sie beide jemals dort gesehen. Wir können gerne gemeinsam dorthin fahren. Ich glaube, Sie hatten gar kein Verhältnis mit Herrn Schwarz. Wie wäre es", Manuela erhob die Stimme, „wenn Sie uns allmählich die Wahrheit sagen würden, Frau Wagner?"

Der harte Ausdruck schwand, die markanten Züge weichten auf wie Wachs in der Sonne. Angst und Unsicherheit spiegelten sich auf Frau Wagners Gesicht. Manuela bemerkte, dass ihre Hände zitterten.

„Ich konnte nicht mehr mit ihm leben. Er wollte die Scheidung nicht, hat mich angefleht, wollte noch eine Chance und noch eine, immer wieder. Ich habe geglaubt, wenn er von einem Liebhaber erfährt, gibt er auf. Ich konnte nicht ahnen, dass er ...", sie schluchzte, wischte Tränen aus den Augenwinkeln. Manuela glaubte ihr nicht.

„Sie sind aus purem Mitleid bei Ihrem Mann geblieben, wollen Sie mir das sagen?"

„Christian ist trotz allem ein netter Mensch. Außerdem", sie zögerte, suchte nach einer glaubhaften Formulierung, „kennen wir uns seit zweiundzwanzig Jahren."

Manuela kamen die Aussagen vor wie eine Kette aneinandergereihter Widersprüche.

„Woher kannten Sie Tobias Schwarz?"

„Er ist ein Geschäftspartner meines Mannes."

„Um welche Geschäfte handelte es sich?"

Jasmin Wagner hob stumm die Schultern. Sie hatten bei der Durchsuchung der Wohnräume einige Dutzend Aktenordner mitgenommen. Mit denen waren Josef Wolters und Mareike Verstappen seit gestern beschäftigt. Ohne einen konkreten Anhaltspunkt glich das Ganze bisher der Suche nach der berühmten Stecknadel im Heuhaufen. Manuela fragte sich, ob das Ehepaar Wagner tatsächlich nichts von der Homosexualität gewusst hatte.

„Frau Wagner, wo waren Sie letzte Woche Donnerstag zwischen 6.25 Uhr und 7.45 Uhr?"

„In München, Verlagshaus Stenzel, ich habe die erste Maschine um 6.20 Uhr ab Düsseldorf genommen, um 11.45 Uhr war ich zurück in Düsseldorf. Möchten Sie die Tickets sehen?"

„Ja."

Jasmin Wagner kam nach einer knappen Minute mit ihrer Handtasche zurück und reichte Manuela die gewünschten Flugtickets von AirBerlin. Der Ermittlerin kam es vor, als habe sie jemand am Schopf gepackt und auf das Ausgangsfeld ihrer Ermittlungen zurückgestellt. Sie bemühte sich um eine Erklärung. Jemand anderer könnte die Maschine betreten haben, alles schon vorgekommen. Sie würden dies überprüfen, aber eine innere Stimme warnte sie vor falschen Hoffnungen. Sie musste die Realität akzeptieren, auch wenn sie ihr ganz und gar nicht gefiel.

Zurück in der Dienststelle führte sie ihr Weg direkt in das Büro von Mareike Verstappen und Josef Wolters. Von Letzterem lugte über einem Stapel Akten nur die kahle Stelle seines Kopfes hervor. Er sah auf und hob Hilfe suchend die Arme.

„Falls ihr gekommen seid, weil ihr den Bau eines Steinkohlekraftwerks plant, habt ihr Glück. Vor euch sitzt der frischgebackene Fachmann. Kompetent in allen Bereichen von der Statik bis zur Bauabnahme. Heute Vormittag habe ich mir die jüngsten Teilgenehmigungsverfahren zur Brust genommen, waren nur knappe fünfzig. Leute, so'n Architekt hat's auch nicht leicht, das sage ich euch. Die kann man von vorneherein für jeden anständigen Mord ausklammern, haben die gar keine Zeit für."

„Die Baustelle kannst du vergessen. Darüber dürften wir nicht weiterkommen."

„Na prima! Ist richtig erbauend."

„Wir haben es eben erst erfahren. Tobias Schwarz hatte irgendwelche privaten Geschäfte mit Wagner laufen."

„Du meinst", fragte Mareike, „die haben sich gegenseitig übers Ohr gehauen?"

„Dann hatte Christian Wagner vielleicht ein ganz anderes Motiv", folgerte Josef Wolters.

„Möglich, auf alle Fälle brauchen wir schnellstens Klarheit. Morgen früh ist der Haftprüfungstermin", sagte Manuela.

„Sag mal, geht's noch?"

Wolters deutete mit ausgestrecktem Arm auf die Uhr an der gegenüberliegenden Wand.

„In zehn Minuten ist Feierabend und hier tummeln sich noch dreißig unbeachtete Akten."

„Zu viert geht es schneller."

Ohne weiteren Protest abzuwarten, zog die Hauptkommissarin zwei Stühle vor die Stirnseite der Schreibtische und bat Adriano mit einer Handbewegung, sich zu setzen. Mit offenem Mund sank dieser auf den Bürostuhl.

53

Schwungvoll wurde die Tür aufgerissen. Sennheiser fuhr erschrocken hoch.

„Chef, ich brauche die Titelseite für morgen. Der Hammer, exklusiv in unserem Blatt."

Camel kannte Sennheiser schon lange, wusste, dass sein Boss vor allen anderen im Büro war und selten vor achtzehn Uhr ging. Daher schob der Redakteur das lang anhaltende Gähnen einem anstrengenden Bürotag zu und fuhr mit nicht nachlassender Vehemenz fort. Zwischen Zeigefinger und Daumen ließ er eine imaginäre Titelzeile am Gesicht seines Vorgesetzten vorbeiziehen und füllte sie währenddessen mit markigen Worten:

„Die schwarze Witwe aus Diersfordt. Doppelmord aus Habgier!"

„Beweise?"

Die betont gelangweilte Nachfrage brachte Camels Sicherheit über den Grund des Gähnens ins Wanken.

„Sie ist geflüchtet, hat mich in einem Irrsinnstempo abgehängt."

„Dürfte nicht die erste Frau sein, die vor Ihnen abhaut. Ist das alles?"

„Nein, Chef. Frau Wagner ist völlig blank. Sie will sich von ihrem Mann trennen. Es gibt einen Ehevertrag, bei einer Scheidung geht sie leer aus. Da kam ihr die Idee, ihrem Mann einen Mord in die Schuhe zu schieben. Der obdachlose Olischek hatte die Aufgabe, Grimm darauf aufmerksam zu machen, dass etwas nicht stimmt. Grimm sollte den Ermordeten finden. Olischek wusste zu viel, er musste verschwinden."

Der Redaktionsleiter schüttelte ungläubig den Kopf, stimmte schließlich ein verhaltenes, dann zunehmend heftiger werdendes Lachen an. Camel bemühte sich um Fassung.

„Tolle Story, leider gibt es einen Haken."

Wieder lachte Sennheiser. Camel fand ihn respektlos. Diese geballte Inkompetenz dürfte dafür sorgen, dass sein Gegenüber bis an das Ende seiner Arbeitstage Redaktionsleiter dieses Käseblättchens bleiben würde. Für den Journalisten ein Grund mehr, endlich Karriere zu machen. Dazu bedurfte es womöglich nur noch dieser einen Megastory. Gut, dachte Camel, Augen zu und durch.

„Welchen Haken?"

„Olischek", Sennheiser hielt sich den Bauch vor Lachen, „ist beim Angeln verhungert, Sie erinnern sich?"

Camel drückte die rechte Faust so fest zusammen, dass die Knöchel weiß hervortraten.

Sennheiser wurde wieder ernst.

„Und was ist mit Wagner? Soviel ich weiß, ist er verhaftet worden."

„Richtig. Aber er wird spätestens morgen früh entlassen, die Beweise sind allesamt von Frau Wagner getürkt."

Camel verschwieg, dass er dieses Wissen aus einem flüchtigen Gespräch mit dem berufsbedingt optimistischen Rechtsanwalt Herrn Wagners auf dem Weg zum Parkplatz hatte.

„Das wird die Polizei morgen im Rahmen einer Pressekonferenz bekannt geben. Wollen Sie diesen Vorsprung wirklich verschenken?"

Nachdenklich massierte Sennheiser sein Kinn. Heinrich Grimm fiel ihm ein, der allem Anschein nach ebenfalls nicht daran glaubte, dass der Ehemann der Täter war.

„In Ordnung. Aber, Walther …"

Camel, schon im Türrahmen, drehte sich um.

„Wenn Sie das versemmeln, schreiben Sie ab sofort für die Wochenendbeilage – und zwar die Seitenzahlen, verstanden?"

Camel nickte freudestrahlend.

54

„Sie warten bitte!"

„Sehr wohl, die Dame."

Eine Nachbarin der Wagners hatte Frau Grimm erklärt, sie könne ihren Neffen vielleicht im Weseler Jachtklub finden. Obwohl es ihr Vorteil war, wunderte sie sich darüber, dass die Anwohner der Kastanienallee so schlecht informiert waren. Wenn ein Nachbar im Gefängnis säße, und wäre es nur für einen Tag, dann wüsste man das doch. Im Fernsehen hatte sie am Wochenende einen Bericht über die soziale Isolation in Großstädten gesehen. Sie nahm sich vor, diesen Punkt beim nächsten Treffen des Müttergenesungswerkes anzusprechen.

Der Jachtklub war bereits geöffnet, ein älteres Paar saß an einem Tisch und diskutierte über das Niedrigwasser des Rheins.

„Wagner, schönen guten Tag. Ich suche meinen Neffen, den Christian. Man sagte mir, ich könne ihn hier finden. Aber", sie sah sich um, „hier ist er wohl auch nicht."

Die beiden tauschten einen betretenen Blick. Sie waren ungefähr fünfzig Jahre alt, braun gebrannt, ihre sportlich-schlanken Körper steckten in gleichfarbigen Jogginganzügen.

„Sie weiß es nicht", murmelte die Frau.

„Tja, also ...", der Mann räusperte sich verlegen, „Ihr Neffe ist bei der Polizei. Er wurde festgenommen. Aber er ist bestimmt unschuldig", setzte er hastig nach.

„Was? Das ist ja furchtbar. Was wird ihm denn vorgeworfen?"

„Er soll seinen Geschäftsfreund Tobias Schwarz ermordet haben. Aber bitte: Machen Sie sich jetzt keine Sorgen, Ihr Neffe ist ganz bestimmt unschuldig."

Frau Grimm atmete betont schwer, zog ein Taschentuch aus der Handtasche, schnappte mit einem beherzten Griff nach der Stuhllehne, wankte. Der Mann sprang sofort hoch und half ihr vorsichtig auf den Stuhl. Sie strich das Taschentuch über die Augen und sah den Mann mit einem, wie sie hoffte, leichenblassen Gesicht an.

„Was macht Sie so sicher?“, flüsterte sie.

„Die beiden haben sich sehr gut verstanden. Vor zwei Wochen, auf der Feier zu Christians Fünfzigsten im Haus Constance, haben sie den ganzen Abend rumgealbert. Ich habe Sie gar nicht dort gesehen.“

„Ich … ähem, nein. Ich hatte mir den Knöchel verstaucht.“

„Das ist sehr schade, es war wirklich eine tolle Feier.“

„Ja, das hat Jasmin mir heute Morgen am Telefon erzählt. Wirklich schade.“

„Das hat sie gesagt?“

„Ja.“

Warum nicht? Was war falsch daran?, überlegte sie fieberhaft. Die beiden tauschten erneut einen flüchtigen Blick, lächelten danach hämisch.

„Die Frau Wagner hatte eine Laune, als hätte es seit Tagen Bindfäden geregnet. Um zehn ist sie rausgegangen, frische Luft schnappen. Um halb zwölf kam Madame wieder. Aber bitte – uns geht das nichts an.“

Die Frau hob dabei abwehrend die Hände.

„Wo war sie denn die ganze Zeit?“

Sie zuckten synchron die Schultern.

„Keine Ahnung“, antwortete der Mann schließlich.

„Manche fanden es komisch, dass sie nicht alleine weg war. Zumindest kam sie in Begleitung eines Mannes zurück. Wir kannten ihn nicht. Ich glaube, es war ein Geschäftsfreund von Christian.“

„Schon gut. Ja“, Frau Grimm seufzte, „ich habe schon lange was gerochen. Ich habe immer gesagt: Pass da auf, Christian. Aber der Junge meinte, ich würde mir das einreden. Um was für Geschäfte ging es eigentlich?“

„Das wissen Sie nicht?“

„Nein, nicht genau. Christian ist ja so umtriebig in geschäftlichen Dingen.“

„Das Luftschloss von Diersfordt", die Dame kicherte genüsslich, „davon hat er garantiert erzählt."

Die Seniorin spürte, dass sie begannen, sich über sie zu wundern. Weitere Fragen wären zu viel des Guten. Man soll gehen, wenn es am schönsten ist, dachte sie, bedankte und verabschiedete sich.

Der Taxifahrer warf den Rheinischen Boten auf den Beifahrersitz und startete den Motor. Wenig später hielten sie vor dem Restaurant Haus Constance in Diersfordt.

55

„Mist", fluchte Annette, als Heinrich und sie vor dem verschlossenen Büro von Manuela und Adriano standen.

Drei Türen weiter, im Büro von Mareike Verstappen und Josef Wolters, wurden sie fündig.

„Immer rein in unser Kabüffken", begrüßte sie Josef Wolters mit aufgesetzter Fröhlichkeit, „hier sind Sie richtig, falls Sie den Kriminaldauerdienst suchen."

„Spätestens Montag bekommen Sie Verstärkung aus Duisburg", wollte die Staatsanwältin beruhigen.

„Montag, ich dachte, die hätten Sie mitgebracht?"

Mit einem Augenzwinkern drückte er Heinrichs Hand. Dem Pensionär überkamen zwiespältige Gefühle. Aber er hatte jetzt keine Zeit dafür. Er kam gleich zur Sache:

„Annette, Frau Gerland, hat mich über den neuesten Stand informiert. Also, Tobias Schwarz war schwul, in Wagners Fahrzeug wurden Spuren des verwendeten Giftes sichergestellt. Das Ehepaar Wagner hat für den Mord an Olischek ein Alibi", fasste Heinrich die Fakten zusammen. „Das spricht alles für eine dritte Person als Täter."

„Es ist nicht ausgeschlossen. Aber wer sollte das sein?", fragte Mareike.

„Joschi. Oder sagen wir, der Mann, den ich als Joschi kennengelernt habe."

Adriano beugte den Kopf vornüber und sah seinen ehemaligen Chef von schräg unten halb mitleidig, halb vorwurfsvoll an.

„Ich dachte, das Thema wäre durch. Heinrich, es gab an diesem Morgen keine zwei Obdachlosen am Schwarzen Wasser. Joschi ist Olischek, finde dich damit ab. Alles andere ergibt keinen Sinn."

Heinrich zog zwei Bilder der Größe DIN A4 aus seiner Tasche. „Den Sinn müssen wir suchen, die Fakten haben wir."

Er gab Manuela zuerst eine Großaufnahme von Joschi. Overman war so freundlich gewesen, den Ausschnitt zu vergrößern und auszudrucken. Obwohl er die Qualität mit einer speziellen Software verbessern konnte, war die Aufnahme leicht verschwommen. Deutlich erkennbar waren Kleidung, Kontur und vor allem die knallrote Kappe. Manuela reichte das Bild an Mareike weiter und hob fragend den Kopf.

„Das ist zweifelsfrei Joschi. Diese Kleidung trug er auch bei unserer letzten Begegnung."

„Wie sind Sie an das Bild gekommen?", fragte Manuela.

„Ich habe es von einem Fotografen des Rheinischen Boten, Herrn Overman."

„Schön. Aber das ist bestimmt nicht alles, oder?"

„Nein. Dieses Bild ist ein vergrößerter Ausschnitt. Dies hier ist das Original."

Heinrich gab ihr die Aufnahme vom Tatort am Schwarzen Wasser. Sie war um ungefähr dreißig Grad geneigt. Manuela, Adriano und der Arzt standen um den toten Olischek, der allerdings nur bis zur Gürtellinie abgelichtet war.

„Der Fotograf ist gestolpert, hat im Fallen abgedrückt." Heinrich deutete mit dem Zeigefinger auf die ominöse Person am oberen Bildschirmrand, die auf dieser Aufnahme nicht viel größer als ein Daumennagel war. Der rote Punkt zeichnete sich aber deutlich genug ab. Manuela warf ihm einen scharfen Blick zu und betrachtete noch einmal eingehend das Foto.

„Das gibt es nicht", stellte sie mit monotoner Stimme fest, „Sie hatten die ganze Zeit Recht."

„Zwischendurch kamen mir selber Zweifel."

Niemand sagte etwas. Sie wandelten seit Tagen durch ein stockfinsteres Labyrinth und urplötzlich knipste jemand ein grelles Licht an.

„Okay. Das dort", Manuela deutete auf die Ausschnittvergrößerung, „ist der von Ihnen vermisste Joschi. Am Tatort, am Schwarzen Wasser. Gut. Aber welche Bedeutung hat das für uns? Wie ich hörte, hält oder hielt er sich täglich dort auf."

„Hielt, Frau Warnke", Heinrich fühlte sich provoziert, „nach dem Mord wurde er dort nicht mehr gesehen."

Wieder trat Stille ein, die dieses Mal von Adriano unterbrochen wurde.

„Handelte es sich möglicherweise um einen Streit unter Obdachlosen?"

„Nein. Dieser Joschi, oder wer immer das ist, ist kein Obdachloser."

Alle sahen Heinrich verwundert an.

„Ein Obdachloser muss jeden Tag um seine Verpflegung kämpfen. Dem ordnet er alles andere unter. Er verfügt über kein Bankkonto oder Bargeldreserven. Ein Obdachloser weiß heute nicht, wovon er morgen lebt. Dieser Mann hat mir einen Tag, bevor diese Aufnahme entstand, eine Uhr geschenkt. Auf diesem Foto, einen Tag später, trägt er wieder eine Armbanduhr. Seine eigene, nehme ich an."

Manuela rieb sich die Schläfen. Es fiel ihr schwer, die neue Situation in ein logisches Gerüst zu fassen. Das Motiv war der Knackpunkt.

„Joschi wird uns Fragen beantworten müssen", konstatierte die Ermittlerin.

„Soll ich die Fahndung rausgeben?"

Josef Wolters hielt die Hand übers Telefon. Manuelas Augen glitten scheinbar gedankenverloren aus dem Fenster über die nahen Rheinwiesen.

„Mit dieser Aufnahme?"

Sie fuhr schwungvoll herum und klopfte auf das Foto.

„Oder mit dem Foto einer Leiche. Entschuldigung, Herr Grimm, aber Ihre Erinnerungen dürften zu alt sein für ein Phantombild und sind überdies durch die Bilder Olischeks überlagert. Oder irre ich mich?"

„Nein, Sie haben Recht", er wusste aus seiner aktiven Zeit, dass

Phantombilder nur dann erfolgreich angefertigt werden konnten, wenn die Eindrücke nicht länger als vierundzwanzig Stunden zurück lagen.

„Aber wie wäre es, wenn Sie eine Zeichnung anhand des Fotos von Olischek anfertigen lassen und wir mit meiner Hilfe die markanten Unterschiede korrigieren?“, fragte er zurück.

„Das dauert doch alles viel zu lange“, fiel Mareike ein, „die Unterschiede sind derart klein, dass ein pensionierter Hauptkommissar sie erst viel später bemerkt hat. Weshalb nehmen wir nicht einfach eine Aufnahme des lebenden Olischeks? Er und Joschi sehen sich zum Verwechseln ähnlich. Wir könnten die Fahndung sofort raushauen, Olischeks Bild haben wir ja.“

Annette Gerland pflichtete ihr stumm nickend bei. Als leitende Staatsanwältin besaß sie die Möglichkeit, einzugreifen. Von dieser Option hatte sie jedoch bislang kaum Gebrauch gemacht, wohl wissend, dass sie damit die Kompetenz der leitenden Ermittlerin untergraben würde. Manuela nickte ebenfalls.

„Natürlich. Ihr habt Recht. Ich glaube, der Tag war sehr anstrengend.“

Annette und Heinrich waren gegangen. Irgendwann nach zwanzig Uhr gähnte Josef Wolters demonstrativ laut. Es klang wie ein Protestruf, den Manuela erhörte. Sie schickte alle nach Hause, entnahm der Kaffeemaschine den letzten, wenig verheißungsvoll riechenden Kaffee, klemmte zwei Akten unter die Armbeuge und verschwand in ihr Büro.

„Du solltest auch langsam Feierabend machen“, rief Mareike ihr hinterher.

„Gleich“, entgegnete sie abwesend und öffnete die Bürotür umständlich mit dem Ellenbogen. Als sie die Tür mit dem Absatz hinter sich schließen wollte, merkte sie einen Widerstand.

„Zehn Minuten“, es hörte sich wie eine Drohung an. Mareike schnappte sich eine der beiden Akten und setzte sich auf Adrianos Platz. Manuela grinste.

„Was sehen wir nicht? Es muss eine Verbindung geben. Die Opfer müssen eine gemeinsame Schnittstelle haben."

„Schwierig bei einem Softwareentwickler und einem Obdachlosen. Was hat Olischek vorher gemacht, ich meine, bevor er auf der Straße landete?"

Manuela drehte den Bürostuhl mit leichtem Schwung. Nahm einen Ordner vom Aktenschrank hinter sich.

„Mit vierzehn die Schule abgebrochen. Vater unbekannt, Mutter Alkoholikerin. Danach Diebstahl, Hehlerei, Körperverletzung, das volle Programm, zum Schluss Totschlag. Olischek hat die meiste Zeit seines Lebens im Gefängnis verbracht. Die Vita von Schwarz kann ich dir ersparen, setze einfach für alles das Gegenteil ein. Ein Licht- und ein Schattengewächs."

„Trotzdem sind sie sich begegnet", Mareike verengte nachdenklich die Augen, „Olischek war in Schwarz' Mobilheim."

„Das wissen wir nicht. Er hat sich nach der Adresse erkundigt und er ist auf dem Grundstück gewesen. Im Mobilheim konnte die KT keine Spuren Olischeks sicherstellen. Ob er Tobias Schwarz angetroffen hat, wissen wir auch nicht."

„Ich denke schon. Olischek war der Bote. Er sollte die Uhr überbringen. Der Handlanger des Täters."

Eine lähmende Stille machte sich breit. Manuela hatte ihr Kreuz durchgedrückt, den Kopf in den Nacken gelegt. Ihr Rücken begann zu schmerzen. Über ihrem Gesicht baumelte Merlin. Den berühmten Magier in Form einer Marionette hatte sie neben einem Riesenstrauß Blumen von den Kollegen zum Einstand bekommen. *Damit Sie wissen, was hier erwartet wird,* deutete Engels mit einem Seitenblick auf den Zauberer. In diesem Moment versprühte er zum ersten Mal seine Magie. Mit einem mächtigen Ruck setzte Manuela sich aufrecht, den ausgestreckten Zeigefinger auf die Marionette gerichtet.

„Wir sind seine Marionetten."

Mareike wirkte verwundert.

„Ich dumme Kuh. Ich blöde Ziege!"

Manuela schlug die flache Hand vor die Stirn. „Lasse mich vorführen wie eine unerfahrene Polizeischülerin."

„Also … ich finde Merlin sehr schön. Ich finde es auch wirklich prima, dass du offensichtlich weiterkommst, ehrlich. Würdest du vielleicht so freundlich sein und einer Unwissenden Zugang zur hohen Kunst der Kriminalistik gewähren?"

Manuela stand auf und malte mit dem Filzschreiber einen Kreis an die Kunststofftafel hinter sich. Rechts und links zog sie zwei waagerechte Linien vom Kreisrand weg.

„Die Nachricht in der Uhr, sie galt uns! Wir wurden dadurch an den Tatort auf Grav Insel geholt. Von Frau Grimm, die wiederum von Jasmin Wagner beauftragt wurde. Jener armen Jasmin Wagner, die ihren Liebhaber auf solch tragische Weise verlor. Am Tatort war der Gabentisch für unsere Spurensicherung reichlich gedeckt. Klassischer Fall von Eifersucht. Alle Indizien deuten auf den Ehemann, selbst auf das fehlende Alibi wurde geachtet. Wir gehen den Fall von hier aus an", Manuelas Zeigefinger glitt der rechten waagerechten Linie entlang bis zum Kreis, „landen am Tatort und alles scheint klar. Es wäre geradezu fahrlässig gewesen, Christian Wagner nicht festzunehmen."

„Hm – was ist mit Olischek? In dem Fall ist noch nichts klar."

„Olischeks Tod war nicht geplant, zumindest nicht zu Beginn, dessen bin ich mir absolut sicher. Irgendwas muss schiefgelaufen sein. Aber mal ehrlich: Wenn Herr Grimm nicht Zweifel wegen der Identität des Toten bekommen hätte", sie hob fragend die Arme, „der Mord wäre nie herausgekommen. Christian Wagner würde auf seinen Prozess warten und wir beide jetzt bei irgendeinem Italiener sitzen und mit einem leckeren Rotwein in der Hand den Kellner verrückt machen, oder?"

„Nicht die schlechteste Alternative. Wie wäre es denn ohne den Schnipsel in der Uhr gelaufen?"

„Völlig anders."

Manuela drehte sich in einer schwungvollen Bewegung erneut zur Tafel um. Diesmal strich ihr Zeigefinger die linke Linie entlang.

„Irgendwer, ein Angestellter des Campingplatzes, ein Nachbar oder Freund, entdeckt den Mord. Wir gehen neutral an den Tatort heran. Das heißt, ausgiebige Umfeldermittlung im Bereich des Opfers. Von Jasmin Wagner ist uns nichts bekannt. Würde es nach dem derzeitigen Ermittlungsstand auch nie werden. Wir ermitteln aus einer völlig anderen Richtung, verstehst du, Mareike?“

„Schon, aber auf Christian Wagner wären wir früher oder später ebenfalls gekommen.“

„Das ist richtig. Aber vorher wären wir auf etwas gestoßen, was nicht für unsere Spürnasen bestimmt ist. Wir haben uns von der vermeintlichen Eindeutigkeit der Faktenlage blenden lassen!“

Manuela setzte sich wieder. Wut und Selbstvorwürfe machten klare Gedanken unmöglich. Mareike holte tief Luft.

„Okay, den Ermittlungsansatz haben wir in den Teich gesetzt. Ist nicht mehr zu ändern. Lass uns das Positive daraus ziehen.“

„Das wäre?“, fragte Manuela müde nach.

„Was hat der Täter bezweckt?“

Manuela benötigte eine Minute, bis ihr klar wurde, worauf ihre Kollegin hinauswollte.

„Lassen wir Olischek außen vor, sollten mit Tobias Schwarz und Christian Wagner zwei Personen verschwinden, die eine Verbindung zueinander hatten.“

„Genau, es waren Geschäftspartner. Es muss jemanden geben, dem diese Geschäfte nicht passten“, übernahm Mareike.

„Oder der davon profitiert, dass ein Geschäft nicht zustande kommt. Die ominöse dritte Person, auch bekannt unter dem Namen Joschi.“

„Zurück zu den Akten …“, sagten beide im selben Moment.

56

„Dürfte ich Ihnen eine Frage stellen, Fräulein?"

Die Mittvierzigerin verharrte in der Bewegung, die Kaffeesahne näherte sich bedrohlich dem Rand des Kännchens. Das aufgesetzte Lächeln wich einem strengen Ausdruck.

„Frau, bitte schön."

„Oh, ich wusste nicht, dass Sie ... ach lassen wir das. Sagen Sie, Herr Wagner hat doch vor kurzem in Ihrem Hause eine Geburtstagsparty gegeben, nicht wahr?"

„Ja", antwortete die Serviererin knapp, während sie ihren Gast prüfend musterte.

„Huch – ich habe mich gar nicht vorgestellt. Wagner, Gundula Wagner."

Sie stand im selben Moment auf, wollte den Arm ausstrecken. Leider stieß bei dem Versuch das Milchkännchen um. Die cremefarbene Flüssigkeit kroch über die Tischkante und tropfte gemächlich auf das Polster des Stuhls zu ihrer Linken. Mit flinken Bewegungen wischte die Kellnerin die Flecken trocken. Unbemerkt hob die Seniorin die kleine Blumenvase in der Tischmitte an und wischte mit dem darunterliegenden Platzdeckchen die Flecken von der Tischdecke.

„Das ist mir so unangenehm", beteuerte sie gestenreich.

„Macht nichts", murmelte die Angestellte und meinte vermutlich das Gegenteil.

„Wissen Sie, das nimmt mich alles so furchtbar mit. Der Christian, Christian Wagner meine ich, ist nämlich mein Sohn."

Kurzentschlossen passte Frau Grimm die verwandtschaftlichen Verhältnisse den besonderen Umständen an.

„Der arme Christian. Obwohl er es selber schuld ist."

Frau Grimm lockte die Kellnerin mit dem Zeigefinger näher heran und senkte die Stimme.

„Ich sage ihm schon seit Monaten: Die Jasmin betrügt dich.

Nein, Mutter, das meinst du nur. Würde Jasmin nie machen. Der ist so naiv, dass es mir schon peinlich ist, Ihnen davon zu erzählen."

Die beiden Frauen setzten sich synchron übereck.

„Das braucht Ihnen nicht peinlich zu sein, meiner ist ganz genau so. Glauben Sie nicht, dass der auf seine Mutter hört. Nein, der weiß alles besser."

„Ja, so sind sie …", seufzte Frau Grimm und machte eine gedankenschwere Pause.

„Was Ihre Schwiegertochter betrifft, liegen Sie gar nicht so falsch, Frau Wagner. Leider. Während der Geburtstagsfeier ihres Mannes war sie plötzlich verschwunden. Mindestens eine Stunde war sie fort. Ich habe zwischendurch zufällig aus dem Küchenfenster gesehen, und was soll ich Ihnen sagen: Spaziert die doch Hand in Hand mit einem anderen Kerl durch den Wald!"

„Nein!", reflexartig schlug Frau Grimm die flache Hand vor den offenen Mund.

„Doch, doch."

„Zu dumm, dass ich an dem Tag krank war. Konnten Sie erkennen, wer es war?"

Die Kellnerin sah sich verstohlen im leeren Restaurant um, bevor sie zur Antwort ansetzte.

„Selbstverständlich, er war auch Gast der Party. Ein Geschäftsfreund Herrn Wagners, Jonas Gerling. Der kommt oft hierher. Meistens mit Herrn Wagner und einem Herrn, den ich nicht kenne. Obwohl …", sie hob nachdenklich den Kopf, „seit diesem Abend habe ich ihn nicht mehr gesehen, komisch."

„Wissen Sie, um welche Geschäfte es zwischen den dreien ging? Am Ende spielt Jasmin sie noch gegeneinander aus. Nicht auszudenken, wenn mein armer Junge alles verlieren würde, was er sich mühsam aufgebaut hat."

„Das wissen Sie nicht?"

Die Seniorin senkte betreten den Blick.

„Als wenn der Junge seiner alten Mutter alles erzählen würde. Wahrscheinlich geht es mich nichts an."

„Von wegen“, die resolute Kellnerin berichtete Frau Grimm ausführlich von den Plänen der drei Geschäftsfreunde.

57

Im Kommissariat an der Reeser Landstraße war um 21.10 Uhr noch ein Büro erleuchtet. Vor einer Stunde hatte Manuela die Fenster weit aufgerissen. Die Hauptkommissarin blätterte resigniert in einer der Akten aus dem Architekturbüro. Mareike war damit beschäftigt, mit einer Fliegenklatsche Mücken zu verfolgen und hinzurichten. Missmutig erhob sich die Kommissarin und schloss die Fenster.

„Kannst du jetzt bitte mit dem Geklatsche aufhören."

Das stupide Aktenstudium drückte zunehmend auf die Gemüter der Kolleginnen. Vor zehn Minuten hatte ihr Vorgänger angerufen und seine Mutter vermisst gemeldet. Das machte Manuela nervös. Schon einmal war die alte Dame ihnen zuvorgekommen. Im vorigen Jahr, es war Manuelas erster Fall in der neuen Dienststelle, hatte Frau Grimm unter lebensgefährlichem Einsatz den Täter gestellt. Die unausgesprochenen Vorwürfe des Behördenleiters standen noch lange danach im Raum. Ihre Augen wanderten über die Wiesen der Rheinaue. Die Dämmerung setzte vorsichtig ein, in einer guten Stunde würde die Sonne untergehen.

„Bingo!", rief Mareike überrascht. Manuela zuckte zusammen. Sie lief zu Mareike und sah ihr über die Schulter. Auf dem Aktenrücken war die nichts sagende Aufschrift *Bauprojekte 03/07* vermerkt. Der Inhalt offenbarte sich auf einem hellblauen Deckblatt im Innenteil:

Projekt Schloss Diersfordt.

Mareike blätterte weiter und deutete auf ein Dokument im hinteren Teil der Akte. Manuelas Rücken schmerzte, sie holte ihren Stuhl dazu.

„Das ist der Hammer."

Mareike hielt einen Gesellschaftervertrag hoch. Mit dem Zeigefinger glitt sie über die Namen der Gesellschafter und las sie gleichzeitig leise vor:

„Christian Wagner, Tobias Schwarz, Jonas Gerling."

„Der dritte Mann“, entfuhr es Manuela.

„Einer ist tot, einer sitzt unter Mordverdacht, was ist mit Jonas Gerling?“

„Vielleicht verrät uns das der Vertrag.“

Aufmerksam lasen beide den Vertragstext. Daraus ging im Wesentlichen hervor, dass die Geschäftspartner das Diersfordter Schloss mit dem Ziel gekauft hatten, es zu restaurieren und in ein Hotel umzuwandeln. Der Kaufpreis in Höhe von 1,8 Millionen Euro wurde zu gleichen Teilen von den Gesellschaftern aufgebracht und im Februar 2007 auf ein Notaranderkonto eingezahlt. Für die Ermittlerinnen höchst interessant war ein notariell beglaubigtes Zusatzabkommen am Ende des Vertrages. Um das Risiko für die einzelnen Gesellschafter so gering wie möglich zu halten und die stringente Durchführung der Bauarbeiten zu gewährleisten, war eine Sondervereinbarung getroffen worden. Demnach würde die gesamte Einlage eines Gesellschafters für den Fall, dass dieser seinen Pflichten aus dem Gesellschaftervertrag für einen zusammenhängenden Zeitraum von mindestens sechs Monaten nicht nachkommen könnte, an die übrigen Gesellschafter übergehen. Im Kleingedruckten befand sich eine Reihe Ausnahmebestimmungen, die aber in diesem Fall alle nicht greifen dürften. So war es beispielsweise durch einstimmigen Beschluss aller Gesellschafter möglich, die Anteile auf eine andere Person zu übertragen. Mareike hatte den Text leise vorgelesen.

„Das ist das Motiv“, konstatierte Manuela.

„Die gute alte Habgier“, erwiderte Mareike.

„Sieht so aus. Nach dem Tod von Tobias Schwarz fällt dessen Anteil zu gleichen Teilen an Christian Wagner und diesen Jonas Gerling.“

„Richtig!“

Mareikes Müdigkeit war wie weggeblasen.

„Und sollte Christian Wagner des Mordes für schuldig befunden werden, fielen alle Anteile auf Herrn Gerling. Da könnte auch ein lästiger Mitwisser wie Olischek dran glauben müssen.“

„Jasmin Wagner wäre demnach …“

„… die Geliebte Gerlings“, vollendete Mareike Manuelas Gedanken, „aber uns fehlen die Beweise.“

Ein Motiv alleine bot nicht die Möglichkeit, Jonas Gerling zur Fahndung auszuschreiben, wusste Manuela. Sie mussten zunächst mehr über diese Person erfahren. Während Mareike das Melderegister abfragte, gab Manuela den Namen in die interne Datenbank ein. Jonas Gerling, der Name kam ihr seltsam bekannt vor.

58

„Wir müssen etwas unternehmen!"

Heinrich lief unruhig im Zimmer auf und ab.

„Hast du es bei ihrer Freundin probiert?", wollte Annette wissen. Heinrich, der das Telefon umklammert hielt, nickte stumm.

„Hast du nicht gesagt, sie sei in letzter Zeit häufig mit Camel unterwegs?"

„Bei dem habe ich schon zigmal angerufen, es meldet sich nur die Mailbox. Einen Festnetzanschluss besitzt er nicht. Aber du hast Recht, komm!"

Heinrich gab ihr ein Zeichen und rannte die Treppe herunter.

„Ich fahre, du bist zu aufgeregt."

Drei Minuten später gelangten sie über die Trappstraße auf die Isselstraße. Auf dem Seitenstreifen parkte der Mustang des Reporters. Heinrich legte instinktiv eine Hand auf die Motorhaube. Sie war eiskalt.

Die Haustür stand offen, Heinrich rannte in den ersten Stock hoch, Annette folgte ihm. Aus der linken Wohnung vernahm er die überlaute Stimme Michael Holms, der wieder mal nach Mendocino fuhr. Ohne dem Namensschild Beachtung zu schenken, klopfte Heinrich an diese Tür.

„Ja doch, wird schon leiser", hallte es aus der Wohnung. Fast gleichzeitig halbierte sich die Lautstärke. Heinrich klopfte erneut. Die Musik wurde abgestellt, ein knurriges „Ja doch" war erneut zu hören, sie vernahmen näher kommende Schritte. Als die Tür aufgerissen wurde, schluckte Annette ihr Lachen in letzter Sekunde herunter. Camel trug ein überweites blaues Hemd, bedruckt mit riesigen, bunten Blumen. Dazu trug er eine altrosafarbene Jeans mit mächtigem Schlag.

„Was wollt ihr denn von mir?"

„Wir suchen meine Mutter."

Camel lachte laut los.

„Ich hatte schon länger keinen Damenbesuch. Das stört die Konzentration und ist hinderlich für die Karriere."

Er prustete erneut los. Dann sah er Heinrichs wütenden Blick und sein Lachen erstarb. Er räusperte sich.

„Du warst doch mit ihr unterwegs, oder?"

Eine Nachbarin lief hinter ihnen vorbei in den zweiten Stock. Sie winkte Camel im Vorübergehen freundlich zu. Er zog es vor, seine Besucher hereinzubitten. Auf einer alten Kommode im Wohnzimmer und Regalen darüber befand sich eine Schallplattensammlung, die Heinrich in dieser Größenordnung noch nie gesehen hatte. Es musste sich um Tausende Vinylscheiben handeln. Der Plattenteller drehte sich unter dem angehobenen Tonarm. Camel räumte eilig alte Jugendzeitschriften und zerknitterte Textilien vom Sofa. An der Tür zum Nachbarzimmer klebte ein Bravo-Starschnitt der Gruppe Abba.

„Verdammt", Heinrich wurde unruhig, „wir haben keine Zeit. Wo kann meine Mutter sein?"

Camel erzählte ihnen von dem Ausflug mit Frau Grimm. Ihm fiel erst jetzt auf, wie wenig sie ihm eigentlich verraten hatte.

„Sie war bei Frau Wagner. Als sie wiederkam, sagte sie, sie habe das Netz der Spinne zerstört und dass wir sie beschatten müssten. Frau Wagner, meine ich. Wir, beziehungsweise ich, habe sie also verfolgt. Aber diese Furie hat mich immer wieder abgehängt. Die fährt wie der Teufel. Irgendwo in der Flürener Sternstraßen-Siedlung haben wir sie verloren. Später kam sie in einem Irrsinnstempo zurück, fuhr Richtung Grav Insel, vielleicht wollte sie auch nach Hause. Das konnte ich nicht mehr feststellen, der Keilriemen hatte sich verabschiedet. War auch egal, was wir wissen wollten, haben wir erfahren."

„Und das wäre?", fragte Annette nach.

„Dass sie die Mörderin ist. Die Flucht war das Schuldeingeständnis. Passte vorher schon alles, fragen Sie Ihre Mutter. Oh, Entschuldigung", schob der Redakteur hinterher.

„Wo genau liegt diese Siedlung?“

Camel erklärte den Weg. Gleichzeitig beäugte er misstrauisch Heinrich und die Staatsanwältin. Dem Journalisten kam der leise Verdacht, sie würden ihm wichtige Informationen vorenthalten. Er schob den Gedanken beiseite. Diesmal lag er vorne. Heinrich verabschiedete sich flüchtig und verließ schnellen Schrittes die Wohnung. Annette folgte ihm.

„Ich kann euch die morgige Ausgabe des Boten empfehlen. Die Hammerstory auf Seite eins“, rief Camel durchs Treppenhaus.

„Was hast du vor?“, Annette bog auf die Reeser Landstraße Richtung Flüren ein. „Du glaubst doch nicht etwa den Hirngespinsten dieses Provinzreporters?“

„Nein, aber ich glaube, meine Mutter ist weiter, als uns lieb sein kann. Das Netz der Spinne ist zerstört, sagte sie.“

„Was meint sie damit?“

„Dass die Spinne in ein anderes Netz muss.“

Im Innenspiegel zeichnete sich Annettes Ratlosigkeit ab.

„Kannst du bitte Klartext reden?“

„Ganz einfach: Meine Mutter hat Frau Wagner zu verstehen gegeben, dass ihr die Polizei dicht auf den Fersen ist. Sie wollte sehen, wie sie reagiert. Nehmen wir an, Camels These stimmt und sie ist eine zweifache Mörderin. Wie würdest du an ihrer Stelle nach dem Auftritt meiner Mutter reagieren?“

„Ich würde mich entweder stellen oder das Nötigste zusammenpacken und zum nächsten Flughafen fahren.“

„Richtig. Und wie hat sie reagiert? Fährt wie von der Tarantel gestochen nach Flüren und anschließend wieder zurück. Warum wohl?“

„Sie fuhr zu ihrem Komplizen …“, Annette zögerte, „zu Joschi.“ „Joschi ist der Komplize.“

„Oder der Mörder.“

Annette parkte den Wagen wenige Meter hinter der Venusstraße. Mit dem Bild des toten Olischek in der Hand klingelte Heinrich an der erstbesten Tür. Die Frau, die ihm öffnete, schätzte er auf ungefähr achtzig Jahre. Sie trug einen graublauen Kittel, die weißen Haare waren unter einem Haarnetz zusammengesteckt. Heinrich stellte sich wahrheitsgemäß als Hauptkommissar a.D. vor, wobei die Abkürzung zum Unwillen seiner Partnerin in unverständlichem Gemurmel unterging. Er hielt der Greisin das Foto hin und fragte, ob sie einen ähnlich aussehenden Mann kennen würde. Sie beugte sich mit dem Gesicht eine Handbreit über die Aufnahme. Dann fuhr sie erschrocken hoch.

„Meine Güte, der Herr Gerling. Ist ihm etwas zugestoßen? Das ist ja schrecklich!"

59

„Das gibt es nicht“, entfuhr es Manuela.

Mareike stand sofort auf und kam um den Schreibtisch herum.

„Ist das Olischek?“

„Nein, das ist Jonas Gerling.“

Manuela betrachtete sprachlos das Bild aus der internen Datenbank. Die Ähnlichkeit war wirklich verblüffend. Lediglich die Frisur und das fülligere Gesicht unterschied ihn von seinem Doppelgänger Olischek.

Jonas Gerling war im Jahr 2005 wegen Korruption im Amt zu einer Freiheitsstrafe von 18 Monaten verurteilt worden. Die Strafe war mit einer Geldbuße von 90 Tagessätzen zur Bewährung ausgesetzt worden. Für die Ermittlungen entscheidender war das Amt, das er bis zu seiner Suspendierung bekleidet hatte. Jonas Gerling war Hauptkommissar des Essener KK11. In Manuelas Duisburger Zeit gab es einen Mordfall, bei dem sie eng mit den Essenern Kollegen zusammengearbeitet hatte. Gerling war einer der besten Kriminalisten des Landes gewesen. Ende der Neunzigerjahre hatte er den gefürchteten Frauenmörder Frank Surbeck überführt und bundesweite Anerkennung geerntet. Sie berichtete Mareike davon. Es ärgerte die Ermittlerin, dass sie nicht früher auf ihn gekommen war. Ein Exkollege als Täter, der Gedanke befremdete sie.

„Jetzt wird einiges klar. Er kennt unsere Abläufe und die Automatismen genau“, sagte Mareike leise.

„Wir haben nach seiner Schablone gearbeitet. Er hat uns die Schwächen unseres Systems vor Augen geführt“, erwiderte Manuela.

„Und wäre beinahe damit durchgekommen.“

Ja, dachte Manuela. Vor zwanzig Jahren, nach der Ausbildung, hatte sie alles in Frage gestellt. Oft genug war sie damit bei ihren Vorgesetzten angeeckt. Allerdings hatte sie auch manchen Erfolg dadurch verbuchen können. Nicht zuletzt deswegen war sie im vergleichsweise jungen Alter von 38 Jahren zur Hauptkommissarin befördert worden. Irgendwo auf dem Weg von der Ausbildung bis zur leitenden Ermittlerin der Weseler Polizei waren Unbekümmertheit und Eifer in der trüben Suppe des Alltags untergegangen. Machte die tägliche Routine sie so stumpf? Ließ sie sich von der Lethargie ihres Kollegen anstecken, von der süßen Versuchung, Probleme zu verdrängen und nur die einfachen Wege zu wählen? Ein Anruf aus der Zentrale riss sie aus ihren Gedanken.

„Wir haben hier einen leicht verwirrten Taxifahrer, der Sie unbedingt sprechen möchte, ich schalte durch."

„Warnke."

„Glückstein. Hans Wilhelm Glückstein. Spreche ich mit Frau … Moment", sie vernahm raschelndes Papier, „Kommissarin Warnke?"

„Ja. Wie kann ich Ihnen helfen, Herr Glückstein?"

„Ja, das ist so: Mein Fahrgast, eine gewisse Frau … Moment", wieder Papierrascheln, „Grimm, hat mich beauftragt, Sie anzurufen."

Zu Manuelas Verwunderung endete er mit diesem Satz. Herr Glückstein gehörte offenbar zu der Art Mitmenschen, die gerne ausgefragt werden.

„Können Sie mir auch sagen, weshalb Sie mich anrufen sollten?"

„Ähem … nein."

Manuela holte tief Luft.

„Frau Grimm sagte nur, ich solle Sie anrufen, falls sie innerhalb der nächsten zehn Minuten nicht zurück sein sollte. Mehr weiß ich auch nicht. Glauben Sie, die Dame ist abgehauen? Das wäre sehr schlecht fürs Geschäft."

Manuela bekam eine Gänsehaut.

„Wohin ist Frau Grimm gegangen?"

„Dorthin. Ich meine, die Straße hinunter."

„Welche Straße? Wo befinden Sie sich?", schrie die Ermittlerin ins Telefon.

„Ach so, in Flüren, auf der Marsstraße."

„Bleiben Sie, wo Sie sind! Wir kommen sofort."

60

„Klingel du, mich kennt er."

Sie befanden sich zwei Häuser vor der Marsstraße 13a, neben ihnen langweilte sich ein Taxifahrer in seiner Droschke. Annette hatte unterwegs über Handy Manuela verständigt.

„Nein! Das ist zu gefährlich. Wir warten auf die Kollegen. Die waren übrigens schon unterwegs. Merkwürdig."

Heinrich verzog das Gesicht.

„Meine Mutter ist vielleicht in Lebensgefahr und du willst warten? Nicht mit mir!"

Ehe die Staatsanwältin eingreifen konnte, rannte ihr Freund los. An der Haustür hatte sie ihn eingeholt, zog an seinem linken Arm. Heinrich klingelte zweimal.

„Bist du wahnsinnig?"

In diesem Augenblick öffnete sich die Haustür und Jasmin Wagner stand vor ihnen.

„Guten Tag, Herr Grimm", begrüßte sie ihn einen Tick zu laut, „haben Sie Verstärkung mitgebracht?"

Im Türrahmen am Ende des Flures tauchte Jonas Gerling auf. Heinrich sah ihn wie gebannt an.

Obwohl Gerling den Oberlippenbart abrasiert hatte und stattdessen einen Kinnbart und eine leicht getönte Brille trug, erkannte Heinrich ihn sofort. Der Daumen seiner rechten Hand krampfte sich unnatürlich um eine Fernsehzeitung.

„Hallo, Heinrich. Du möchtest mich besuchen? Einen wunderschönen guten Tag, Frau Staatsanwältin."

Annette fand keine Erklärung, woher er sie kannte.

„Hallo, Joschi", antwortete Heinrich mit steinerner Miene, „wo ist meine Mutter?"

„Hier in der Küche", vernahm er ihre Stimme. Sie klang ungewöhnlich panisch.

„Wir plaudern ein wenig, wollt ihr euch nicht zu uns setzen?"

Im Augenwinkel bemerkte Annette das Auto der Weseler Kripo. Unbemerkt gab sie Handzeichen.

„Ich würde es vorziehen, wenn meine Mutter herauskommt."

„Das ist eine schlechte Idee."

Gerling ließ die Zeitung fallen und richtete die Pistole in den Raum, aus der die Stimme Frau Grimms kam.

„Ich denke, es ist alles gesagt."

Gerling entsicherte die Waffe.

„Nein, bitte nicht! HILFE!"

„In Ordnung. Es ist alles in Ordnung", Heinrich hob abwehrend die Hände, „wir kommen rein."

Frau Grimm, ihr Sohn und Annette saßen an einem runden Küchentisch aus heller Buche. Jonas Gerling blieb im Türrahmen stehen, Jasmin Wagner lehnte an der Küchenzeile.

Heinrichs Augen blieben an einem eingerahmten Zeitungsartikel an der Wand hängen.

„*Essener Hauptkommissar stellt den Ripper*"

Unterhalb der übergroßen Schlagzeile einer großen Boulevardzeitung war das Bild von Jonas Gerling abgebildet.

„Wir waren mal Kollegen, Heinrich. Ist lange her."

„Was …", Heinrich deutete auf den Artikel „ist danach schiefgelaufen?"

„Man hat mich gefeuert."

„Wegen Korruption im Amt", ergänzte Annette. Sie erinnerte sich an den Fall. Die Angelegenheit fiel genau ins Sommerloch, wurde daher von den Medien genüsslich ausgeschlachtet. Auch Heinrich ahnte allmählich, aus welchem Grund Joschi ihm vertraut vorkam. Gerling lachte zynisch.

„Ich würde eher sagen, aus mangelndem Vertrauen. Wir hatten den Tod eines Entsorgungsunternehmers aufzuklären. Im Rahmen der Ermittlungen bin ich einigen hohen Tieren bedrohlich nahe gekommen. Einer von ihnen hat es geschafft, ein Konto auf meinen Namen einzurichten. Sie haben regelmäßig hohe Beträge darauf eingezahlt. Ich habe von diesem Konto erst erfahren, nachdem die lieben Kollegen die Auszüge im Rahmen einer Durchsuchung in einem Leerraum unter meinem Backofen gefunden haben. Ruck, zuck lagen die entsprechenden Aussagen der edlen Spender, beziehungsweise deren Strohleute, auf dem Tisch und ich war draußen."

„Moment, du willst mir erzählen, Tobias Schwarz …"

Gerling winkte ab.

„Das war etwas anderes. Ich brauchte etwas Neues, da trat Christian Wagner auf den Plan. Er suchte Partner für den Kauf von Schloss Diersfordt. Wir wollten es sanieren und zum Hotel umbauen. Ich sollte die Leitung übernehmen, Schwarz und Wagner stille Gesellschafter sein. Die Renditeprognosen waren traumhaft. Ich hätte für den Rest meines Lebens ausgesorgt. Aber dann geriet das Projekt zum Fass ohne Boden. Immer neue, teure Auflagen wurden gemacht, die Fertigstellung immer weiter hinausgezögert. Schwarz und Wagner war das nicht wichtig, die hatten genug Rücklagen", er lachte hämisch, „aber mir ging die Luft aus. Dieses schöne Häuschen", sein linker Arm kreiste durch die Luft, „ist bis zum First verschuldet. Das Erbe meiner Eltern steckt auch schon drin. Die beiden Herren wollten mich ausbooten. Ich habe ihnen gesagt, dass ich keine Mittel mehr habe. Weißt du, wie der feine Herr Wagner daraufhin reagiert hat?"

Heinrich hob die Schultern. Jasmin Wagner senkte den Kopf.

„Er hat mir den Zusatzvertrag unter die Nase gehalten und grinsend gesagt: Dann bist du draußen."

Auf Gerlings Stirn schwoll eine Ader bedrohlich an.

„Laut diesem Vertrag fallen die Anteile eines Gesellschafters ersatzlos an die anderen Gesellschafter, wenn dieser seinen vertraglichen Verpflichtungen nicht mehr nachkommen kann. Wagner hatte damals behauptet, es sei eine Formsache für die Banken. Heute weiß ich, dass dieses Schwein von Anfang an vorhatte, mich über den Tisch zu ziehen. Ich wollte mit Jasmin ein neues Leben beginnen. Dummerweise belauschte uns dann dieser Penner."

„Wann war das?", wollte Heinrich wissen.

„Vor vier Wochen. Er hatte noch einen Monat Vollpension im Hause Gerling."

Für eine Minute breitete sich Stille aus.

„Wie soll es weitergehen, Herr Gerling?", wollte Annette wissen.

„Wollen Sie uns auch umbringen?"

Gertrud Grimm schrak zusammen. Ihr Gesicht war kreideweiß.

„Das wird nicht nötig sein. In zwei Stunden startet unser Flugzeug. Es sollte reichen, wenn Sie bis dahin im Keller ausharren."

Die Brandschutztür des Heizungskellers fiel ins Schloss. Kaum waren die Schritte auf der Treppe verstummt, machte sich Gertrud Grimm mit einer Nagelfeile über das Türschloss her. Heinrich sah ihr ungläubig zu. Dann fiel sein Blick auf Essgeschirr und ein verdrecktes Glas auf dem Boden unterhalb des Kellerfensters. Aus dem Küchenfenster hatte er im Augenwinkel Mareike und Manuela gesehen. Fünf Minuten hörten sie nur seine Mutter am Schloss herumkratzen, dann überschlugen sich die Ereignisse. Lautsprecherdurchsagen erklangen, Sekunden später fielen Schüsse. Kurz darauf näherten sich erneut Schritte, ihnen stockte der Atem. Ein Schlüssel drehte sich im Schloss. Frau Grimm schnappte sich kurzentschlossen die schmutzige Ölkanne und hob sie hoch, um sich zu verteidigen. Manuela Warnke trat ein und Frau Grimm stellte fest, dass die Kanne nicht leer war. Das gelbliche Öl ergoss sich über ihre Frisur und ließ sie im diffusen Licht, das aus dem Flur hereinfiel, glänzen.

„Ich freue mich wirklich, Sie zu sehen", begrüßte Manuela die Staatsanwältin.

Zwei Uniformierte legten Jasmin Wagner Handschellen an. Sie bedachte die zufrieden dreinschauende Gertrud Grimm mit einem verächtlichen Blick. Draußen brachten Sanitäter den verletzten Gerling auf einer Bahre zum Rettungswagen.

„Ein Beinschuss", erklärte Manuela, deren Gesicht von einer leichten Blässe überzogen war, mit einem Seitenblick auf die Staatsanwältin. Einige Schaulustige beobachteten das Geschehen vom Nachbargrundstück. Heinrich erkannte die Greisin, mit der er gesprochen hatte. Seine Mutter stand dicht neben ihm und Annette. Sie hatte den Sprung in die Normalität anscheinend als Erste vollzogen, wollte wissen, wer nun die fällige Rechnung bezahlen würde und ob ihr Sohn inzwischen im Rathaus gewesen war, um das Gewerbe anzumelden. Der Gedanke schien Heinrich abwegig.

Um 23.30 Uhr verließ Manuela ihr Büro. Die Staatsanwältin hatte ihr augenzwinkernd verboten, den fälligen Bericht noch heute fertigzustellen.

Als sie das Auto abschloss, wunderte Manuela sich über das offene Cabrio vor ihrer Haustür. Im Vorübergehen wollte sie einen unauffälligen Blick hineinwerfen und blieb erschrocken stehen. Auf dem halb heruntergeklappten Fahrersitz lag Doktor Klein und schlief. Sie hatte ihn völlig vergessen, schoss es ihr durch den Kopf. Verzweifelt suchte sie nach der sinnvollsten Vorgehensweise. Sie war müde und völlig fertig. Sollte sie ihn wecken und nach Hause schicken? Nein, das konnte sie nicht. In ihre Wohnung wollte sie ihn um diese Zeit auch nicht mehr lassen und alleine auf der Straße …?

Plötzlich kam ihr eine Idee. Drei Minuten später stieg sie leise mit zwei Wolldecken in das Auto, deckte den Doktor und sich zu und schlief sofort ein.

Ende

An diesem Roman wirkten zahlreiche Personen mit, ohne deren Hilfe das Werk nicht zustande gekommen wäre. Ich möchte hier die Gelegenheit nutzen, allen Beteiligten meinen ausdrücklichen Dank dafür auszusprechen.

Sabine Göting, Ursula Grote, Bettina Kohl, Viola Lubjuhn
Als Testleser haben sie die meisten meiner Fehler bereits im Vorfeld schonungslos aufgedeckt und mir manch wertvollen Rat gegeben.

Peter Molden
Zieht als mein Agent im Hintergrund die Fäden und unterstützt mich mit unermüdlichem Einsatz sowie seinem reichen Erfahrungsschatz.

Sara Jakob
„Meine" Lektorin hat mir alle Kröten derart schmackhaft serviert, dass es beinahe eine Freude war, sie zu schlucken.

Marina Tsoukalas
Die gute Fee vom Kreisarchiv in Wesel erfüllte mir selbst sonderbarste Recherchewünsche.

Biologische Station Wesel
Wilhelm Itjeshorst, Paul Schnitzler und das Team von der biologischen Station Wesel waren eine große Hilfe in allen Fragen rund um das „Schwarze Wasser".

Für sachdienliche Hinweise möchte ich mich bedanken bei:
Heimatverein Diersfordt, Jürgen Hesse, ARGE Wesel, Stadtverwaltung Wesel, Caritas Wesel, Heike Waldor-Schäfer, Sandra Lüpkes-Perrey, Martin Conrath

Ein ganz besonderer Dank gilt Dir, liebe Tina. Für alles!